Ostsee, Klönschnack und ein Mord

Inga Schneider

Ostsee, Klönschnack und ein Mord

SAGA Egmont

Covergestaltung: Wildes Blut – Atelier für Gestaltung Stephanie Weischer
unter Verwendung eines Motives von A. Savin/wikipedia sowie mehrerer
Bildmotive von © shutterstock
Satz aus der Minion Pro: Karol Kinal, Warschau
Druck und Bindung Mazowieckie Centrum Poligrafii, Marki

ISBN 978-3-98750-070-1

Dieser Titel erscheint auch als E-Book und Hörbuch.

Für meine Oma Anni, die dieses Buch
bestimmt gerne gelesen hätte.

1.
MOIN MOIN

„Entschuldigung! Kann ich mal durch?“

Anni raffte den knöchellangen Rock ihres dunkelblauen Kleides und schob sich durch die johlende Menge, die sie von allen Seiten umzingelt hatte.

Natürlich musste sie ausgerechnet heute Abend spät dran sein. Und natürlich war sie vorhin im Bus so in ihren Liebesroman vertieft gewesen, dass sie ihre Haltestelle verpasst hatte und am Südermarkt statt am ZOB aussteigen musste. Und jetzt hatte sie den Salat. Auf dem Marktplatz vor der St. Nikolaikirche war die Hölle los.

Der gesamte Platz war in ein blau-weiß-rotes Farbenmeer getaucht, da Tausende Handballfans zusammen mit ihrer SG Flensburg-Handewitt den Gewinn der Champions League feierten. Sie hüpften und jubelten dicht gedrängt auf dem glitschigen Kopfsteinpflaster, was das Zeug hielt. Glitschig deshalb, weil es natürlich noch bis vor einer halben Stunde wie aus Eimern geschüttet hatte, sodass Anni sich nicht nur beeilen, sondern auch höllisch aufpassen musste, dass sie auf den schmierigen Steinen nicht ausrutschte und sich am

Ende noch den Hals brach. Das hätte ihr gerade noch gefehlt, würde aber durchaus zu dem Pech passen, das sie seit einigen Monaten verfolgte. Immerhin darin war sie gut.

„Sorry. Darf ich ...?", rief Anni erneut und quetschte sich durch eine Gruppe singender Fans. „Tut mir leid. Ich muss da leider durch."

Sie schob und drängte sich an den schwitzenden Leuten vorbei, bemüht, das Lächeln auf ihren Lippen zu wahren, während der SG-Fansong mit voller Lautstärke aus den aufgestellten Lautsprechern oberhalb der Empore, auf der die Mannschaft stand, dröhnte.

Flensburg-Handewitt, Flensburg-Handewitt
Ja wohin du gehst, wir kommen mit ...
Ob du Meister wirst
Oder zur Hölle fährst,
Flensburg-Handewitt, wir kommen mit ...

„Dürfte ich?" Sie zwängte sich durch eine erneute Ansammlung hüpfender und singender Fans und wollte auf keinen Fall unhöflich sein. Um ehrlich zu sein, hätte sie am liebsten selbst mitgefeiert, aber sie hatte einen Job zu erledigen und – die Glocke der Uhr oben im Kirchturm von St. Nikolai ertönte. *Mist!* Sie würde definitiv zu spät kommen.

Anni beschleunigte ihr Tempo und hatte weder ein Auge für die gut gebauten Handballer, die oben auf der Empore nun stolz einen riesigen silbernen Pokal in die Luft hielten, noch für die wunderschönen Treppengiebelhäuser, die zu allen Seiten des großen Platzes aufgereiht nebeneinanderstanden, als würden sie den Marktplatz umarmen.

„Na, tu siehsja auus?“, lallte einer der SG-Anhänger, der ihr mit einem Becher Bier in der Hand vor die Nase taumelte. Als es überschwappte, machte Anni einen Schritt zur Seite und sah ihn aus ihren moosgrünen Augen strafend an.

„Isses nich n bissel warm in sonm Aufzug?“ Er musterte ihr Outfit, das dunkelblaue Kleid, den feinen Hut auf dem Kopf und den weißen Spitzenschal, den sie sich um die Schultern gelegt hatte.

In seinem Gesicht konnte sie ablesen, was ihm durch das biergetränkte Gehirn ging.

„Bist du eine …?“, fragte er, während ihm der rot-weiß-blaue Stoff-Wikingerhelm ins Gesicht rutschte.

Sie verschränkte die Arme vor der Brust und tippte mit dem Fuß auf das Kopfsteinpflaster. „Was meinst du, wer ich bin?“, fragte sie, während die Kirchturmuhr ihren letzten Glockenschlag tat.

„Ne Beduh-dande?“, lallte er mit einem breiten Grinsen im Gesicht, als sei er stolz darauf, ihre Kostümierung erkannt zu haben.

„Verdammt richtig. Und wenn du mir nicht gleich aus dem Weg gehst, komme ich zu spät zu meinem Job. Verstanden?!“, sagte sie zwar energischer als beabsichtigt, aber mit Erfolg.

Der SG-Fan trat beiseite und machte eine Verbeugung. „Bidde sehr, die Dame.“

Anni lächelte ihm zu und nickte, als sie mit durchgedrücktem Kreuz an ihm vorbeischritt. „Danke.“

Sobald sie die grölende Menge hinter sich gelassen hatte und das Kopfsteinpflaster durch normale Pflastersteine abgelöst wurde, begann Anni zu laufen. Sie sprintete die Fußgängerzone, den Holm, entlang, vorbei an den farbenfrohen Häusern mit Boutiquen, Buchhandlungen und Cafés, bis sie an der Holmnixe, einem kleinen Brunnen, nach rechts abbog. Vor der Touristinformation angekommen, hielt sie an, stemmte die Hände in die Hüften und beugte sich leicht nach vorne. Himmel, sie musste dringend an ihrer Kondition arbeiten …

Sie hatte noch gar nicht richtig Luft geholt, da trat ein kleiner schlaksiger Mann mit Glatze und Schnurrbart aus der Tür des Hauses, vor dem sie stand.

„Anni Gade“, hörte sie ihn sagen. „Wie immer spät dran.“ Er machte ein paar Schritte auf sie zu. Sobald er stehen geblieben war, tippte er ungeduldig mit dem Fuß auf den Bürgersteig. Warum musste er sich nur immer so wichtig nehmen?

„Moin Gunnar.“ Anni verkniff sich ein Augenrollen, wischte sich eine ihrer rotblonden Locken aus dem Gesicht und klemmte sie sich provisorisch hinter das Ohr, wohl wissend, dass die Locke gleich wieder vor ihrem Auge herumtanzen würde. Dann richtete sie sich auf, drehte sich zu ihm und senkte ihren Blick. Was die Körpergröße betraf, hatte der liebe Gott Gunnar Hansen nicht gerade üppig ausgestattet. Er reichte Anni gerade einmal bis zur Nasenspitze, mit gutem Willen und wenn sie, so wie jetzt gerade, keine hohen Absätze trug, vielleicht bis zum unteren Wimpernansatz. Eine Tatsache, die dazu führte, dass der Flensburger Tourismuschef sich Frauen, die größer waren als er, stets auf Zehenspitzen näherte. Und wenn er neben ihnen stand, wippte er immer von einem Bein auf das andere. Wie ein Kapitän, der auf einem schwankenden Schiff versuchte, das Gleichgewicht zu halten.

„Also", sagte der wankende Tourismuschef, die Hände vor der Brust gefaltet, offenbar auf eine Erklärung wartend.

Die konnte er haben. Anni schenkte ihm einen entschuldigenden Augenaufschlag und entschloss sich zu einer kleinen Notlüge. „Ich weiß, Gunnar, aber ich musste Hugo noch …"

„Was kümmert mich dein Erpel, Anni?", unterbrach er sie barsch.

Anni schloss die Augen und pustete durch. Irgendwie hatte sie geahnt, dass sie mit Hugo als Entschuldigung nicht weit kommen würde. Gunnar hatte kein Herz für Tiere. Und genau genommen auch nicht für Menschen. Aber sie brauchte diesen Job, und sie brauchte ihre Wohnung. Bei ihren Eltern einzuziehen war nun wirklich keine Option. Die würden sich bedanken, wenn sie mit einem Koffer in der Hand und Hugo unter dem Arm plötzlich bei ihnen vor der Tür stünde.

Anni hatte schon einmal versucht, wieder in ihrem ehemaligen Kinderzimmer unterzukommen, nachdem sie das Studium geschmissen hatte. Schon damals war sie kläglich gescheitert und schließlich lieber in die kleine Einliegerwohnung unter dem Dach von Frau Lorenzens Kapitänshaus auf dem Land eingezogen, als eine weitere Nacht mit ihrem Vater unter einem Dach zu verbringen. Einen weiteren Versuch würde sie daher nicht unternehmen. Niemals.

In diesem Moment hallten die Schlachtgesänge der SG-Fans über den Holm und rissen Anni aus ihren Gedanken.

Ein lauter Knall ertönte, als habe jemand auf dem Marktplatz eine überdimensional große Konfettikanone gezündet. „Der Südermarkt ist voller Leute. Ich bin kaum durchgekommen."

„Ach, kann es sein, dass die SG die Champions League gewonnen hat?" Er zog eine Grimasse, die Anni nicht ganz deuten konnte. Machte er sich etwa über sie lustig? „Was erwartest du, Anni? Die feiern dort drüben die Party des Jahres! Niemand möchte das verpassen. Ich wäre auch bereits dort, aber ich habe auf meine Petuhtanten-Stadtführerin gewartet." Jetzt machte er ein böses Gesicht und zeigte auf die Uhr an seinem Handgelenk, wohl auch, um Anni ein schlechtes Gewissen einzujagen. Es verfehlte seine Wirkung nicht. Natürlich nicht.

Es brauchte Anni nur jemand vorwurfsvoll anzuschauen, und schon regte sich dieses blöde schlechte Gewissen, das sich wie ein Kloß in ihren Hals legte, ihr das Atmen erschwerte und ihren Bauch ganz schwer werden ließ.

Anni seufzte ein weiteres Mal und schluckte schließlich den Kloß in ihrer Kehle herunter. Dieser Kloß hatte hier nichts zu suchen. Hier ging es um ihren Job, nicht um ihr Privatleben und nicht um ihre Kindheit. „Es tut mir leid, Gunnar. Kommt nicht wieder vor."

„Das will ich hoffen." Gunnar hörte auf zu schwanken, machte einen Schritt beiseite und ging an Anni vorbei. Bevor er sie gänzlich passiert hatte, blieb er noch einmal stehen und legte ihr die knochige Hand auf die Schulter. „Du bist eine gute Stadtführerin, vielleicht die beste, die wir haben. Unsere Gäste lieben dich und deine Inszenierung. Aber deine

Unpünktlichkeit kann ich auf Dauer nicht tolerieren." Er sah sie an. „Das verstehst du doch, oder?"

Anni nickte bedröppelt. Er hatte ja recht, auch wenn sie sich das nur schwer eingestehen wollte. Unpünktlichkeit war ein Problem, das sie ebenfalls schon seit Jahren mit sich herumtrug. Pünktlichkeit war noch nie ihre Stärke gewesen. Schon zu ihrer eigenen Einschulung war sie beinahe zu spät gekommen, weil sie sich beim Spazierengehen mit einer Freundin verquatscht hatte. Ihre Eltern hatten sie damals eine Stunde lang gesucht, und es hatte riesigen Ärger gegeben, als sie wieder aufgetaucht war.

„Ist die Gruppe schon da?" Sie drehte sich zum Eingang der Touristinfo um und blinzelte gegen die Sonne in den Innenhof, der sich direkt daneben verbarg.

„Was glaubst du wohl, Anni Gade? Natürlich ist die Gruppe schon da. Im Gegensatz zu dir waren sie ja *pünktlich*." Gunnar schenkte ihr ein bissiges Lächeln zum Abschied, legte sich seinen Pullover um die Schulter, als sei er ein stinkreicher, aufgeblasener Sylt-Tourist, und zog von dannen. Anni sah ihm nach, bis er an der Holmnixe um die Ecke verschwunden war. Memo an sie selbst: Endlich pünktlich sein!

*

Der rechteckige Innenhof neben der Touristinformation war von hohen, efeubewachsenen Häuserwänden umgeben, was ihm eine angenehme Kühle verlieh. Eine kleine Gruppe von zehn Leuten hatte sich in der Mitte des Hofes versammelt und war so in Gespräche vertieft, dass sie Anni gar nicht bemerkte.

Ihr war es ganz recht. Sie nutzte die Zeit, sich ein Bild von den Leuten zu machen, mit denen sie die kommenden zwei Stunden verbringen würde.

Es war eine gemischte Gruppe, sowohl vom Alter als auch von den Geschlechtern her. Wobei die Frauen in der Überzahl waren. Anni stellte sich auf die Zehenspitzen, um einen genaueren Blick auf die Leute zu erhaschen. Sie liebte es, Menschen zu beobachten, auch wenn sie wusste, dass es sich nicht gehörte. Aber sosehr sie sich auch anstrengte, sie konnte nichts dagegen tun. Es machte einfach zu viel Spaß.

Zwei ältere Damen, die grau-violetten Haare in Wellen gelegt, standen in der Nähe der einen Efeuwand und steckten tuschelnd die Köpfe zusammen. Die eine war deutlich kräftiger gebaut als die andere. Worüber sie sich wohl unterhielten? Anni folgte ihren Blicken, die förmlich an einem Pärchen klebten, das sich fest umschlungen hielt und mit einem älteren Mann sprach, der einen schwarzen Labrador mit sich führte, der beinahe so groß war wie ein halbjähriges Kalb und dem Mann deutlich über das Knie reichte. Wahrscheinlich hatten die beiden Golden Girls den gleichen Gedanken wie Anni: Einen solch großen Hund hatte sie lange nicht mehr gesehen.

Annis Blick schweifte weiter zu einer Familie, deren Kinder sich gerade buchstäblich in die Haare bekommen hatten und über irgendetwas stritten, was Anni nicht mitbekommen hatte. Sie sah nur, dass das kleinere der beiden Mädchen die langen dunklen Haare ihrer größeren Schwester festhielt und nicht müde wurde, daran zu ziehen. Sehr zum Missfallen der Mutter, die mit Engelszungen auf ihre kleine Tochter einredete, jedoch ohne wirklich erfolgreich zu sein. Immer wieder schaute die Mutter sich hilfesuchend nach ihrem Mann um, von dem sie jedoch offenbar keine Hilfe erwarten durfte. Der Vater stand etwas abseits, einen Kinderrucksack auf der rechten Schulter baumelnd, und studierte, ein wenig zu angestrengt für Annis Geschmack, einen der zahlreichen Flyer, die er sich wohl aus der Touristinfo mitgenommen hatte. Man hätte meinen können, er würde ein wirklich interessantes Buch lesen, so vertieft schien er zu sein, und Anni hätte ihm das bestimmt auch abgenommen, hätte er nicht ab und zu aufgesehen und zu seiner Frau hinübergeschielt, nur um den Kopf erneut blitzschnell zu senken, sobald diese sich in seine Richtung drehte.

Männer! Anni verkniff sich ein Lächeln. Auf ihren Stadtführungen erlebte sie immer wieder das Gleiche: Die Mütter kümmerten sich um die Kinder, wenn's stressig wurde, und hatten kaum Zeit, ihren Ausführungen zu lauschen, während die Väter entspannt durch die Gassen und Kaufmannshöfe schlenderten und so taten, als hätten sie die Zeit ihres Lebens. Vielleicht hatten sie das auch … und vielleicht sollte sie sie einfach mal danach fragen?

Anni drehte sich nach links und betrachtete ihr Outfit in einem der bodentiefen Fenster der Touristinfo. Prüfend drehte sie sich in alle Richtungen, rückte sich den Hut zurecht und umklammerte ihren dunklen Regenschirm, den sie augenblicklich in die Höhe hob, als sie sich umdrehte und schnellen Schrittes auf die Gruppe zuging. Jetzt war sie bereit, in ihre Rolle zu schlüpfen.

„Szo“, sagte sie mit einem betont scharfen S, dessen spitzer Laut die Gespräche der Gruppe abrupt beendete. „Dann woll’n wir mal szehn un kommen los.“

Prompt hatte Anni die ganze Aufmerksamkeit der buntgemischten Truppe. Alle drehten den Kopf in ihre Richtung und lächelten, vielleicht auch ein wenig amüsiert, aufgrund der Erscheinung, die sich ihnen bot.

„Ich bin Frau Møller mit dänischem Ø. Die Leute sagen, ich bin eine Petuhtante. Wisst ihr, was das ist?“ Sie stellte sich zu der Gruppe und sah in die Runde, die – erwartungsgemäß – den Kopf schüttelte. „Gut, gut“, sagte Anni und stemmte die Hände in die Hüften. „Dann werde ich euch das in den kommenden Stunden mal vertellen, also er-zäh-len.“

Anni lachte und stellte sich nun so hin, dass sie direkt vor ihrer Gruppe stand, die sich daraufhin im Halbkreis um sie herum verteilte und lauschte.

„Folgt einfach mir und meinem Paraplü.“ Sie reckte ihren Regenschirm noch ein wenig höher in die Luft, um zu verdeutlichen, dass der Schirm mit diesem Wort gemeint war. Die Gruppe nickte.

„Prima, dann kann ja nix schiefgehen.“

Jetzt lachten alle und reihten sich hinter Anni und ihren Paraplü ein, als sie schnellen Schrittes den Innenhof verließ, nach rechts abbog und in Richtung Holm marschierte. Dabei begann sie von den glanzvollen Zeiten Flensburgs zu erzählen, damals, als die Schiffe noch unter dänischer Flagge segelten und Flensburg eine der wichtigsten Handelsstädte des dänischen Königreichs gewesen war. Sie machte Abstecher in die Kaufmannshöfe, hielt vor den großen Kornspeichern, die aus dieser Zeit übrig geblieben waren, und erzählte Geschichten von früher.

„Ihr müsst wissen: Bis 1864 war Flensburg hinter Kopenhagen die zweitgrößte Stadt des dänischen Königreichs. Dann gab es den großen Deutsch-Dänischen Krieg, den Dänemark 1864 mit der Schlacht bei Dybbøl verlor. Als Folge fielen Schleswig-Holstein und damit auch Flensburg an Preußen. Doch die Staatsgrenze, so wie wir sie heute kennen, wurde erst 1920 festgelegt."

Sie gingen weiter über den Holm, durch den Hof des Borgerforeningen und dann die Schiffbrücke entlang in Richtung Hafen. Vor dem Salondampfer „Alexandra", einem weiteren Relikt aus vergangener Zeit, blieb die Gruppe stehen.

„Ach Jott, ach Jott", sagte Anni und schlug übertrieben die Hände über dem Kopf zusammen. „Heute fährt die Alex ja gar nicht, sondern erst am Sonnabend wieder. Das hab ich bei dem ganzen Gesappel ganz vergessen."

Sie erzählte noch ein wenig über den schwimmenden Kohledampfer, der auch heute noch unter Dampf über die Flensburger Förde schipperte und seit seiner Renovierung zu einer Art schwimmendem Wahrzeichen der Fördestadt geworden war.

Petuhtanten, wie sie eine war, hatten den Butterdampfern, wie die Schiffe damals von den Flensburgern liebevoll genannt wurden, ihren Namen zu verdanken.

„Szo feine Damen wie ich lieben nichts mehr, als mit unserem Partout-Billet …" Wieder schaute sie in rätselnde Gesichter. „Das heißt Hin- und Rückfahrt auf Neudeutsch", flüsterte sie, worauf ein Schmunzeln durch die Gruppe ging. „Wir lieben es einfach, auf diesen Dampfern rüber bis nach Dänemark zu schippern. Das is'n Spaß, sag ich euch. Ihr müsst das unbedingt auch mal ausprobieren. Am Sonnabend, wenn die Alex wieder unter Dampf steht." Sie blickte in die Runde, die mittlerweile seit einer knappen Stunde gebannt an ihren Lippen hing. „Ihr versteht jetzt auch, warum die Flensburger mich so nennen, oder? Partout?" Anni zwinkerte der Gruppe zu und wartete, ob der Groschen von allein fiel. Als niemand darauf kam, löste sie nach einer kurzen Weile dann doch auf. „Böse Zungen behaupten, wenn wir, also feine Damen wie ich, Partout sagen, klingt es immer ein wenig nach Petuh. Daher nennen sie uns Petuhtanten."

Jetzt lachten alle, während Anni in die Hände klatschte und irgendetwas von „Frau Szörensen und szies neue Hut" erzählte. „Ohaueha watt'n Aggewars, bis wir diesen ollen Federhut endlich wieder auf ihrem Kopf hatten …"

„Ein Agge-was?", fragte die stämmigere der beiden Golden Girls und trat einen Schritt näher.

Anni nickte und grinste, als habe sie nur auf diese Frage gewartet. Spätestens an dieser Stelle hakten alle Touristen nach. „Ag-ge-wars", wiederholte sie noch einmal betont, nur um dann die deutsche Übersetzung ihres Petuhschnacks gleich mit einem erneuten Augenzwinkern mitzuliefern. „Stress."

Jetzt nickte die ältere Dame ebenfalls und schmunzelte, während eines der beiden Mädchen ihrer Mutter in die Seite kniff, mit ausgestrecktem Zeigefinger auf Anni zeigte und flüsterte: „Warum redet die so komisch?"

„Komisch?“ Anni tat gespielt entsetzt. Jetzt war sie vollkommen in ihrem Element. „Dat kann ok nur n Buten-Flensburger sagen.“

Wieder lachten alle, außer dem kleinen Mädchen, das ihr Gesicht beschämt gegen die Hüfte ihrer Mutter presste. Das hatte Anni nun nicht beabsichtigt.

„Na, na, kleines Fräulein, das muss dir nicht peinlich sein“, beschwichtigte Anni postwendend im schönsten Petuhtanten-Deutsch und zauberte aus der Tasche, die sie am Handgelenk trug, einen Lolli hervor, den sie der Kleinen überreichte. „Wir Flensburger schnacken manches Mal schon ein wenig merkwürdig. Da muss ich dir zustimmen.“ Sie zwinkerte dem Mädchen zu und richtete sich wieder auf.

„Das nennt man Petuh. Und das gibt's nur bei uns in Flensburg.“ Anni spannte ihren Regenschirm auf, als die ersten Tropfen auf ihre Nasenspitze fielen. Die anderen taten es ihr nach, hüllten sich entweder in ihre Regenjacken oder drängten sich unter ihren Schirmen zusammen.

„Mistwetter“, schimpfte der alte Mann mit dem riesigen Labrador, der laut zu bellen begann, als wolle er seinem Herrchen zustimmen. „Und das Petuh kommt also von den feinen Damen damals?“

Anni nickte dieses Mal so heftig, dass die dunkelblauen Federn auf ihrem Hut zu wippen begannen. „Ganz genau. Feine Damen, wie ich eine bin.“ Sie stupste ihn von der Seite an und lächelte.

„Das glaub ich gerne“, murmelte der Mann und verkniff sich ein Lächeln. „Aber wo kommt diese Sprache her?“

„Das Flensburger Deutsch hat Einschläge aus Plattdeutsch und dänischer Syntax. Es ist eine bunte Mischung aus den Sprachen und Dialekten, die hier im Laufe der Jahrhunderte gesprochen wurden – und auch immer noch gesprochen werden. Dänisch, Deutsch, Plattdeutsch, Sønderjysk, Friesisch – eine Art Deutsch mit dänischer Satzstellung", erklärte sie, so wie sie es immer auf ihren Stadtführungen machte.

Damals, als sie mit den Führungen begonnen hatte, musste sie sich erst daran gewöhnen, Petuh zu sprechen – oder vielmehr zu schnacken. Als Flensburgerin war sie es natürlich gewohnt, das eine oder andere Petuh-Wort zu benutzen, ohne großartig darüber nachzudenken – schließlich gehörten Wörter wie *Feudel* (Bodenwischtuch) und *Froster* (Gefrierschrank) hier zum sprachlichen Alltag. Auch war es in Flensburg vollkommen normal, dass man, wenn einen jemand fragte, was er am Abend vorhatte, antwortete: „Ich soll tanzen gehen." Woraufhin Leute, die nicht aus Flensburg kamen, meist ganz entsetzt fragten: „Warum sollst du denn?"

Sollen hatte in Flensburg eine ganz andere Bedeutung als im Rest der Republik. Denn wer in Flensburg etwas sollte, tat dies durchaus aus freien Stücken und nicht etwa, weil er dazu gezwungen wurde. Wieder etwas, was die Flensburger vom Dänischen übernommen hatten.

„Faszinierend", murmelte der alte Mann unter seinem Regenschirm, während sich die Gruppe erneut in Bewegung setzte.

Sie gingen vorbei am Flensburger Schifffahrtsmuseum, vor dem eine riesige rote Boje vom Boden schräg-steil in die Luft ragte, warfen einen Blick auf den gegenüberliegenden

Museumshafen mit seinen historischen Segelschiffen und dem Bohlwerk, auf dem früher eifrig Handel betrieben wurde, bevor sie sich über Flensburgs einstige „Sündige Meile", den Oluf-Samson-Gang, auf den Rückweg machten.

„Früher gingen hier Seefahrer und Geschäftsleute ein und aus, um sich mit den Damen einen netten Abend zu machen. Es war quasi die Reeperbahn von Flensburg ..."

„Also ein Puff!", quiekte eine der beiden älteren Damen vergnügt. Erst jetzt bemerkte Anni, dass sie sich eine Regenhaube über das weiß-violette Haar gestülpt hatte. Das ergab durchaus Sinn, denn die dünne, geblümte Regenjacke, die sie trug, besaß aus irgendeinem Grund, den Anni nicht nachvollziehen konnte, keine Kapuze.

Anni seufzte und zeigte mit dem Kopf in Richtung der beiden Kinder, die mit ihren Gummistiefeln in eine tiefe Pfütze sprangen und ganz offensichtlich, zum Glück, nicht mitbekommen hatten, wovon die Erwachsenen gerade sprachen. Die ältere Dame hielt sich entschuldigend die Hand vor den Mund und nickte verständnisvoll.

„Es war eine Vergnügungsmeile für Erwachsene, vorwiegend Seeleute, die nach ihren langen Reisen endlich wieder an Land kamen, ganz genau", betonte Anni daraufhin nochmal und zwinkerte der Frau zu. „Aber heute sind diese kleinen, teils sehr schiefen Häuser von Familien bewohnt oder dienen als Ferienwohnungen. Ist das nicht fantastisch?"

„Eine zauberhafte, kleine Straße. Auch wenn das Pflaster verdammt holprig ist. Man merkt, wie alt das alles hier ist, und spürt die Geschichte dieses Ortes förmlich." Die zierlichere der beiden Golden Girls trat an Anni heran und geriet auf der unebenen, rutschigen Kopfsteinpflastergasse prompt ins Stolpern. Reflexartig schoss Annis Arm nach vorne. Sie schaffte es gerade noch, die Seniorin aufzufangen, bevor sie vollends ihr Gleichgewicht verlor.

Die alte Dame taumelte kurz und schnaufte ein, zwei Mal kräftig durch, während sich ihre Finger fest in Annis Arm krallten. Es kostete Anni einiges an Mühe, nicht selbst ebenfalls ins Straucheln zu geraten, und sie versuchte, das Ungleichgewicht mit ihrem Regenschirm in der anderen Hand auszubalancieren. Niemals hätte sie es für möglich gehalten, dass in einer solch kleinen, ja, beinahe mageren Person so viel Kraft steckte. Es dauerte einen Moment, bis die alte Frau sich von ihrem Beinahesturz gefangen hatte.

„Helga, wat machst du denn da?" Golden Girl Nummer zwei, die lange in ein Gespräch mit dem Hundebesitzer vertieft gewesen war, kam zu ihr nach vorne geeilt, wobei sie penibel darauf achtete, nicht ebenfalls ins Rutschen zu geraten, und umfasste den anderen Arm ihrer Freundin. „Immer schön vorsichtig, das hab ich dir doch gesagt." Resolut klemmte sie sich Helgas Arm unter ihre Achsel und stand schließlich wie ein Fels in der Brandung neben den beiden.

„Sie hat erst vor Kurzem eine neue Hüfte bekommen. Ich hab ihr noch gesagt, dass diese Lauferei hier vielleicht zu viel für sie wird, aber …", flüsterte sie über Helgas Kopf hinweg, was ihrer Freundin gar nicht zu gefallen schien.

„Zu deiner Information: Ich kann dich hören, Edda", murmelte Helga, vielleicht sogar ein wenig eingeschnappt, richtete sich auf und straffte die knochigen Schultern. „Es liegt nicht an meiner Hüfte, dass ich gestolpert bin, sondern an diesem Pflasterstein dort." Sie zeigte auf einen Stein hinter sich, der deutlich höher lag als die anderen gepflasterten Steine um ihn herum.

„Tz, als ob", machte Edda und verzog das Gesicht. Offenbar war sie es nicht gewohnt, dass Helga ihr Paroli bot.

Anni versuchte, die angespannte Situation zwischen den beiden zu entschärfen. „Es ist ja alles nochmal gut gegangen", beschwichtigte sie und ließ Helga los. „Diese Steine sind wirklich kleine Stolperfallen. Und bei dem Regenwetter kann das schon mal passieren." Sie lächelte Helga aufmunternd zu, die ihrerseits Annis Antwort nutzte und Edda einen dieser Na-siehst-du-Blicke zuwarf, der sich gewaschen hatte.

Edda rümpfte daraufhin die Nase, zuckte kurz mit den Schultern und sagte für die nächsten zehn Minuten keinen Ton mehr.

Sie marschierten durch die Norderstraße, bewunderten die baumelnden Schuhe, die zwischen den Häuserreihen über Wäscheleinen hingen, und hielten am Nordermarkt. Wo sich auch Edda wieder zu Wort meldete.

„Eine sehr schöne Stadt", murmelte sie so leise vor sich hin, dass Anni sie erst gar nicht richtig verstand.

„Bitte?", fragte sie daher höflich, legte ihren Regenschirm leicht schräg und wandte sich Edda zu.

„Eine schöne Stadt ist das hier, in der Sie leben", wiederholte Edda und lächelte. Ihre schlechte Laune schien sich, zum Glück, in Luft aufgelöst zu haben.

„Und wenn das Wetter mitspielt, ist sie gleich noch schöner." Anni lachte, erklärte kurz etwas über den Brunnen, auf dessen mittiger Säule eine kleine Neptunfigur mit einer goldenen Krone auf dem Kopf und einem Dreizack in der Hand stand. „Dieser Brunnen ist etwas ganz Besonderes, denn, man mag es kaum glauben, einmal im Jahr wird er zu einer Art Swimmingpool, und das, obwohl der Hafen nur einen Steinwurf entfernt liegt." Anni zeigte die Schiffbrückstraße hinunter, an deren Ende man die Hafenspitze und ein paar Segelboote sehen konnte.

„Darin kann man doch nicht baden", meinte der Familienvater, der schon gleich zu Beginn der Stadtführung seine Flyer eingepackt und Anni die ganze Zeit über aufmerksam zugehört hatte. Er stellte sich auf die Zehenspitzen, um über den Rand des Brunnens zu sehen. Beim Blick auf das dunkle, vielleicht dreißig Zentimeter tiefe Wasser, das sich darin befand, kratzte er sich am Hinterkopf und legte die Stirn in Falten.

„Oh, erzählen Sie das mal unseren dänischen Abiturienten." Anni stellte sich auf eine der Stufen des Brunnens. „Traditionell feiern die Abiturienten der Duborg Skolen, des dänischen Gymnasiums hier in Flensburg, in diesem Brunnen ihren Schulabschluss. Nachdem sie ihren Hut aufgesetzt bekommen haben, gehen alle hier runter in die Stadt und springen in den Brunnen. Das ist vielleicht ein Spektakel, sag ich Ihnen." Anni lachte und drehte sich zum Brunnen. Sie legte die Hand auf den Rand und strich darüber.

„Ich bin damals auch in diesen Brunnen geklettert. In weißen Klamotten und mit einem rot-weißen Studentenhut auf dem Kopf. Und das Wasser war so kalt. Aber es hat verdammt viel Spaß gemacht." Erschrocken hielt sie sich die Hand vor den Mund und drehte sich zu ihrer Gruppe um. „Ohauaha, jetzt hab ich aber geflucht. Und eine feine Dame flucht ja nicht. Ssie müssen das entschuldigen." Sie schenkte allen ein aufrichtiges Lächeln, das die Gruppenteilnehmer erwiderten, und zuckte mit den Schultern. Dann warf sie einen kritischen Blick in Richtung der dunklen Wolken am Himmel, die sich heute wahrscheinlich nicht mehr verziehen würden. „Was halten Sie davon, wenn wir gemeinsam ein Bier trinken gehen?" Sie sah in die Runde, woraufhin die Männer eifrig zu nicken begannen. „Oder eine Limonade?" Jetzt nickten auch die Kinder, und alle schienen glücklich. „Perfekt. Dann folgen Sie mir." Anni stieg von der Stufe des Brunnens herab, raffte ihren Rock und ging voran.

Auf Höhe des Neptunhofs blieb sie noch einmal stehen. „Einen wunderschönen Hof hab ich noch für Sie, und zwar einen ganz besonderen. Kommen Sie mit", sagte sie und trat durch eine hohe, dunkelgrüne Tür, die bereits zur Hälfte geöffnet war.

Endlich war es trocken. Wenn auch nur für einen Moment. Der Weg in den Hof ging nämlich direkt durch das große, dreigeschossige Kaufmannshaus Hansen mit roter Klinkerfassade hindurch und führte vorbei an mehreren Schaufenstern.

„Reizend", jauchzte Helga, als sie als eine der Ersten den Gang durchquert hatte und nun – wenn auch immer noch mitten im Regen – in dem malerischen Kaufmannshof stand. „Und diese kleinen Boutiquen. Edda, schau mal, hier müssen wir morgen unbedingt noch einmal hin, wenn alles geöffnet hat." Sie sah sich suchend nach Edda um, die zwar ein wenig abseits von ihr stand, ihrer Freundin aber liebevoll zulächelte.

„Machen wir, Helga, versprochen." Sie sah in eines der beleuchteten Schaufenster, in dem es Marken-Secondhand-Mode gab. „Das machen wir auf jeden Fall. Schau mal, was für tolle Sachen sie in diesem Laden haben."

Anni musste zugeben, dass es sie beruhigte, dass Helga und Edda ihre zwischenzeitige Eiszeit beendet hatten. Es war ihr ungemein wichtig, dass die Harmonie in der Gruppe, die sie durch die Stadt führte, stimmte. Die Teilnehmenden sollte in den knapp zwei Stunden, die sie miteinander verbrachten, eine tolle Zeit haben. Sie sollten in eine andere Welt eintauchen, den Alltag hinter sich lassen und die Stadtführung genießen. Und miese Stimmung, sei es auch nur von einer Person, konnte das Erlebnis für alle trüben.

Anni lächelte und erzählte ein wenig über den Neptunhof und das Kaufmannshaus Hansen, wer es gebaut und wem es gehört hatte, als plötzlich …

„Verzieh dich, Jebsen!"

Eine dunkle, viel zu laute Stimme, die von den hohen Hauswänden widerhallte, erlangte die Aufmerksamkeit der Gruppe.

Anni drehte sich um und erblickte am Rand einer Kellertreppe zwei Männer, die in einen heftigen Streit verwickelt waren und von der Gruppe gar keine Notiz zu nehmen schienen. Denn der eine, der dem Baulöwen und Investor Blumberg ähnelt – sie kniff die Augen zusammen, um besser sehen zu können –, hatte den anderen, Jebsen, gerade leicht gegen die Schulter geschubst. *Ohauaha!*

Anni machte zwei, drei Schritte auf die beiden Männer zu und hielt ihren Regenschirm ein wenig schräg, um die beiden Streithähne besser erkennen zu können.

Blumberg, der Lautere von beiden, trug eine weiße Jeans, Segelschuhe und ein hellblaues Hemd, das er sich um den runden Bauch herum in die Hose gesteckt hatte. Seine Haare leuchteten in einem viel zu gelben Trump-Blond. Jetzt schubste er den anderen Mann, Erik Jebsen, den Besitzer der hiesigen Brauerei, erneut nach hinten. Dieser verlor das Gleichgewicht, es machte Plumps, und er landete auf dem beigen Hosenboden.

„Michael, lass uns doch über alles reden. In Ruhe und vernünftig", antwortete Erik, während er sich mühsam wieder auf die Beine kämpfte und sich den Dreck von seiner hellen Jeans klopfte.

„Tz, reden. Findest du nicht, wir haben genug geredet? Jetzt müssen endlich Taten folgen. Beweise, dass ein Mann und kein Waschlappen in dir steckt!" Michael Blumberg, einer der Unternehmer, die Flensburg in den vergangenen Jahren im Sturm erobert und nahezu alles an Immobilien aufgekauft hatten, was sie in die Finger bekommen konnten, stemmte die Hände in die Hüften und tat so, als würde ihm die Welt gehören.

Anni mochte ihn nicht. In ihren Augen war er nichts weiter als ein mit Goldketten behangener Angeber. Schade nur, dass es nicht alle so sahen. Sein Ruf in der Fördestadt war gut. Wahrscheinlich, weil er so viel investierte, was wiederum Arbeitsplätze in der ansonsten wirtschaftlich so gebeutelten Region schuf.

„Aber Michael", machte Erik Jebsen einen weiteren Versuch, der von seinem Gegenüber jedoch sofort im Keim erstickt wurde.

Anni hörte, wie die Gruppe hinter ihr zu tuscheln begann, und seufzte. So gerne sie den beiden auch noch zugehört hätte – denn der Streit der beiden Männer hatte Anni neugierig gemacht – , so klar erkannte sie auch, dass es sie definitiv nichts anging, worüber sich Jebsen und Blumberg unterhielten. Vielmehr sollte sie sich um ihre Gruppe kümmern, mit ihnen ein Bier trinken gehen und ihren Job zu Ende bringen.

„Ich hab dir alles dazu gesagt, Erik. Und jetzt lass mich in Ruhe. Bevor du deine Meinung nicht geändert hast, brauchst du bei mir nicht mehr anzukommen." Michael Blumberg drehte sich um und verschwand in dem Keller, aus dem er vor wenigen Minuten gekommen war. Erik Jebsen folgte ihm. Dann fiel krachend die Tür ins Schloss. Im Hof war es still. Nur der Regen, der sich in den Regenrinnen sammelte und durch die Fallrohre in Richtung Kanalisation rauschte, war noch zu hören.

„Na, die beiden werden wohl keine Freunde mehr, was?" Edda trat an Annis Seite und schaute in die Richtung des Kellers, in dem Jebsen und Blumberg verschwunden waren.

Anni nickte. „Sieht ganz danach aus." Sie zuckte mit den Schultern, lächelte Edda an und drehte sich zur Gruppe um, die sich großteils bereits in den überdachten Eingang des Hofes zurückgezogen hatte. „Also gut, wer von Ihnen hat noch Durst?"

Alle streckten eine Hand nach oben. „Und Hunger hab ich auch“, sagte der Familienvater und rieb sich mit der Hand über seinen Bauch.

„Und wir erst“, stimmten seine Kinder ihm zu, während ihre Mutter Anni beinahe flehend ansah. Ob sie auf Erlösung hoffte?

Anni lachte. Am Ende einer Führung war es meist immer das Gleiche: Sosehr jeder von ihnen die Führung auch genossen hatten, alle sehnten sich nach einer kühlen Erfrischung und leckerem Essen.

„Das trifft sich gut, denn das Lokal, das ich mir für unseren Abschluss ausgesucht habe, hat eine hervorragende Küche. Also, los geht’s.“ Sie klatschte ein weiteres Mal in die Hände und marschierte voran in Richtung Hafen.

2.
Szo schön und szehen Szie

„Dat lütte Brauhuus" war bis auf den letzten Platz gefüllt, als Anni und ihre buntgemischte Truppe wenig später dort eintrafen. Glücklicherweise hatte sie vorgesorgt, wie immer, wenn sie eine Stadtführung hatte, und einen Tisch reserviert. Ansonsten hätten sie gleich wieder umkehren können.

„Ist das urig hier", raunte Edda und sah sich um, während sie sich neben Anni an den vollbesetzten Tischen und Bänken vorbeischob. Zwischendurch blieb sie vor einer der unzähligen Schwarz-Weiß-Fotografien stehen, die den rechten Teil des Lokals zierten. Sie zeigten berühmte Persönlichkeiten, die im Laufe der Jahre dem Brauhaus einen Besuch abgestattet hatten.

Eine Fotografie betrachtete sie etwas länger, kniff die Augen zusammen und trat noch näher an die Wand heran, als wolle sie bis ins kleinste Detail erkennen, was auf dem Foto zu sehen war. „Ist das Beate Uhse?" Sie schaute zu Anni, die ihr zulächelte und nickte.

„Ja, das ist sie."

„Wir Frauen haben ihr viel zu verdanken. Sie muss eine tolle Frau gewesen sein. Unfassbar mutig, wenn man bedenkt, in was für einer Zeit sie groß geworden ist." Eddas Stimme war voller Bewunderung.

Anni konnte Edda gut verstehen. Sie selbst hatte kaum Erinnerungen an die Flensburger Erotik-Ikone, die die Stadt bundesweit bekannt gemacht hatte. Als Beate Rothermund, wie sie mit bürgerlichem Namen hieß, starb, war Anni erst ein Schulkind gewesen. Das Einzige, das sich ihr ins Gedächtnis gebrannt hatte, waren die traurigen Gesichter der Menschen, als sie von ihrem Tod erfahren hatten.

„Edda, schau mal!", rief Helga und zeigte aufgeregt auf ein weiteres Bild an der Wand. „Das sind doch die Klitschkos, oder?"

Edda löste sich von Beate Uhses Foto und eilte zu ihrer Freundin. „Ja, das sind sie. Was machen die denn hier?"

Anni stellte sich zu den beiden und wartete, bis der Rest der Gruppe sich dazugesellte. „Die Klitschkos", begann sie schließlich, „haben hier in Flensburg ganz am Anfang ihrer Karriere geboxt."

„Ach, das ist ja interessant." Der Familienvater schob sich nun in den Vordergrund und betrachtete die Fotografie an der Wand aufmerksam. „Toll, was man von Ihnen für Infos bekommt. Flensburg scheint doch nicht so langweilig zu sein, wie einige angenommen haben." Er lächelte zunächst Anni zu, woraufhin auch alle anderen zustimmend nickten, und drehte sich dann mit einem breiten Grinsen zu seiner Frau, die daraufhin eine Grimasse zog.

„Das ist der Vorteil, wenn man eine Petuhtante ist. Ich hab meine Ohren und Augen überall." Anni zwinkerte ihm und der Gruppe zu, die daraufhin zu lachen begann. „Wie wäre es mit einer Fahrt mit der Straßenbahn?"

Wieder schaute sie in gespannte Gesichter.

„Ich dachte, wir wollten etwas essen und trinken." Eines der Kinder drängte sich dicht an seine Mutter und schniefte leise.

„Das werden wir auch, aber ich habe für uns einen Tisch in einem der letzten Straßenbahn-Waggons reserviert, die es in Flensburg gibt." Anni streckte den Kopf über die Gruppe hinweg und zeigte in Richtung des hinteren Teils des Lokals, in dem tatsächlich ein Waggon der Straßenbahn stand. Linie 1, stand groß vorne an dem rot-weißen Waggon.

„Ist ja der Wahnsinn!" Das junge Pärchen, das sich die ganze Führung über zurückgehalten hatte und mehr mit sich selbst beschäftigt gewesen war, meldete sich zu Wort. „Das haben wir ja noch nie gesehen."

„Ich auch nicht." Der Familienvater stellte sich daneben und schaute vorsichtig in den Waggon. „Bitte sagen Sie uns, dass wir den Tisch dort hinten im Rondell haben." Er zeigte auf einen runden Tisch im hinteren Teil des Waggons.

Anni nickte, schob sich an ihm vorbei und trat auf die erste Stufe des Einstiegs. „Folgen Sie mir."

Es zeigte sich, dass die beiden Mädchen einen riesigen Spaß daran hatten, den Straßenbahnwaggon zu erkunden. Sie hüpften im Fahrerstand herum, drückten Knöpfe, taten, als würden sie Fahrkarten kontrollieren, und waren so sehr mit dem Spiel und sich selbst beschäftigt, dass sie beinahe vergaßen, ihre Bratwürstchen zu essen, hätte ihre Mutter sie nicht rechtzeitig zum Essen gerufen.

„Das ist das Beste an der ganzen Führung", jauchzte die Größere der beiden mit vollem Mund und lächelte zufrieden.

„Psst", machte die Mutter und warf Anni einen entschuldigenden Blick zu.

„Ach, ist schon gut. Wäre ich Kind, wäre dies auch mein persönliches Highlight gewesen." Anni winkte ab und nippte an ihrem Bier, das herrlich erfrischend auf ihrer Zunge prickelte. Sie lehnte sich zurück und atmete tief durch. Sie war müde, und ihre Armmuskeln schmerzten vom Herausreißen der Thujas am Nachmittag. Trotzdem war sie zufrieden, denn die Führung heute Abend hätte auch schlimmer verlaufen können. Nicht auszudenken, was passiert wäre, wenn Helga vorhin gestürzt und sich verletzt hätte! Doch alles war gerade nochmal gut gegangen.

Helga und Edda saßen auf der anderen Seite des runden Tisches ihr schräg gegenüber und schnackten angeregt mit dem älteren Mann, dessen Hund nun unter dem Tisch ein Nickerchen hielt. Das verliebte Paar hatte schon eine ganze Weile nichts mehr gesagt, und Anni war sich ziemlich sicher, dass sie nicht mehr allzu lange hier verweilen würden. Sie machten den Eindruck, als könnten sie es gar nicht abwarten, wieder für sich allein zu sein. Immer wieder warfen sie sich verschwörerische Blicke zu, als schienen sie nur darauf zu warten, dass Anni die Veranstaltung auflöste.

Sie tat ihnen den Gefallen, nachdem auch der Familienvater den letzten Knochen seines halben Hähnchens, das er sich bestellt hatte, abgeknabbert und zurück auf den Teller gelegt hatte.

Anni räusperte sich und erhielt sofort die Aufmerksamkeit ihrer Gruppe. „Nun, da wir alle satt sind, möchte ich mich bei Ihnen für den schönen Abend bedanken. Es war mir eine große Freude, Ihnen ein wenig von meiner Heimatstadt zu zeigen und Ihnen zu erzählen, wie wir hier so leben bzw. gelebt haben."

„Oh, wir bedanken uns bei Ihnen, Anni. Es hat sehr viel Spaß gemacht. Wir werden Sie auf jeden Fall weiterempfehlen." Edda klatschte in die Hände, während die anderen Gruppenteilnehmer anerkennend auf das dunkle Holz der Tischplatte klopften.

Anni legte den Kopf schräg und lächelte leicht verlegen. Natürlich freute sie sich über das Lob, dennoch war es ihr irgendwie ein wenig unangenehm. Sie machte doch nur ihren Job. „Danke." Sie legte die Hand auf die Brust und beugte sich leicht nach vorne. „Es hat mir wirklich sehr viel Spaß gemacht. Aber ich werde mich jetzt verabschieden. Eine Petuhtante, wie ich es bin, braucht ihren Schlaf."

Anni rutschte ans Ende der halbrunden Bank, die um den Tisch herumgebaut war, und stand auf. „Kommen Sie alle gut nach Hause, und haben Sie noch ein paar schöne Tage hier bei uns in Flensburg." Sie lächelte ein weiteres Mal, dieses Mal weniger verlegen, und klopfte zum Abschied auf den Tisch. Dann drehte sie sich um und ging.

*

Draußen hatte es aufgehört zu regnen. Endlich. Die Luft war zwar immer noch feucht, dafür war es aber deutlich abgekühlt, was auch daran lag, dass der Wind gedreht und aufgefrischt hatte. Eine leichte Brise wehte vom Hafen zu ihr herüber und streifte über ihren Nacken. Sie schloss die

Augen, atmete die salzige Meeresluft ein und genoss die Ruhe, die sie umgab. Lediglich ein paar Möwen zogen kreischend über ihren Kopf hinweg, doch Anni ignorierte sie. Es tat so gut, einfach mal nicht reden zu müssen.

Eine Weile blieb sie so stehen, dann öffnete sie die Augen wieder und ging ein paar Schritte in Richtung Hafenkante. Auf einer frei gewordenen Parkbank setzte sie sich und raffte den langen Rock bis kurz unters Knie, sodass ihre langen Beine zum Vorschein kamen. Sie streckte sie weit von sich und war für einen Moment versucht, sich ihre Ballerinas abzustreifen, doch sie blieb standhaft. Stattdessen machte sie sich anderweitig Luft. Sie griff nach oben, zog zwei Hutnadeln aus ihrem Haar, nahm den Hut ab und legte ihn zusammen mit ihren Handschuhen neben sich auf die Bank. Hinter ihr hupten zwei Autos, von der anderen Seite des Hafens hallte das Martinshorn eines Rettungswagens, dessen blinkende Blaulichter sich auf der Wasseroberfläche spiegelten, zu ihr herüber.

Hier, inmitten dieser modernen, städtischen Kulisse, umgeben von Menschen mit Handys vor der Nase, iPods in den Ohren und hupenden Autos, sah sie wahrhaftig aus, als sei sie einer anderen Zeit entsprungen.

Sie schmunzelte. Wer hätte gedacht, dass sie in dieser Rolle mal so aufgehen würde?

Nachdem sie ihr Studium abgebrochen und aus Kiel zurück nach Flensburg gezogen war, hatte sie Geld verdienen müssen. Das wenige Bafög, das sie bekommen hatte, war ihr schneller wieder entzogen worden, als sie gucken konnte. Und auf die Unterstützung ihrer Eltern konnte sie nicht bauen – weder damals noch heute. Daher hatte sie sich darauf konzentriert, das zu machen, worin sie schon immer gut gewesen war: Schauspielerei, wenn auch im weitesten Sinne.

„Eine brotlose Kunst", wie ihr Vater, ein erfolgreicher Chirurg, ihr in ihrer Jugend immer und immer wieder eingebläut hatte.

Trotzdem hatte es Anni nicht davon abgehalten, wenn auch heimlich, eine kleine Theaterschule im Stadtteil Mürwik zu besuchen. Dort hatte sie sich immer wohlgefühlt. Es war ein Ort gewesen, an dem sie ganz sie selbst hatte sein können. Was paradox klang, wenn man bedachte, dass die Schauspielerei darin bestand, in unterschiedliche Rollen zu schlüpfen. Doch dort in der kleinen Theaterschule hatte man keine Erwartungen an sie gehabt. Es war ein Ort, an dem ihre Zukunft noch nicht vorherbestimmt war und ihr alle Türen offenstanden. Zumindest hatte sie das damals so empfunden. Es war ein befreiendes Gefühl gewesen, der Last der Erwartungen, die ihre Eltern stets in sie gesetzt hatten, entfliehen zu können. Wenn auch nur für eine begrenzte Zeit.

„Für die Tochter eines Professorenehepaares ziemt es sich nicht, auf einer Bühne nach Beifall zu betteln", hatte ihr Vater gesagt, als sie eines Tages vom Schauspielkurs nach Hause gekommen war. Anschließend hatte er sie noch mehr als zuvor im Auge behalten. Und als sie ihr Abitur endlich in der Tasche hatte, hatten ihre Eltern sie gar nicht schnell genug auf die Uni schicken können.

Pharmazie … Es war nicht so, dass sie das nicht interessiert hätte. Im Gegenteil, sie war medizinischer Forschung gegenüber nicht abgeneigt, aber die Aussicht darauf, vier Jahre lang für unzählige Stunden in einem überfüllten Hörsaal sitzen zu müssen, hatte bei ihr einen Fluchtreflex ausgelöst, dem sie nach vier Semestern nur zu gerne nachgegeben hatte.

Es war womöglich unüberlegt und für ihre Eltern definitiv ein Schock gewesen, aber es hatte sie hierher geführt …

Anni sah zur Seite, nahm ihren Hut in die Hand und ließ die Federn, die sich darauf befanden, zwischen ihre Finger gleiten.

Die Arbeit als Stadtführerin in Flensburg war nicht ihr Traumjob gewesen. Und hätte sie nach ihrer Rückkehr eine Wahl gehabt, würde sie bestimmt nicht einen Großteil des Tages damit zubringen, in historischen Gewändern Touristen durch die Fördestadt zu führen. Doch nachdem ihre Eltern ihr auf ihre gewohnt uncharmante Art mitgeteilt hatten, wie enttäuscht sie von ihrer Tochter waren und dass sie keinerlei finanzielle Unterstützung von ihnen erwarten könnte, hatte für Anni der Knüppel quasi beim Hund gelegen.

Vielleicht war es Schicksal gewesen, dass sie just an dem Tag, an dem sie von ihren Eltern vor die Tür gesetzt wurde, ihrem alten Schauspiellehrer Sven Sörensen in die Arme gestolpert war, der ihr brühwarm erzählt hatte, dass seine Frau Birte den Job als hiesige Petuhtante an den Nagel hängen wollte und der Tourismuschef dringend nach einer Nachfolgerin suchte.

Anni hatte daraufhin nicht lange gezögert, war schnurstracks in die Touristinformation gegangen und hatte den Job bekommen. Dass Gunnar Hansen nicht einmal nach ihren Qualifikationen gefragt hatte, bewies, wie groß seine Not damals gewesen sein musste.

„Übergangsweise." Darauf hatten sich Anni und Gunnar damals geeinigt. Inzwischen waren aus diesem Übergang mehrere Monate geworden, und Anni wunderte sich, dass sie des Jobs nicht schon längst überdrüssig geworden war.

Ein Räuspern hinter ihr riss Anni aus ihren Gedanken. Im selben Moment tippte ihr jemand rechts auf die Schulter. Sie wirbelte herum und sah ein breites, durch und durch zufriedenes Lächeln.

„Moin Anni. Feierabend?" Moritz Jebsen, der unverschämt gutaussehende Erbe der hiesigen Brauereidynastie, trat um die Bank herum und setzte sich wie selbstverständlich auf die Stelle, auf der eben noch ihr Hut gelegen hatte.

Anni nickte.

„Hab dich gerade schon im Brauhaus gesehen, aber du warst schon weg, als ich endlich Zeit hatte, zu euch an den Tisch zu kommen." Wieder lächelte er.

„Und deshalb bist du mir hinterhergelaufen?" Anni runzelte die Stirn.

„Um ehrlich zu sein, wollte ich nur frische Luft schnappen. War ja ganz schön stickig heute. Na ja, und dann hab ich dich hier sitzen sehen und dachte: Moritz, setz dich doch einfach zu ihr."

„Damit wir zusammen frische Luft schnappen können?" Sie stupste ihn seitlich an und lachte.

„Klingt reizvoll, wenn du mich fragst." Er zwinkerte ihr mit seinen tiefblauen Augen zu. Als sie nicht weiter reagierte, steckte er sich einen Kaugummi in den Mund und kaute ausgiebig darauf herum. „Nein, ernsthaft, warum bist du schon weg? Du bleibst doch sonst auch noch auf ein Bier." Er hielt inne und betrachtete ihr langes, bis zu den Knien hochgezogenes Kleid. Ein weiteres Grinsen huschte über seine Lippen. „Und Gott allein weiß, dass sich unter diesem biederen Kostüm eine Partyhexe verbirgt."

„Entschuldige mal", sagte Anni und stemmte gespielt erbost die Hände in die Hüften. Dabei wusste sie genau, worauf Moritz anspielte. Als Anni damals zurück nach Flensburg gekommen war, hatte sie es auf dem Flensburger Stadtfest „Dampf Rundum" so richtig krachen lassen. Sehr zum Leidwesen ihrer Eltern, denn der Tanz, den sie mit Moritz auf der Bühne zur Musik von Santiano hingelegt hatte, war anschließend wochenlang Stadtgespräch gewesen. Anni hatte das nicht weiter gekümmert, denn es war wunderbar gewesen, sich den Frust über das abgebrochene Studium und die Wut über das Verhalten ihrer Eltern einfach von der Seele zu tanzen. Doch das ohnehin schon angeschlagene Verhältnis zu ihrem Vater und ihrer Mutter hatte es nicht gerade beflügelt.

„Tu nicht so. Diesen Abend werde ich im Leben nicht vergessen." Er zwinkerte ihr vielsagend zu, sodass Anni sich fragte, woran er wohl gerade dachte, denn sie konnte sich außer an den gemeinsamen Tanz und die stechenden Kopfschmerzen am nächsten Morgen an kaum noch etwas erinnern.

„Deine Fantasie möchte ich haben, Mo." Sie hob eine Augenbraue und war die Coolness in Person, als Moritz sich mit der Hand durch die blonden Locken fuhr.

„Ein Gentleman schweigt." Er lehnte sich zurück, streckte die Beine weit nach vorne und legte den Kopf in den Nacken.

Anni sah zu ihm herüber. Moritz war zwei Jahre älter als sie und hatte im Gegensatz zu ihr ein deutsches Gymnasium besucht, während sie auf eine dänische Schule gegangen war. Danskerpige, das dänische Mädchen, hatte er sie immer genannt, wenn sie sich während der Schulzeit abends beim Ausgehen immer mal wieder in der Stadt zufällig gesehen hatten. Und Anni musste zugeben, dass sie sich geschmeichelt gefühlt hatte, weil sich ein Junge wie Moritz Jebsen, dem die Mädchen schon immer in Scharen hinterhergelaufen waren, einen Spitznamen für sie ausgedacht hatte. Doch damals wie heute hatte sie ihn nicht wirklich ernst genommen.

Sie wusste nicht recht, was sie von ihm halten sollte. Ihre Großmutter würde jemanden wie ihn als Hansdampf in allen Gassen bezeichnen.

Moritz war ein Mensch, der überall und nirgends war. Er arbeitete hart für das Marketing der Familienbrauerei, ließ nichts unversucht, um die Biere, die seine Familie bereits seit Jahrhunderten braute, noch bekannter zu machen. Und er war sich auch nicht zu schade dafür, abends im Brauhaus hinter dem Tresen zu stehen, wenn mal Not am Mann war.

Und trotzdem würde sie ihn nicht als klassisches Arbeitstier bezeichnen. Er tat nicht mehr als nötig, davon war Anni überzeugt. Und war Moritz erst einmal in Feierlaune, war er nicht mehr zu stoppen, was wiederum seinem Vater übel aufstieß. Die Streitigkeiten der beiden waren längst Stadtgespräch.

Unweigerlich glitten Annis Gedanken zu der Szene, die sie heute Abend im Neptunhof beobachtet hatte. Worum es in dem Streit zwischen Erik Jebsen und Michael Blumberg wohl gegangen war? In ihren Augen ergaben die Sachen, die Blumberg Jebsen an den Kopf geworfen hatte, überhaupt keinen Sinn. Aber sie hatte ja auch nur einen Bruchteil des Gesprächs mitbekommen und würde sich hüten, sich ein Urteil zu erlauben.

Ob Moritz von dem Zwist der beiden wusste?

Sie legte den Kopf schräg und betrachtete ihn, die langen Wimpern seiner geschlossenen Augen und die ruhige Atmung, die dazu führte, dass sich sein muskulöser Brustkorb langsam hob und senkte.

„Ich weiß genau, dass du mich beobachtest, Anni Gade", sagte er, den Kopf immer noch in den Nacken gelegt.

„Bild dir bloß nichts drauf ein." Sie lehnte sich ertappt zurück und verschränkte die Arme vor der Brust.

„Mach ich nicht." Moritz lächelte und öffnete die Augen. „Soll ich dich nach Hause fahren?"

Anni schüttelte den Kopf. „Das ist wirklich ein verlockendes Angebot, aber mein Bus fährt in zwanzig Minuten."

„Mein Auto wäre in zehn Minuten startklar."

„Du akzeptierst kein Nein, oder?"

Moritz schüttelte den Kopf.

„Nun, ich fürchte, in dem Fall wirst du es müssen." Sie stand auf, griff nach ihrer Tasche und ihrem Hut und lächelte. „Ich möchte auf der Rückfahrt nämlich gerne noch etwas lesen." Sie holte ein Buch heraus und wedelte damit in der Luft herum, als wolle sie ihm beweisen, dass sie dies wirklich vorhatte und es nicht nur eine billige Ausrede war, um sich nicht von ihm fahren zu lassen.

Moritz seufzte. „Ich fürchte, in dem Fall bin ich machtlos." Er hob die Hände, als würde er sich ergeben.

Anni lächelte zufrieden, steckte das Buch zurück in die Tasche und drehte sich um.

„Worum geht's in dem Buch, Danskerpige?", rief er ihr nach.

„Um eine dänische Hotelfamilie." Sie zwinkerte ihm zu, lachte, drehte sich um und verschwand in der Dunkelheit.

3.
Holl de Ohren stief

Im Hof des ersten Polizeireviers stieg Jan Christiansen aus dem Auto und wischte sich kleine, runde Schweißperlen von der Stirn. Diese drückend-schwüle Luft, die sich seit Tagen wie eine Käseglocke über die Stadt gelegt hatte, war kaum zu ertragen. Und hier, umgeben von vierstöckigen Backsteingebäuden mitten in der Flensburger Innenstadt, wehte erst recht kein Lüftchen. Er schloss die Autotür hinter sich, steckte den Schlüssel in die Hosentasche und sah zum Himmel. Am Horizont zogen dunkle Wolken auf. Hoffentlich würden sie die vom Wetterdienst versprochene Abkühlung bringen.

Er hatte nichts gegen Sonnenschein, doch wenn man ihn fragte, war er eher der Winter- als der Sommertyp. Gegen die Kälte konnte man sich wenigstens etwas anziehen, wohingegen man der Hitze oft schutzlos ausgeliefert war. Mehr als sich ausziehen konnte man nicht. Und er konnte ja schlecht nackt zum Dienst erscheinen.

Er schmunzelte bei dem Gedanken daran, was seine neuen Kollegen wohl sagen würden, wenn er auf dem Revier tatsächlich im FKK-Look erscheinen würde. Was für eine absurde Idee. Die schwüle Hitze ließ ihn eindeutig nicht mehr klar denken.

Jan wischte sich eine dunkle Strähne aus dem Gesicht, die ihm bereits viel zu lange an der Stirn geklebt hatte, und überprüfte sein Aussehen in der Windschutzscheibe seines Wagens. Wann war er so eitel geworden?

Er ignorierte die Möwen, die über seinem Kopf kreischten, und atmete tief durch. Hier war er also. Er schüttelte den Kopf, konnte noch immer nicht glauben, dass er diesen Schritt wirklich gemacht hatte. Seit zwei Monaten war er nun schon hier, doch das Gefühl, an diesem Ort jetzt zu Hause zu sein, wollte sich bei ihm einfach nicht einstellen.

Es lag nicht an dieser Stadt, nicht an Flensburg, dass er sich nicht wirklich wohlfühlte. Die Stadt war großartig, deutlich kleiner als Hamburg, aber trotzdem hatte sie alles zu bieten, was man zum Leben brauchte. Hier gab es nichts im Überfluss, aber von allem reichlich. Und die Nähe zum Meer war ein großer Pluspunkt, der nicht zu unterschätzen war.

Dass er sich nicht heimisch fühlte, lag vielmehr daran, dass er niemals hierhin gezogen wäre, wenn seine Frau ihn nicht verlassen hätte.

Nach der Trennung hatten sie zunächst in Hamburg versucht, als Freunde weiter in einem Haus zu leben – vor allem des Kindes wegen. Wahrscheinlich war er zu naiv gewesen, um zu sehen, dass dieses Experiment nicht gut gehen konnte. Und dann hatte seine Frau diesen Job hier in Flensburg angenommen und war einfach fortgezogen. Mit Stella, seiner Tochter.

Was also war ihm anderes übriggeblieben, als den beiden zu folgen? Hatte er eine andere Möglichkeit gehabt, wenn er auch weiterhin am Leben seiner Tochter teilhaben wollte? Er selbst war ein Scheidungskind gewesen, und sein Vater hatte sich anschließend nur an den Feier- und Geburtstagen für ein paar Stunden bei ihm blicken lassen. Er hatte sich vorgenommen, Stella dies nicht anzutun. Er wollte sie trösten, wenn sie schlechte Noten in der Schule schrieb, erleben, wie sie aufwuchs, und nicht nur eine Nebenrolle in ihrem Leben spielen. Dafür war er doch nicht Vater geworden, oder?

Deshalb hatte er schweren Herzens seine Karrierepläne bei der Hamburger Kripo begraben und im Winter seine Versetzung nach Flensburg beantragt, die schließlich im Frühjahr bewilligt worden war. Aus dringenden persönlichen Gründen, wie es darin hieß.

Und jetzt war er hier, wohnte in einer für ihn viel zu großen Neubauwohnung auf der anderen Seite der Förde, dafür aber immerhin mit Meerblick. In Hamburg hätte er sich diesen Luxus nicht leisten können. Es war eben doch nicht alles negativ an seinem neuen Lebensabschnitt. Vielleicht sollte er langsam einfach anfangen, das Positive zu sehen.

„Moin, Herr Christiansen", begrüßte ihn der Pförtner am Tor und öffnete ihm.

„Moin, Herr Carstensen. Geht's gut?" Er wusste gar nicht, warum er fragte, schließlich kannte er weder den Pförtner noch interessierte es ihn wirklich, wie es ihm ging. Wahrscheinlich wollte er einfach nur höflich sein und einen guten Eindruck machen. So, wie es sich gehört, wenn man irgendwo neu anfängt.

Der Pförtner nickte. „Und Ihnen? Haben Sie sich schon eingelebt?"

Jan zuckte mit den Achseln und versuchte sich an einem Lächeln. „Sagen wir's so: Ich komme zurecht."

„Aller Anfang ist schwer."

„Sie sagen es. Haben Sie eine schöne Schicht." Jan öffnete die schwere Tür zum Revier und nahm die ersten Stufen im Laufschritt. Entgegen alter Hamburger Gewohnheiten nahm er auch die Treppen hinauf zu seinem Büro. Früher hätte er den Aufzug gewählt, aber jetzt …? Niemand sollte ihm nachsagen, er hätte eine schlechte Kondition. Er war so fit wie lange nicht mehr. Ebenfalls etwas, das er seiner baldigen Ex-Frau zu verdanken hatte. Seit der Trennung hatte er mehr Zeit denn je auf dem Laufband verbracht, vom Krafttraining ganz zu schweigen. Körperlich war es ihm nie besser gegangen. Nur warum fühlte er sich nicht auch so?

Er lief in die dritte Etage, ging den Gang zu seinem Büro entlang, vorbei am Büro seiner Kollegen Peter Hansen und Carsten Boysen, di – so viel hatte er bereits herausgefunden – schon seit Jahren zusammenarbeiteten. Die beiden schienen ein eingeschworenes Duo zu sein und erinnerten ihn unweigerlich an „Waldorf und Statler". Die Ähnlichkeiten zu den beiden Alten aus der Muppet Show waren verblüffend, wobei er nicht ihr Aussehen meinte. Hansen und Boysen waren chronisch schlecht gelaunt und strotzten vor Sarkasmus. Zum Glück hatte er bislang noch nicht mit ihnen zusammenarbeiten müssen.

Seit seiner Ankunft war es in Flensburg überraschend ruhig gewesen. Natürlich hatte er nicht erwartet, dass es in dieser mittelgroßen Stadt am nördlichsten Ende von Deutschland – oder war es der Anfang von Dänemark? – so unruhig zuging wie in Hamburg. Aber dass hier wirklich gar nichts passierte, wunderte ihn schon. Lag es etwa am Sommer? Oder war das Leben hier einfach entspannter? Er konnte es sich kaum vorstellen. Noch nicht einmal zu einem Einbruch war er gerufen worden. Oder hatten seine neuen Kollegen ihn einfach nur nicht mitgenommen?

In der Kaffeeküche nahm er sich einen weißen Becher aus dem Schrank, füllte ihn mit frischgebrühtem Kaffee und ging weiter in sein Büro.

Die Luft war stickig, und es roch leicht modrig, obwohl er gestern bis kurz vor Feierabend gelüftet hatte. Vermutlich lag es daran, dass das Untergeschoss des alten Gebäudes, in dem das Revier untergebracht war, bei der letzten großen Sturmflut im vergangenen Herbst meterhoch unter Wasser gestanden hatte. Die Feuchtigkeit hatte sich seitdem in den Wänden festgesetzt. Zumindest hatte der Pförtner ihm das vor ein paar Tagen erzählt, als er ihn darauf angesprochen hatte. Und die schwül-warme Luft der vergangenen Tage hatte es nicht besser gemacht.

Jan öffnete eines der Fenster, so weit er konnte. Sofort drang der Lärm der vielbefahrenen Straße vor dem Revier zu ihm hinein. Das Dröhnen der Gas gebenden Busse und LKWs, hupende Autos. Ein wenig Hamburg-Feeling in der kleinen Stadt am Meer. Er schmunzelte ein weiteres Mal an diesem Tag, was für ihn schon ein guter Schnitt war, schloss die Augen und machte ein, zwei tiefe Atemzüge, bevor er sich an den Schreibtisch setzte und den Computer anschaltete.

Durch die offene Bürotür schielte er hinüber zu Carsten Boysen, der im Büro gegenüber ebenfalls am Schreibtisch saß und sein Gesicht hinter der aktuellen Ausgabe der hiesigen Tageszeitung versteckt hatte.

„Moin", rief Jan über den Flur, woraufhin Boysen kurz die Zeitung absenkte und den Blick hob.

„Moin", grummelte er.

„Liegt was an heute?"

„Nun mal schön mit der Ruhe. Wir sind hier ja nicht in Hamburg, Herr Kommissar", sagte Boysen, legte die Zeitung beiseite und stand auf. Dabei stöhnte er, als wäre er gerade einen Marathon gelaufen. Der Dielenboden ächzte unter seinen schweren Schritten, mit denen er seinen in jeder Hinsicht wuchtigen Körper durch die Räume schob. Boysen war groß, und mit seinen knapp ein Meter neunzig passte er gerade einmal so durch die Bürotür, ohne den Kopf einziehen zu müssen. Seine Beine wirkten doppelt so lang wie sein kurzer Oberkörper, dessen unterer Teil als ausladender Bierbauch über den Hosenbund lugte.

Jan verkniff sich jede Bemerkung und nippte an seinem Kaffee. Wer weiß, ob er nicht eines Tages genauso ausgesehen hätte, hätte seine Frau ihn nicht verlassen …

„Wir haben in drei Tagen eine dieser Trecker-Demos." Boysen war zu ihm ins Büro gekommen, stellte sich ans offene Fenster, wobei er seinen riesigen Bauch gegen die Fensterbank drückte, und steckte seinen Glatzkopf heraus. „Die werden auch dort drüben am ZOB vorbeikommen und dann hier am Hafen entlang in Richtung Harrislee weiterfahren. Der liebe Gott weiß, was das für ein Verkehrschaos geben wird." Er zeigte mit dem Finger in Richtung des Busbahnhofs, schüttelte den Kopf und drehte sich um. Der untere Bereich seiner Brillengläser war beschlagen.

„Aber dafür werden wir von der Kripo ja wohl kaum zuständig sein.“ Jan nahm einen weiteren Schluck von seinem Kaffee, der ein wenig bitterer schmeckte als die Tage zuvor. Von den Demonstrationen der Landwirte hatte er bereits gehört. Was er allerdings gemeint hatte, war ein richtiger Fall, mit dem er sich beschäftigen konnte. Eine Aufgabe, die ihn an die Grenzen bringen würde. Etwas, das seinem Polizistenleben einen Sinn gab und dafür sorgte, dass er Tag und Nacht wach war, weil er an nichts anderes denken konnte, als den Fall zu lösen.

„Nein, aber wenn dir langweilig ist, kannst du die Kollegen von der Verkehrspolizei bestimmt unterstützen. Die können bestimmt jede helfende Hand gut gebrauchen.“ Boysen lachte, nahm seine Brille ab und pustete gegen die Gläser, bis der Beschlag verschwunden war.

„Hm.“

„Wenn du mich fragst, ich werde mir das Spektakel lieber vom Bürofenster aus ansehen und werde den Teufel tun, mich freiwillig ins Getümmel zu stürzen.“ Boysen setzte die Brille wieder auf und grinste. „Für so etwas bin ich wirklich zu alt. Die letzten Jahre vor der Rente werde ich mir damit die Finger nicht mehr schmutzig machen. Es sei denn, man zwingt mich dazu …“ Er machte eine Pause. „Aber das sollen sie erstmal versuchen.“

„Ich werde es vielleicht wirklich machen“, murmelte Jan und konnte nicht glauben, dass er ernsthaft darüber nachdachte, als Verkehrspolizist einzuspringen, nur um ein wenig

Action zu haben. Aber diese Option erschien ihm verlockender, als den ganzen Tag zusammen mit Waldorf und Statler in dieser stickigen Bude zu hocken.

„Ihr Hamburger seid doch verrückt. Habt alle zu viel Adrenalin im Blut." Boysen winkte ab und schlurfte zurück in sein Büro. Dort angekommen, setzte er sich zurück an den Schreibtisch und legte die Beine auf den Mülleimer. „Ach ja: Hansen und ich sind heute Abend auf dem Südermarkt und feiern mit der SG den Gewinn der Champions League. Komm doch auf ein Bier mit dorthin."

Jan nickte, auch wenn er sich nicht wirklich vorstellen konnte, mit Waldorf und Statler ein Bier auf den Titelgewinn der Flensburger Handballmannschaft trinken zu gehen. „Ich überleg's mir."

„Das solltest du dir nicht entgehen lassen. Die Feier ist auch nach Dienstschluss. Brauchst also keine Angst zu haben, dass du gegen die Vorschriften verstößst." Boysen grinste schief und widmete sich wieder seiner Zeitung.

Jan lächelte zurück, wenn auch nur halbherzig, drehte seinen Stuhl in Richtung Fenster und sah hinaus. Wenn in dieser Stadt nicht bald was passieren würde, würde er noch wahnsinnig werden …

4.
Sabbel nich, dat geiht

Es gab Tage, an denen blieb man am besten im Bett. Und als sich Anni drei Tage später ins Auto setzte, um zum wöchentlichen Pflichtabendessen bei ihren Eltern zu fahren, war definitiv so ein Tag.

Schon beim Aufwachen hätte sie sich ihre Decke lieber wieder über den Kopf gezogen. Aber als sie vor eineinhalb Jahren den Mietvertrag für die kleine Einliegerwohnung von Frau Lorenzen unterschrieben hatte, hatte sie sich zugleich verpflichtet, sich um den Garten zu kümmern. Für sie, die Pflanzen und die Natur im Allgemeinen liebte, war es ein verlockendes Angebot gewesen. Außerdem hatte es die Miete um satte einhundert Euro monatlich gemindert. Und nach ihrem erfolgreich abgebrochenen Pharmaziestudium hatte sie jeden Cent gebrauchen können. Damals war es die richtige Lösung für ihre Probleme gewesen, doch wenn sie jetzt darüber nachdachte … Sie atmete einmal tief durch und ließ die vergangenen Monate Revue passieren. Im Frühjahr hatte sie damit begonnen, ihre Pläne von einem in ihren Augen perfekten Garten in die Tat umzusetzen. Und sie wäre mit Sicherheit schon ein ganzes Stück weitergekommen, wäre Frau Lorenzen nicht so störrisch wie die Wurzeln ihrer Thujas …

Doch es hatte sich schnell herausgestellt, dass Anni und ihre Vermieterin unterschiedliche Vorstellungen davon hatten, was es hieß, sich um den Garten zu kümmern.

Für Frau Lorenzen bedeutete dies lediglich: Rasen mähen und wässern. Alles sollte so bleiben, wie ihr geliebter Gatte es hinterlassen hatte, als er an einem kalten Herbstmorgen vor fünf Jahren plötzlich umgefallen und nicht wieder aufgewacht war.

Für Anni hingegen bedeutete „sich um den Garten kümmern", einen Lebensraum im Freien zu schaffen, einen Ort, an dem man sich im Sommer gerne aufhielt und der schlichtweg ein kleines Paradies für alle war, Menschen wie Tiere, die in diesem Haus wohnten.

Und dann war da ja auch noch Hugo … Das kleine Entenküken, das Anni im vergangenen Frühjahr beim Spazierengehen piepsend am Wegrand aufgelesen hatte, war von einer Katze angefallen und so schlimm zugerichtet worden, dass es nicht mehr fliegen konnte. Der Tierarzt hatte ihn damals von seinem Schicksal erlösen wollen, aber Anni hatte es nicht übers Herz gebracht, den kleinen Erpel mit den schwarzen Knopfaugen, der sie so lieb vom OP-Tisch in der Tierarztpraxis ansah, zu den Engeln zu schicken.

Kurzerhand hatte sie ihn bei sich aufgenommen. Und seitdem lebte Hugo bei ihr in der kleinen Wohnung, drehte tagsüber in einem Planschbecken im Garten seine Runden oder ging, so wie jetzt, auf Entdeckertour in der Nachbarschaft.

Alle Nachbarn kannten Hugo, und sie liebten ihn, wenn er nicht gerade irgendeinen Blödsinn anstellte, was – zugegeben – schon mal vorkommen konnte.

Deshalb hatte sie Frau Lorenzen versprechen müssen, ein Gehege für Hugo zu bauen. Das war auch bitter nötig, denn aus dem zusammengehämmerten Stall, den sie provisorisch schief und krumm im Garten errichtet hatte, war Hugo schon drei Mal ausgebüxt. Und das wiederum hatte weder Frau Lorenzens Dahlien noch ihrem viel zu aufgeregten Herz gutgetan.

Ihre Vermieterin hatte sich so sehr über den kleinen Erpel und Annis Unfähigkeit, ein stabiles Gehege zu bauen, aufgeregt, dass Anni Hugo kurzerhand bei ihrer besten Freundin Nele einquartiert hatte. Doch auch da konnte Hugo ja nicht ewig bleiben. Also hatte sie über eine Kleinanzeige im Internet ein Gehege besorgt, in dem ursprünglich einmal Hühner untergebracht gewesen waren. Und genau dieses hatte sie gestern im Garten aufgestellt.

Eigentlich war es viel zu groß für einen kleinen Erpel wie Hugo, denn es hatte die Maße eines zwei Mal zwei Meter großen Gewächshauses, nur dass die Seitenwände mit Maschendraht verkleidet waren. Befestigt hatte Anni die Konstruktion mit Heringen, die sie tief in den Boden gedreht hatte. Und immer noch war Frau Lorenzen nicht zufrieden gewesen.

„Sieht auch nicht stabiler aus als der erste Versuch", hatte sie bei ihrer ersten Begutachtung genörgelt und mit ihren kräftigen Händen daran gerüttelt, als wolle sie einen Orkan nachstellen.

Anni hatte sich davon nicht provozieren lassen. Sie war zufrieden mit der Lösung, die sie für Hugo gefunden hatte, und hatte lediglich „Wir werden sehen" gemurmelt, bevor sie sich umgedreht und ihre Vermieterin einfach stehengelassen hatte. Manchmal war es besser, sich nicht allzu viel über Dinge aufzuregen, die man nicht ändern konnte. Das hatte sie im Laufe der vergangenen Monate gelernt. Vielleicht hatte sie sich deshalb auch dazu bereit erklärt, einmal pro Woche bei ihren Eltern zu Abend zu essen. Zusammen mit ihrer ach so perfekten Schwester Christin.

Anfangs hatte Anni noch protestiert, schließlich waren sie nicht bei den „Gilmore Girls", und sie konnte sich definitiv bessere Arten vorstellen, einen gemütlichen Abend zu verbringen. Denn gemütlich war es bei ihren Eltern nie. Aber, und so ehrlich musste Anni sein, sie hatte auch gefürchtet, dass der Bruch, der nach ihrem abgebrochenen Studium und ihrer Rückkehr nach Flensburg zwischen ihr und ihren Eltern entstanden war, endgültig sein könnte, würde sie das Angebot ablehnen. So selten sie auch mit ihren Eltern einer Meinung war, so wenig wollte Anni sie verlieren. Schon gar nicht für immer. Und daher hatte sie diesem wöchentlichen Familienessen, wenn auch zähneknirschend, zugestimmt.

An einem normalen Tag dauerte die Fahrt von Freienwill zu ihren Eltern, die in einer schicken Gründerzeitvilla auf Flensburgs Westlicher Höhe wohnten, nicht länger als eine halbe Stunde. Doch dass dies hier kein normaler Tag war, stellte Anni spätestens fest, als sie später am Tag kurz hinter dem Flensburger Ortsschild in einem riesigen Stau stecken blieb. Von einer Sekunde auf die andere ging es weder vor noch zurück.

„Was zum Teufel?“, fluchte sie und sah auf die Uhr. In einer halben Stunde sollte sie bei ihren Eltern sein, und so, wie es gerade aussah, würde sie es nicht rechtzeitig schaffen.

Sie schnallte sich ab, öffnete die Autotür und stieg aus, um zu schauen, was der Grund für den Stau war. „Was ist denn hier los?“, fragte sie den Mann, der aus dem Wagen vor ihr ausgestiegen war.

„Trecker-Demo“, antwortete er sichtlich genervt. „Die fahren doch schon den ganzen Tag hier in der Stadt rum.“

Anni nickte. Sie hatte etwas davon in der Zeitung gelesen. „Aber sollte die nicht schon längst vorbei sein?“

Der Mann rollte mit den Augen. „Ja, aber statt der angemeldeten zweihundert Traktoren sollen um die eintausend zur Demo gekommen sein. Und die verstopfen jetzt unsere Straßen. So ein Mist!“, schimpfte er und griff zum Handy. Er sprach verärgert zwei, drei Nachrichten, dann öffnete er die Autotür und stieg ein. Kurz darauf startete er den Motor und versuchte, seinen Wagen zu wenden.

Als er an ihr vorbeifahren wollte, hielt Anni ihn an. „Kennen Sie einen anderen Weg?“

Der Mann nickte, lächelte schräg und brauste davon, ohne weiter auf sie zu achten.

Anni zögerte nicht lange, stieg zurück in ihren türkisblauen Mini, startete ihn und wendete ebenfalls. Am Horizont konnte sie gerade noch sehen, wie der knallrote Bulli des Mannes nach rechts abbog. Sie folgte ihm und landete auf einer der schmalsten und holprigsten Landstraßen, auf der sie jemals gefahren war. Hoffentlich durfte sie hier überhaupt durchfahren … Sie folgte dem Bulli, während sich die Straße auf und ab durch die Landschaft schlängelte. Kurz darauf entdeckte sie im Rückspiegel, dass ihr ein Streifenwagen folgte. Na super! Womöglich war dies ein Privatweg, auf dem sie ohne ein konkretes Anliegen nichts zu suchen hatte. Anni drosselte das Tempo und achtete penibel darauf, nicht schneller als erlaubt zu fahren.

„Ganz ruhig. Die wollen bestimmt auch nur den Stau umfahren“, sagte sie zu sich selbst und fuhr weiter.

An einer Kreuzung blieb sie stehen, schaute nach links und rechts, überquerte die Fahrbahn und fuhr weiter in Richtung Flensburg. Als die Polizisten keinerlei Anstalten machten, sie zu kontrollieren, entspannte sie sich für kurze Zeit, bis sie kurz vor dem Kreisverkehr am Ortseingang in einen weiteren Stau geriet.

„Mist!“, fluchte sie und wählte die Nummer ihrer Eltern. Kurz darauf ertönte ein Freizeichen durch die Lautsprecher der Freisprechanlage.

„Anni, Kind, wo steckst du?“ Die Stimme ihrer Mutter klang besorgt.

„Ich stehe im Stau.“

Im Hintergrund hörte Anni die dunkle Stimme ihres Vaters. „Das Kind steckt im Stau fest“, hörte sie die deutlich gedämpfte Stimme ihrer Mutter. Vermutlich hatte sie ihre Hand über den Hörer gelegt.

„Natürlich tut sie das. Wie könnte man auch erwarten, dass sie sich über die Verkehrslage in der Stadt informiert, bevor sie losfährt?“ Die Stimme ihres Vaters wurde lauter. Anni konnte ihn förmlich vor sich sehen, wie er neben ihrer Mutter stand und mit ihr diskutierte.

„Es ist diese Demo und nicht ihre Schuld“, verteidigte ihre Mutter sie.

„Und warum ist Christin dann schon hier?“

Anni seufzte. Natürlich hatte ihre Schwester es, trotz längerer Fahrstrecke, pünktlich zu ihren Eltern geschafft. Und selbstverständlich musste ihr Vater es ihr, wenn auch indirekt, unter die Nase halten. Sie räusperte sich, während sich die Autos vor ihr im Schneckentempo in Bewegung setzten. Immerhin ging es nun wieder voran.

„Bist du noch da, Liebes?“ Die Stimme ihrer Mutter klang immer noch besorgt.

„Ja.“

„Wann meinst du, wirst du hier sein?“

Anni zuckte mit den Schultern. Sie würde sich hüten, sich auf eine Zeit festzulegen. „Ich bin jetzt in Weiche kurz vor dem Kreisverkehr“, antwortete sie stattdessen.

Es war eine Antwort, mit der sich ihre Mutter zufriedengab. Zumindest fragte sie nicht weiter nach. „Bis gleich, und fahr vorsichtig.“

Anni beendete das Telefonat und drehte das Radio auf, als ihr Allzeit-Lieblingssong – *Shake it off* von Taylor Swift – ertönte. Automatisch bewegte sich ihr Oberkörper im Takt des Liedes mit.

I shake it off,
I shake it off
hoo-hoo-hoo

Beim Refrain sang Anni lauthals mit, schaute in den Rückspiegel und schenkte sich selbst ein aufmunterndes Lächeln. Erst jetzt entdeckte sie den Streifenwagen hinter sich, auf dessen Beifahrersitz eine blonde Polizistin mit Pferdeschwanz und knallroten Kussmundlippen saß. Sie war in ein Gespräch mit einem Mann in Zivil vertieft.

Himmel, die beiden schienen ja eine handfeste Diskussion zu haben. Der Mann, offenbar ihr Kollege, gestikulierte jedenfalls wild mit den Händen herum und schien sich fürchterlich über etwas aufzuregen.

Anni beschlich ein mulmiges Gefühl. Regte er sich etwa über sie auf? Hatte sie einen Fahrfehler begangen, den sie nicht bemerkt hatte? Passte ihm ihr Fahrstil nicht? Oder ging es ihm schlichtweg nur nicht schnell genug voran?

„Willkommen im Club, sollte das der Grund sein", murmelte Anni und lenkte ihren türkisblauen Mini in den Kreisverkehr, in dessen erster Ausfahrt ein Mann in einem schneeweißen Sprinter ungeduldig darauf wartete, hineinzufahren. Anni bremste ab, wollte den Mann im Sprinter vorlassen, so wie sie es vor Jahren in der Fahrschule gelernt hatte. Reißverschlussverkehr war laut ihrem damaligen Fahrlehrer ideal, um den stockenden Verkehr auf zwei Spuren möglichst flüssig zu gestalten. Und mit der Polizei im Nacken wollte sie doch einen guten Eindruck ma–

Es hupte.

Erschrocken trat Anni auf die Bremse, ebenso wie der Mann in seinem Kleintransporter.

Wieder hupte es. Dieses Mal sogar drei Mal schnell hintereinander. Irritiert sah Anni zunächst zu dem Mann rechts von sich, der jedoch nur mit den Achseln zuckte und ebenso verwirrt schien, wie sie es war. Sie bedeutete ihm gerade, dass er in den Kreisverkehr hineinfahren könnte, als ein weiteres, dieses Mal deutlich längeres, kräftigeres Hupen ertönte. Moment mal …

Anni drehte sich um. Der zivile Polizist hinter dem Steuer hupte erneut und schimpfte wie ein Rohrspatz.

„Spinnt der?", fluchte sie, schüttelte den Kopf und wollte gerade Gas geben, als es erneut hupte. Jetzt begann es, in ihr zu brodeln. Ihre Hände waren ganz zittrig, so viel Adrenalin schoss durch ihren Körper.

„Jetzt reicht es aber!" Anni ließ den Sprinter rechts liegen und gab Gas. Im Seitenspiegel beobachtete sie, wie die Polizei ebenfalls beschleunigte, mit quietschenden Reifen die zweite Ausfahrt nahm und auf einen kleinen Parkplatz fuhr, wo bereits andere Streifenwagen standen.

Es war eine Nanosekunde, in der Anni die Entscheidung traf, nicht die eigentliche Ausfahrt in Richtung ihrer Eltern zu nehmen. Stattdessen fuhr sie, wenn auch im Stop-and-go-Schneckentempo, ein weiteres Mal um den Kreisverkehr herum, nahm Ausfahrt Nummer zwei und parkte ihren Mini schließlich neben dem Streifenwagen, vor dem der Polizist in Zivil und die blonde Polizistin standen und sich mit anderen Kollegen unterhielten.

Anni fackelte nicht lange und stieg aus. Schnellen Schrittes marschierte sie auf die Beamten zu. „Entschuldigen Sie mal", sagte sie und versuchte, ihre Stimme, die dazu neigte, sich zu überschlagen, wenn sie sich ärgerte, im Zaum zu halten.

Der dunkelhaarige Zivilpolizist drehte sich um. „Ja", sagte er beinahe tonlos. Er schien überrascht zu sein, war jedoch bemüht, sich nichts anmerken zu lassen.

„Habe ich mich eben verhört oder haben Sie mich angehupt?" Anni stellte sich vor den breitschultrigen Mann und stemmte die Hände in die Hüften, um ihre zarte Figur ebenfalls ein wenig massiver wirken zu lassen.

„Angehupt ..." Die blonde Polizistin kicherte und drehte sich belustigt weg. *Blöde Kuh!*

„Sie hatten Vorfahrt und sind nicht gefahren", antwortete der Mann ruhig und als sei es keine große Sache gewesen.

„Ich habe dem Sprinter rechts von mir Vorfahrt gewährt, um – "

„Sie wissen, dass Sie das nicht hätten tun müssen?", unterbrach er sie und schaute sie aus dunkelbraunen Augen an, die Anni jedoch wenig beeindrucken konnten. „Wie gesagt, Sie hatten Vorfahrt."

„Schon mal was von Reißverschlussverkehr gehört?" Anni machte eine bedeutungsschwere Pause. „So nennt man das nämlich, was ich gemacht habe. Jeder lernt das in der Fahrschul – übrigens auch Polizisten."

Er zeigte sich völlig unbeeindruckt. „Ihre Aktion hat den Verkehr behindert."

„Und deswegen haben Sie gehupt?"

Der Polizist zuckte gleichgültig mit den Achseln und wollte sich gerade umdrehen, doch Anni war noch nicht fertig mit ihm. *Arroganter Schnösel!*

„Sie wissen, dass das Nötigung ist?"

Der Mann verharrte in seiner Bewegung, atmete zwei, drei Mal ruhig ein und aus und stellte sich dann erneut vor Anni.

„Nötigung?“, sagte er mit einem Tonfall, den Anni nicht recht deuten konnte. Entweder war er kurz davor, zu explodieren und sie zurechtzuweisen, oder aber er machte sich über sie lustig. Beides brachte sie nur noch mehr auf die Palme.

„Ja.“ Sie hielt seinem durchdringenden Blick stand. „Durch ihr unentwegtes, *grundloses* Hupen haben sie mich verunsichert und zu einer Handlung gezwungen, die beinahe einen Unfall ausgelöst hätte. Das ist Nötigung.“ Jetzt verschränkte Anni ihre Arme vor der Brust, auch um dem aufgeblasenen Polizisten deutlich zu machen, dass sie sich von ihm auf keinen Fall einschüchtern lassen würde.

Der Zivilbeamte fuhr sich durch die dunklen Locken. „Sehen Sie denn nicht, was hier los ist? Die ganze Stadt versinkt wegen der Traktoren seit Stunden im Verkehrschaos, sogar der Stadtrand ist davon betroffen. Wir müssen die Straßen sperren, und ich war in Eile“, sagte er und gestikulierte ebenso wild in der Luft herum, wie er es vorhin im Auto hinter ihr gemacht hatte.

„Nun, ich gebe Ihnen mal einen Tipp: Wenn Sie das nächste Mal in Eile sind, betätigen Sie das Martinshorn und nicht die Hupe. Wozu sitzen Sie sonst in einem Polizeiauto?!“

Der Polizist schloss die Augen, als wisse er nicht, wie er aus dieser Diskussion herauskommen sollte. Von seinen Kollegen schien er auf jeden Fall keine Hilfe erwarten zu können. Diese standen ein wenig abseits der beiden und beobachteten belustigt die Szene, die sich ihnen bot.

„Ich kann das Martinshorn nicht einschalten, wenn ich nicht zu einem Einsatz unterwegs bin, bei dem es um Leben und Tod geht“, erklärte er und hob beschwichtigend die

Hände. Es war offensichtlich, dass er versuchte, die Diskussion nicht weiter eskalieren zu lassen.

„Dann rate ich Ihnen, das nächste Mal einfach geduldig zu sein. Denn hupen sollte man auch nur, wenn man andere Verkehrsteilnehmer auf eine Gefahr aufmerksam machen möchte." Anni schnaubte und reckte das Kinn in die Luft, als sie erkannte, dass dieses Gespräch wohl zu nichts führen würde. „Einen schönen Tag noch." Sie wirbelte herum und spürte den verdutzten Blick des Polizisten in ihrem Rücken. Offenbar war er es nicht gewohnt, dass man ihn zur Rede stellte und dann einfach stehenließ.

Anni stieg in ihren Mini, startete den Motor und reihte sich wieder in den Verkehr ein. Als sie außer Sichtweite der Polizei war, pustete sie durch. Noch nie hatte sie einem Ordnungshüter ihre Meinung gesagt.

„Gut gemacht", flüsterte sie ihrem Spiegelbild zu, das sie aus dem Rückspiegel erleichtert anlächelte. Wer das machen konnte, der war auch dazu fähig, mit seinen Eltern und der Schwester zu Abend zu essen.

5.
Wat de Buur nich kennt …

Abgehetzt und deutlich verspätet erreichte Anni wenig später die Villa ihrer Eltern. Sie parkte ihren Mini unter einem der Kastanienbäume, die in der Allee so dicht nebeneinanderstanden, dass kaum ein Lichtstrahl auf den Boden fiel. Im Laufe der Jahrzehnte waren die Laubkronen der Bäume zu einem Dach zusammengewachsen, das die Straße mittlerweile deutlich verdunkelte.

Anni stieg aus, schloss den Wagen ab und ging zum Haus. Der Duft von frischgemähtem Gras drang in ihre Nase, als sie die weiße Holzpforte zum Vorgarten öffnete und an hochgewachsenen blauen und lila Hortensienbüschen den schmalen Kiesweg zum Eingang hinaufging.

„Da bist du ja – endlich." Ihre Mutter steckte bereits ihren kastanienfarbenen Lockenkopf durch die Tür und lächelte. Wahrscheinlich hatte sie die ganze Zeit am Küchenfenster gestanden und von dort aus die Straße und den Bürgersteig beobachtet. So wie sie es gemacht hatte, als Anni und ihre Schwester klein gewesen waren. „Komm rein, dein Vater ist schon ziemlich hungrig." Sie deutete auf ihre goldene Cartier-Uhr und umarmte Anni flüchtig.

„Tut mir leid, dass ich zu spät bin. Der Verkehr ...", sagte Anni entschuldigend, doch ihre Mutter war bereits in den Flur vorgegangen und schien sie gar nicht mehr zu hören.

Sie seufzte und prüfte ihr Aussehen im goldumrandeten Spiegel, der schon seit Jahren in der Diele oberhalb des Schuhschranks hing. Ihre Wangen glühten leicht, vermutlich von der Aufregung, die sie dem ungeduldigen Polizisten zu verdanken hatte. Sie strich sich über die lockigen Haare und wischte sich Wimperntusche vom linken Augenrand.

Aus dem Wohnzimmer erklang die Stimme ihres Vaters, kurz darauf das grelle Lachen ihrer Schwester. „Wie immer glücklich vereint", murmelte Anni leise, drehte sich um und trat ein.

„Na endlich. Bist du über Hamburg gefahren?" Annis Vater erhob sich aus seinem Sessel und ging auf Anni zu. „Oder warum hast du uns so lange warten lassen?"

„Bei der Zeit, die ich unterwegs war, könnte man das durchaus annehmen." Anni stellte sich auf die Zehenspitzen und hauchte ihrem Vater zur Begrüßung einen Kuss auf die Wange. „Aber, nein, es waren lediglich knapp eintausend Traktoren, die sich mir in den Weg gestellt haben." Sie verzog ihr Gesicht.

„Jetzt bist du ja da." Er schenkte ihr ein Lächeln, das seine Augen kaum erreichte, und tätschelte ihre Wange, als würde er einen Hund dafür loben, dass er Sitz gemacht hatte. „Ute, lass uns essen."

Ihr Vater ging an ihr vorbei ins Esszimmer.

„Hej, schön, dass du da bist. Mit den Traktoren hatte ich auch zu kämpfen.“ Ihre Schwester zwinkerte ihr zu und drückte sie fest.

„Und warum hast du es pünktlich hierhergeschafft? Ich meine, du bist den ganzen Weg aus Husum gekommen.“ Anni ließ die Schultern hängen. Die Worte ihrer Schwester waren für sie alles andere als aufmunternd.

„Ich bin einen riesigen Umweg gefahren. Von Husum hoch nach Bredstedt, dann irgendwo auf die Betonstraße, um schließlich von Norden her in die Stadt reinzufahren. Natürlich vor den ganzen Traktoren. Ich hab kaum noch Sprit im Tank. Aber pst.“ Sie legte sich den langen schlanken Zeigefinger auf die Lippen und flüsterte ihr zu: „Das bleibt unser Geheimnis.“ Sie drehte sich um und tänzelte in Richtung Esszimmer.

Anni zwang sich zu einem Lächeln. „Manche Dinge ändern sich halt nie, oder?“, murmelte sie.

„Was sagtest du?“

„Hoffentlich gibt's was Leckeres zu essen.“ Anni räusperte sich und folgte ihr.

Curry.

Seit Annis Mutter vor einigen Monaten die Meditation und damit auch Indien für sich entdeckt hatte, gab es mindestens zweimal im Monat Curry, wenn Anni und ihre Schwester zu Besuch waren. Sehr zum Leidwesen ihres Vaters, der sich jedes Mal lautstark darüber beschwerte, dass entweder zu viel Koriander im Essen oder es schlichtweg zu scharf war.

Heute war Letzteres der Fall. Die Ohren von Annis Vater waren bereits zur Hälfte tiefrot, und ihm standen Schweißperlen auf der Stirn. Dennoch, das erkannte Anni neidlos an, hielt er sich tapfer, wohingegen sie sich schon nach den ersten Bissen dafür entschieden hatte, das Curry zur Seite zu schieben und sich stattdessen auf den orientalisch duftenden Reis zu konzentrieren. Später, wenn sie wieder zu Hause war, konnte sie sich immer noch ein Brot schmieren.

„Du hast es wie immer gut gemeint mit der Würze, meine Liebe." Annis Vater griff nach seinem Wasserglas und leerte es in einem Zug, woraufhin Annis Mutter milde lächelte. Oder war es gar ein Schmunzeln, das über ihre Lippen huschte?

Anni fragte sich, ob sie ihm absichtlich dann und wann zu scharfes Essen servierte, um sich für seine Kontrolliertheit zu rächen. Aber wahrscheinlich würde sie das wohl nie herausfinden.

„Was gibt's Neues?" Annis Vater legte das Besteck beiseite und wischte sich mit der weißen Stoffserviette die Reste des gelben Currys aus den Mundwinkeln.

„Was meinst du?" Anni sah zu ihm hinüber und hoffte inständig, er würde von ihr jetzt nicht erwarten, dass sie ihm eröffnete, wieder studieren zu wollen. Das hatte sie nämlich ganz bestimmt nicht vor.

Ihre Mutter erhob sich von ihrem Stuhl und begann die Teller und Schüsseln zusammenzustellen. Christin stand ebenfalls auf, nahm das Besteck und die Reste vom Curry und ging damit in die Küche. Annis Mutter folgte ihr.

„Nun, ich frage mich, was deine Pläne sind, Anni."

Wusste sie es doch. Anni atmete durch. „Also, seit ich dir vergangene Woche über meine Pläne berichtet habe, hat sich nichts geändert."

„Du meinst, du wirst weiterhin diesen brotlosen Job wahrnehmen?“ Die Miene ihres Vaters verdunkelte sich.

„Ja.“

„Hm“, murmelte Arne-Christian Gade und lehnte sich mit dem Rücken fest gegen die Stuhllehne.

Anni fragte sich, was wohl gerade in ihrem Vater vorging. Meist war es kein gutes Zeichen, wenn er ein Gespräch einfach beendete, indem er nichts sagte. Arne-Christian war ein Mann, der es liebte, das letzte Wort zu haben. Nein, er bestand sogar darauf, denn Diskussionen mit ihm konnten sich oft über Stunden hinziehen und das nur, weil er partout nicht nachgeben wollte.

„Was?“, hakte Anni nach, schob Gläser, die sie nicht benutzt hatten, zusammen und stapelte sie ineinander. Sie nahm die beiden kleinen Stapel in die Hand, drehte sich um und ging damit zur Glasvitrine im hinteren Teil des Esszimmers.

„Was sind das nur für Zeiten, in denen wir leben“, hörte sie ihren Vater hinter sich murmeln, sagte aber nichts dazu. Sie würde sich auf keinen Fall auf eine Diskussion einlassen.

„Du sagst es, Arne.“ Ihre Mutter war mit einem Tablett ins Esszimmer zurückgekehrt, auf dem vier Gläser mit Nachtisch standen. Sie stellte es ab und reichte jedem ein Glas. Dann schob sie den Stuhl zurück und setzte sich.

„Was ist das?“ Christin begutachtete die gelbe, puddingähnliche Creme im Glas vor sich.

„Das ist indisches Mango-Skrihand. Eine Joghurtdessert mit Gewürzen wie Safran und Kardamom“, erklärte Dorothea Gade und nahm einen großen Löffel davon in den Mund. „Hm, lecker. Probiert es einfach mal. Es schmeckt wirklich gut." Sie lächelte, schloss die Augen und schien den Nachtisch sichtlich zu genießen.

Anni kostete ebenfalls davon. Es war überraschend gut, und der Joghurt in Kombination mit der Mango schmeckte wirklich köstlich. Nur die Gewürze waren ein wenig zu dominant, sodass sie nach wenigen Löffeln eine Pause einlegen musste.

„Also, was ist geschehen?", ergriff Christin das Wort.

Arne-Christian seufzte, ebenso wie Dorothea. „Die ganze Welt ist verrückt geworden", sagte sie schließlich und löffelte weiter ihr Dessert.

„Das sind doch nur Phrasen, Thea. Verrückt ist die Welt doch schon immer gewesen. Aber dass es jetzt hier auch in Flensburg immer wilder wird, das muss man erst einmal verdauen."

„Flensburg ist kein geschützter Raum. Wir leben hier nicht unter einer Käseglocke, sondern haben durchaus Kontakt zur Außenwelt." Anni schob ihr Dessert beiseite. Irgendwie schlugen ihr die Gewürze auf den Magen.

„Wenn ich nur an all diese Trecker denke. Die ganze Stadt haben sie lahmgelegt mit ihrem Protest. Das ist schon übertrieben, wenn ihr mich fragt. Was wollen diese Landwirte überhaupt?" Arne-Christian stand auf und ging zur Minibar hinüber, wo er sich ein Glas mit Eis nahm und einen Rum einschenkte. „Möchtest du auch, Thea?" Er drehte sich zu seiner Frau um, die winkte jedoch ab.

„Nun, die Landwirte wollten – "

„Ich weiß natürlich, wogegen die Landwirte demonstrieren, Anni. Zu deiner Information: Ich bin zwar ein Arzt im

Ruhestand, aber durchaus noch interessiert an Nachrichten und dem, was in der Welt alles passiert." Er kehrte zum Tisch zurück und setzte sich. „Was uns weit mehr beschäftigt, ist vielmehr die Tatsache, dass Erik Jebsen verschwunden ist."

Anni schluckte. „Erik Jebsen?"

„Ja, der Brauereibesitzer", fügte ihre Mutter hinzu und machte ein besorgtes Gesicht.

„Ich weiß, wer Erik Jebsen ist, Mama." Anni schob den Stuhl zurück, stand auf und bediente sich ebenfalls an der Bar. Sie schenkte sich einen kleinen Schluck Rum ein. Dann kehrte sie zum Tisch zurück und setzte sich. „Tut mir leid. Ich wollte dich nicht so anfahren. Es kommt nur so überraschend." Sie legte ihre Hand auf den Unterarm ihrer Mutter und streichelte sanft darüber.

„Schon gut", flüsterte diese und zog den Arm weg.

„Aber Jebsen kann doch nicht einfach weg sein. Weiß man, was mit ihm passiert ist?" Jetzt schaltete sich auch Christin ins Gespräch ein.

„Ts", machte Arne-Christian. „Vermutlich hat er sich abgesetzt – mit Blumberg."

„Mit Blumberg?"

„Anni, könntest du bitte aufhören, wie ein Papagei alles zu wiederholen?", patzte ihre Schwester. „Es nervt."

„Ist ja gut." Anni hob entschuldigend die Hände. „Wie lange sind die beiden schon verschwunden?"

„Die Frau von Pastor Bergmann, du weißt ja, Bergmanns sind die Nachbarn der Jebsens, hat Erik Jebsen das letzten Mal vor drei Tagen gesehen. Und sie hat heute durch Zufall beim Friseur die Haushälterin von Michael Blumberg getroffen.

Und diese hat ihr erzählt, dass Blumberg ebenfalls seit drei Tagen nicht mehr aufgetaucht ist", erzählte Dorothea Gade und schien ganz aufgeregt zu sein. Ihre Wangen glühten, wie immer, wenn sie den neuesten Klatsch aus der Stadt erzählte.

„Ich muss zugeben, das klingt ziemlich schräg. Vielleicht ist Erik Jebsen auch einfach nur bei seiner Frau auf Sylt. Moritz hat erwähnt, dass seine Mutter dort Urlaub macht."

„Du triffst dich mit Moritz Jebsen?" Christin lächelte Anni über den Rand des Weinglases an.

„Zufällig, als ich nach einer Führung vor drei Tagen im Brauhaus war." Anni zog eine Grimasse und ärgerte sich darüber, dass sie sich ihrer Schwester gegenüber überhaupt rechtfertigte. Sie war ihr keine Erklärung schuldig, mit wem sie sich wann und wo traf.

„Hm." Christin zuckte mit den Schultern.

„Was?", blaffte Anni sie an.

„Beruhigt euch. Ihr habt es doch nicht nötig, euch so anzuzicken", ertönte Arne-Christians tiefe Stimme. „Doch nicht wegen einem Jebsen!"

Anni schloss die Augen und atmete einmal tief durch. Ihr Vater hatte ja recht, auch wenn sie es nur ungern zugab. „Du meinst also, Jebsen und Blumberg haben sich gemeinsam abgesetzt?", kehrte sie daher zur Ausgangsfrage zurück.

„Ich sage nur, dass es merkwürdig ist, dass gerade die beiden Geschäftsmänner, die in Flensburg in den vergangenen drei Jahren einiges bewegt haben, am gleichen Tag verschwinden. Sie haben sich ja quasi in Luft aufgelöst."

„Man kann sich nicht einfach in Luft auflösen."

„Schätzchen, glaub mir, wenn man Dreck am Stecken hat, kann man das."

Anni sah ihre Mutter an. Ihre Stimme klang so fremd. „Was redest du denn da?"

„Ich sage nur, dass – "

„Thea", stoppte Arne-Christian den Redefluss seiner Frau. „Wir wollen uns nicht an Spekulationen beteiligen."

Dorothea blickte zu ihrem Mann, schloss ihren Mund und nickte verlegen. „Nein", flüsterte sie und blickte auf ihre Hände.

Anni schüttelte den Kopf. „Ich glaube, ihr schaut zu viele Krimis."

„Unsere Eltern kennen sich eben aus, durch ihre jahrelange Arbeit als Ärzte sind sie hier in der Stadt gut vernetzt. Das hat mit Krimis nichts zu tun." Christin lächelte sie an.

„Ja." Anni stand auf, schnappte sich ihr Glas mit der Pfütze Rum und leerte es in einem Zug. „Ich werde dann mal zurückfahren. Vielen Dank für das Essen, Mama." Sie bückte sich und hauchte ihrer Mutter einen Kuss auf die Wange. „Papa." Sie nickte ihrem Vater zu. Er nickte ebenfalls.

„Wir sehen uns nächste Woche", gab ihr Christin mit auf den Weg nach draußen.

Anni hob die Hand, winkte und ging.

Im Auto zückte sie ihr Handy und scrollte durchs Adressbuch bis sie Moritz' Nummer fand.

> Hej.
> Hab das von deinem Vater gehört. Ist an den Gerüchten etwas dran? Geht's dir gut?
> LG, Anni

Es dauerte keine zwei Minuten, da blinkte das Display ihres Handys.

Hej.
An den Gerüchten um meinen Vater ist meistens etwas dran. Hatte schon bessere Tage.
LG, Mo

Anni zögerte. Es war nicht so, dass sie Moritz Jebsen über die Maßen gut kannte. Seit sie wieder in Flensburg war, waren sie einige Male etwas zusammen trinken gegangen oder hatten sich, wie kürzlich am Hafen, zufällig getroffen und geredet. Vielleicht brauchte er jetzt aber einfach jemanden, der ihm zuhörte.

Möchtest du reden?
A.

Es dauerte eine Weile, bis Moritz ihr antwortete.

Meld mich morgen bei dir.
M.

6.
Na denn man tau

Yes! Es war so weit. Endlich.

Schon als er am Morgen auf die Wache gekommen war, hatte er das Gefühl gehabt, dass irgendetwas anders gewesen war. Vielleicht war es Christoffersen, der ihn am Eingang besonders freundlich begrüßt hatte, vielleicht aber auch die Tatsache, dass Hansen sich gestern in einen vierwöchigen Urlaub verabschiedet hatte, um auf den Lofoten zu wandern.

Egal, denn jetzt hatte er seinen ersten Fall in Flensburg. Und er würde ihn lösen. Mit Bravour sogar!

Gut, es gab einen Haken, denn da Hansen sich im Urlaub befand, musste er mit Boysen zusammen an dem Fall arbeiten. Er würde also für die kommenden Wochen, wenn der Fall ihn denn so lange beschäftigte, Waldorf sein. Oder Statler. Je nachdem, wie man es sah. Aber was tat man nicht alles, um endlich seinen Job machen zu können?

Jan Christiansen atmete tief durch. Um ehrlich zu sein, hatte es in seinem privaten wie beruflichen Leben schon immer einen Haken gegeben, mit dem er zurechtkommen musste. Seien es nun die Ex-Schwiegereltern, der Umzug nach Flensburg oder Kollege Boysen. Mit der Zeit hatte er eingesehen, dass sein Leben nicht perfekt war. Auch wenn es ein langer, schwieriger Prozess gewesen war.

Er klopfte an die offen stehende Tür von Boysens Büro und lehnte sich gegen den Türrahmen. „Blumberg? Wer ist das? Weißt du mehr über ihn?"

Boysen sah auf und legte den Stift beiseite, mit dem er gerade noch das Kreuzworträtsel in der Tageszeitung gelöst hatte. Die Einstellung seines Kollegen ging Jan gehörig gegen den Strich. Sie hatten einen Vermisstenfall zu lösen. Zwei sogar, wenn man es genau nahm. Und Boysen saß in seinem Büro und versuchte sich an einem Kreuzworträtsel? Je mehr er darüber nachdachte, desto mehr brachte es ihn auf die Palme. *Ganz ruhig bleiben!*

„Ist vor einigen Jahren hier in der Stadt aufgetaucht und hat 'ne Menge Geld investiert. Das Wasserspiel in der Nordstadt, die Statue am Hafen und dann die ganzen Immobilien, die er aufgekauft und saniert hat. Nicht zu vergessen den großen Weihnachtsbaum, der jedes Jahr im Dezember auf dem Südermarkt steht und von ihm bezahlt wird. Oder sollte ich besser sagen: Von ihm bezahlt wurde? Jetzt, wo er verschwunden ist, muss sich die Stadt wohl nach einem neuen Sponsor dafür umsehen." Boysen lachte bitter.

„Warten wir erstmal ab. Die meisten Vermissten tauchen irgendwann wieder auf." Jan wusste, wovon er sprach.

Während seiner Zeit in Hamburg hatte er unzählige Vermisstenfälle bearbeitet. Ehefrauen, die für ein Wochenende mit ihren Freundinnen wegfuhren, ohne ihrem Mann davon zu erzählen. Ehemänner, die mit ihrer Geliebten durchbrannten, um dann festzustellen, dass es zu Hause doch besser war. Teenager, die ihrem Star hinterherreisten oder sich wegen schlechter Schulnoten nicht nach Hause trauten. Es gab eine Menge Gründe, einfach mal für eine Weile unterzutauchen. An einem Ort zu sein, an dem einen keiner kannte. An dem man in Ruhe nachdenken konnte.

Nach der Trennung von seiner Frau, als die Emotionen so hochgekocht waren, dass sie in dunklen Wellen über ihm zusammenbrachen, hatte er auch mit diesem Gedanken gespielt.

Er konnte verstehen, wenn jemand diesen Plan wirklich umsetzte.

Wenn er sich richtig erinnerte, wurden in ganz Deutschland täglich bis zu dreihundert Fahndungen bei der Polizei erfasst. Etwa die Hälfte der Vermisstenfälle klärte sich schon innerhalb der ersten Woche wieder auf. Nur drei Prozent aller Fälle waren auch nach einem Jahr noch ungeklärt. Die Chancen standen also gut, dass auch Blumberg und Jebsen schon bald wieder auftauchten.

Vielleicht waren sie zu einer Männertour mit dem Segelboot aufgebrochen und schipperten gerade entspannt mit einem Bier in der Hand durch die dänische Südsee, während ihre Familien hier in der Heimat die Pferde wild machten. Bislang gab es jedenfalls keine Hinweise auf ein Verbrechen. Allerdings wussten sie auch erst seit ein paar Stunden von dem Vermisstenfall. Wer weiß, was noch alles ans Licht kommen würde.

Boysen zuckte mit den Achseln. „Wenn du mich fragst, hat sich Blumberg aus dem Staub gemacht. Das Geld dazu hätte er definitiv, und wer weiß, in was für Geschäfte er verwickelt war."

„Eine Möglichkeit, die wir zumindest nicht ausschließen sollten. Und Jebsen?"

„Hat versucht, seine Brauerei am Leben zu halten. Stand öfter mit dem Rücken zur Wand, hat gekämpft und geklagt, dass es nicht so einfach sei, sich als mittelständisches Unternehmen gegen die großen Brauereien durchzusetzen. Aber irgendwie hat er es dann doch immer wieder geschafft. Vielleicht hat er mit Blumberg Geschäfte gemacht, von denen niemand etwas gewusst hat?" Boysen nahm seinen Kaffeebecher und schaute hinein. Was er sah, stellte ihn offenbar nicht zufrieden, denn er rümpfte die Nase und seufzte.

„Leer?"

Boysen lachte. „Kannst wohl Gedanken lesen, was?"

„Das lernt man in der Großstadt." Jan machte auf dem Absatz kehrt, um in sein Büro zurückzugehen. Doch dann hielt er noch einmal inne. „Wen befragen wir als Erstes?"

Wieder zuckte Boysen mit den Achseln. „Jebsens Frau ist immer noch auf Sylt. Vielleicht sollten wir mit Blumbergs Gattin starten."

„Worauf warten wir dann noch?"

„Frischen Kaffee?"

„Können wir uns auch beim Bäcker besorgen." Jan lächelte, Boysen zog eine Grimasse. Es hätte ihn gewundert, wenn's anders gewesen wäre. „Komm schon, wir müssen zwei Leute finden. Ich warte unten am Auto."

*

Die Blumberg'sche Familienvilla lag in Solitüde, einem der nobelsten Stadtteile von Flensburg, von wo aus ein großer Teil der Grundstücke direkten Blick auf die Flensburger Förde hatte.

„Schöne Aussicht", murmelte Jan Christiansen, als Boysen den schwarzen VW Passat Kombi nach rechts auf einen holprigen Sandweg lenkte. „Und ein Privatweg."

„Wenn du hier wohnst, hast du es geschafft." Boysen hob eine seiner buschigen Augenbrauen, während er den Passat von einem Schlagloch zum nächsten lenkte.

„Wenn die Leute hier wirklich so viel Geld haben, wie du sagst, sollten sie vielleicht mal ein paar Euros in die Instandsetzung der Straße stecken." Jan Christiansen fasste den Haltegriff über seinem Kopf. So heftig war sein Körper lange nicht mehr durchgerüttelt worden. Und das hatte definitiv nichts mit Boysens rabiatem Fahrstil zu tun. Die Straße war eine Frechheit.

Boysen lachte. „Ich vermute eine Masche dahinter. Je schlechter der Zustand dieses Wegs ist, desto weniger Menschen nutzen ihn. Und desto mehr Ruhe haben die Anwohner."

„Mag sein." Jan sah aus dem Fenster. Von manchen Grundstücken konnte er nicht mehr als den üppig bepflanzten Vorgarten sehen. Die Villen, die sich dahinter befanden, ließen sich meistens nur erahnen. Nicht, dass ihn diese Gegend beeindruckte. Aus Hamburg war er ganz andere Kaliber an Grundstücken und Häusern gewohnt.

„Ein schönes Fleckchen Flensburgs ist das hier. Wundert mich nicht, dass Blumberg sich hier niedergelassen hat."

„Definitiv keine schlechte Gegend." Jans Blick blieb an einer Villa hängen, in deren Einfahrt ein knallgelber Lamborghini parkte.

„Bist nicht so leicht zu beeindrucken, was?" Boysen hielt an und folgte dem Blick seines Kollegen.

Jan lachte. „Ich frage mich, wie dieser tiefliegende Sportwagen es über diese Buckelpiste geschafft hat."

Jetzt lachte auch Boysen. „Wollen wir klingeln und fragen?"

„Vielleicht auf dem Rückweg."

Boysen nickte und fuhr weiter. Sie passierten drei, vier weitere Grundstück – so richtig konnte Jan sie nicht zuordnen, da es teilweise weder Einfahrten noch Hausnummern gab, bevor Boysen den Passat nach rechts auf eine Auffahrt lenkte. Vor einem gusseisernen Tor kam er zum Stehen, ließ das Fenster herunter und betätigte den Knopf auf der Klingel.

Es dauerte eine Weile, bis sich jemand auf der anderen Seite meldete.

„Ja, bitte", krächzte eine Stimme ihnen aus der Gegensprechanlage entgegen.

„Kripo Flensburg. Wir möchten mit Frau Blumberg reden."

Augenblicklich ertönte ein Summen, und das große Tor öffnete sich wie von Zauberhand.

„Sesam öffne dich." Boysen legte den Gang ein und fuhr los. Vom Tor aus schlängelte sich die Kiesauffahrt einige Meter nach Norden, ein Haus war weit und breit nicht zu sehen. Dafür aber hochgewachsene Thujas und Eiben, die links und rechts vom Weg gepflanzt worden waren.

„Gott, wie groß ist dieses Grundstück?“ Boysen fuhr langsam weiter, als der Weg plötzlich eine starke Biegung nach links machte und hinter einer Kuppe steil abfiel.

„Wow“, entfuhr es Jan Christiansen, der mit diesem Anblick nicht gerechnet hatte. Wie aus dem Nichts tauchte eine weiße Villa auf, deren Eingangsportal von vier wuchtigen Säulen gestützt wurde. Schwarz gestrichene Fensterläden sorgten links und rechts davon für einen tollen Kontrast.

Doch das war nicht der Anblick, der Jan verzauberte. Vielmehr war es die Förde, die sich direkt hinter der Villa erstreckte und vor ihnen silbrig in der Sonne glitzerte. „Jetzt bin ich doch beeindruckt.“ Jan lachte und setzte sich seine Sonnenbrille auf.

„Scheint, als hätte Blumberg sich eine Villa mit direktem Meerzugang gegönnt.“ Boysen hob eine Augenbraue und parkte den Wagen schließlich unmittelbar vor dem Eingangsportal.

Jan stieg aus und ging um den Passat herum. Über ihm kreischten ein paar Möwen, unter seinen Schritten knirschte der Kies.

„Wer würde sich freiwillig aus diesem Paradies absetzen?“, scherzte Boysen, schloss den Wagen ab und folgte Jan zur Eingangstür.

„In jeder guten Story gibt es einen Haken.“ Jan betätigte den goldenen Klingelknopf und wartete.

Nach einer Weile öffnete sich die Tür. „Waren Sie das am Tor?“ Eine kleine zierliche Frau, vielleicht um die fünfzig, mit grau-braun gelockten Haaren und Nickelbrille auf der Nase, lehnte sich in den Türrahmen.

„Ja. Ich bin Jan Christiansen, und das ist mein Kollege Hannes Boysen." Jan zeigte auf Boysen, der schräg hinter ihm neben einer großen runden Buchsbaumkugel stand. „Wir haben ein paar Fragen an Frau Blumberg. Ist sie im Haus?" Er reckte den Kopf und versuchte, über die Frau ins Innere der Villa zu sehen.

„Kommen Sie doch rein. Sie ist im Garten." Die Frau trat zur Seite, sodass Jan und Boysen eintreten konnte. Hinter ihnen schloss sie die Tür. „Folgen Sie mir bitte."

Die Frau lief an den beiden Männern vorbei und führte sie durch die beige geflieste Eingangshalle und das Wohnzimmer hinaus auf die Terrasse. Der Meerblick von hier war noch atemberaubender, als Jan angenommen hatte. Die Sicht war nahezu uneingeschränkt, lediglich links von sich sah er ein kleines Waldstück mit hochgewachsenen Tannen und Laubbäumen. Aber nach rechts hin und vor allem geradeaus gab es einen freien Blick auf die Förde und die dänische Küste.

Simone Blumberg stand in einer modernen Outdoor-Küche im rechten Teil der riesigen Terrasse. Auf der Nase eine übergroße Sonnenbrille, die einen großen Teil ihres schmalen Gesichts einnahm, ihre blonden Haare auf dem Kopf zu einem Knoten gebunden, hatte sie ihre Hände tief in einer Edelstahlschüssel vergraben. Was machte sie da?

Als sie die beiden Männer erblickte, hielt sie in ihrer Bewegung inne und lächelte.

„Ah, da sind Sie ja", sagte sie mit piepsiger Stimme, die zum Rest ihrer zierlichen Erscheinung passte.

„Jan Christiansen." Jan streckte die Hand aus, um sie zu begrüßen, aber Simone Blumberg lächelte nur verlegen und deutete auf ihre Hände, die immer noch in der großen Schüssel steckten.

„Entschuldigen Sie, dass ich Ihnen nicht die Hand reiche, aber meine Hände sind voller Teig." Sie hob beide Hände in die Höhe und präsentierte die Teigreste, die daran klebten.

„Sie backen?" Mit allem hatte Jan gerechnet, aber nicht damit, Simone Blumberg im Garten beim Backen anzutreffen.

„Ja. Immer, wenn ich angespannt bin." Sie nahm ein sauberes Handtuch aus einer der Schubladen und legte es über die Schüssel. „Dies hier wird ein Erdbeer-Marzipan-Kuchen. Ich bin gleich zurück." Mit der Schüssel in der Hand ging sie durch eine der geöffneten Terrassentüren und verschwand im Haus.

„Wusstest du es nicht? Simone Blumberg besitzt eines der besten Cafés der Stadt. In der Nähe vom Nordermarkt." Boysen trat näher an Jan heran, der den Kopf schüttelte.

„Nein, das ist mir neu." Er biss sich auf die Lippe und verkniff sich einen weiteren Kommentar, denn diese Information hätte ihm Boysen durchaus auch vorher verraten können. Stattdessen nahm er die Küche in Augenschein, die vor ihm unter einer Überdachung stand. Dunkle Einbauschränke, goldene Griffe, zwei Backöfen und eine Arbeitsplatte aus weißem Marmor. Himmel, wie musste erst die Indoorküche der Blumbergs aussehen?

„So, jetzt." Mit frischgewaschenen Händen kehrte Simone Blumberg aus dem Haus zurück. Sie lächelte verlegen und reichte Jan Christiansen die Hand. „Simone Blumberg."

Jan erwiderte den Händedruck, wenn auch zaghaft. „Das ist mein Kollege Hannes Boysen."

„Ein schönes Fleckchen Erde haben Sie sich hier ausgesucht. Das muss man schon sagen." Boysen sah sich anerkennend nickend um. Jan schmunzelte.

„Ein Glücksgriff, in der Tat." Simone Blumberg setzte sich an einen großen Holztisch und schlug die Beine übereinander. „Als wir damals nach Flensburg gezogen sind, stand diese Villa zum Verkauf. Die Eigentümerin war gerade verstorben, die Erben hatten kein Interesse daran, hier zu wohnen. Zuerst wollten sie vermieten, aber Michael konnte sie überreden, an uns zu verkaufen."

„Überreden?", hakte Jan nach und setzte sich ebenfalls.

Sie reagierte und sah ihn an. Zumindest meinte er das, denn die Sonnenbrille verdeckte ihren Augen. Aber sie hatte den Kopf von Boysen abgewandt und in seine Richtung gedreht.

„Bitte nehmen Sie doch Platz", sagte sie und sah ihn weiter an – vermutete er zumindest. „Alles ist käuflich, wenn man die richtige Summe dafür bietet, oder? Zumindest sagt das mein Mann immer."

Jan lächelte und ging nicht weiter darauf ein. Für sein Empfinden sprach die Aussage von Simone Blumberg für sich.

„Ihr Mann hat zweifellos eine gute Nase fürs Geschäft." Boysen sah sich ein weiteres Mal anerkennend um und setzte sich dann auf einen Stuhl neben Jan.

Jan räusperte sich und begann das Gespräch. „Frau Blumberg, Sie haben Ihren Mann als vermisst gemeldet."

„Das ist richtig." Simone Blumberg lehnte sich mit dem Rücken gegen die Stuhllehne und nahm einen tiefen Atemzug. „Ich war bis gestern Abend auf der MAD & DESIGN in Århus."

Jan sah sie fragend an. Simone Blumberg reagierte und erklärte. „Eine Lifestyle-Messe, auf der ich mich einmal im Jahr über die neuesten Trends informiere."

„Ah." Jan nickte, dankbar für die Erklärung. Er sollte wahrscheinlich wirklich einen Dänischkurs machen, wenn er hier oben in Flensburg blieb. Es war nicht das erste Mal, dass er mit der Sprache des Nachbarlandes konfrontiert wurde. „Mein Mann war nicht wie verabredet zu Hause. Es war unser Hochzeitstag, wir wollten essen gehen."

„Hm", machte Boysen, lehnte sich zur Seite und holte einen kleinen Notizblock aus seiner Hosentasche. „Glückwunsch nachträglich", murmelte er wenig empathisch.

Simone Blumberg lächelte gequält. „Nun, ich hätte diesen Tag lieber mit meinem Mann gefeiert, statt nach ihm zu suchen. Aber er war weder hier noch in der Firma. Ich mache mir große Sorgen. Es sieht ihm nicht ähnlich, sich nicht zu melden."

„Haben Sie versucht, ihn anzurufen?" Jan nahm die Sonnenbrille ab, in der Hoffnung, Simone Blumberg würde es ihm gleichtun. Er hasste es, Menschen zu befragen, denen er nicht in die Augen sehen konnte. Es irritierte ihn jedes Mal und hinterließ bei ihm den Eindruck, die Menschen hätten etwas vor ihm zu verbergen.

Simone Blumberg tat ihm den Gefallen.

„Natürlich habe ich das."

Sie schob sich ihre Sonnenbrille hoch ins blonde Haar, sodass ihre blauen Augen zum Vorschein kamen. Der Lidstrich am unteren Auge war verwischt, und dort hatten sich schwarze Schatten gebildet. Hatte sie geweint, bevor sie zu ihnen auf die Terrasse gekommen waren? Oder hatte sie die Hitze des Backofens einfach zum Schwitzen gebracht und Wimperntusche und Lidstrich waren deshalb verschmiert?

„Sein Handy ist ausgeschaltet. Vermutlich ist der Akku inzwischen leer, denn die erste halbe Stunde konnte ich ihm noch auf die Mailbox quatschen." Sie schniefte leise. „Was, wenn ihm etwas zugestoßen ist?" Beinahe hilfesuchend wanderten ihre Augen erst zu Hannes Boysen, dann zu Jan.

„Wann hatten Sie das letzte Mal mit ihm Kontakt?" Boysen notierte weiter eifrig in sein Notizbuch, während Simone Blumberg überlegte.

„Am Montagabend. Ich war gerade in Århus angekommen und hatte mein Hotelzimmer bezogen." Sie nahm einen Zipfel ihrer Schürze und wischte sich damit eine Träne aus dem Auge.

„Montagabend?" Jan stutzte. „Das war vor drei Tagen."

Simone Blumberg schluckte. „Ich hatte mein Ladekabel fürs Mobiltelefon zu Hause vergessen. Daher war ich in der Zwischenzeit nicht erreichbar."

Jan nickte. „In welchem Hotel waren Sie in Århus?"

Verschreckt sah Simone Blumberg ihn an. „Wieso?"

Jan blieb ruhig. „Kein Grund zur Sorge, wir müssen das prüfen. Es geht darum, herauszufinden, ob Ihr Mann vielleicht zu Ihnen nach Århus gefahren ist. Vielleicht wollte er Sie überraschen?" Jetzt wandte er sich Boysen zu. „Wir sollten checken, ob es nicht einen Unfall auf dänischer Seite gegeben hat."

Boysen nickte. „In welchem Kontakt stand Ihr Mann zu Erik Jebsen?"

„Zu Erik?" Simone Blumbergs Griff um die Armlehne des Stuhls verkrampfte sich kaum merklich.

Wieder nickte Boysen, sagte aber nichts weiter.

„Man kannte sich von Veranstaltungen hier in der Stadt. Beide waren Trikotsponsor mehrerer Handballjugendmannschaften in Flensburg und im Umland. Warum?"

„Weil Erik Jebsen auch verschwunden ist." Hannes Boysen erhob sich aus seinem Stuhl, was einen Moment dauerte, da sein übergroßer Hintern zwischen den Armlehnen feststeckte.

„Und Sie vermuten, es gibt einen Zusammenhang?" Simone Blumbergs Augen weiteten sich.

„Wir vermuten gar nichts, sondern ermitteln lediglich in alle Richtungen." Boysen schaffte es, sich vom Stuhl zu befreien, und richtete seine verrutschte Hose.

„Was ist, wenn die beiden entführt wurden?" Simone Blumberg wurde auf einmal ganz blass um die Nase. „Was ist, wenn Michael entführt wurde und die Entführer mich nicht erreichen konnten, weil mein Akku leer war? " Sie fasste sich an die Brust und begann zu schluchzen.

Jan räusperte sich. „Ich denke, wir sollten uns nicht zu Spekulationen hinreißen lassen." Er stand ebenfalls auf, ging um den Stuhl herum und schob diesen zurück an den Tisch. „Ich möchte Sie bitten, noch einmal in sich zu gehen. Jedes noch so kleine Detail kann uns einen Hinweis auf seinen Verbleib liefern."

Simone Blumberg nickte, auch wenn sie abwesend wirkte. Hatte sie ihm überhaupt zugehört?

Jan nickte seinem Kollegen zu, der das Zeichen verstand und den kleinen zerknitterten Notizblock zurück in seine Tasche steckte.

Sie verabschiedeten sich von Simone Blumberg und gingen schweigend zum Wagen zurück. Als Boysen den Motor startete und langsam die steile Einfahrt zurückfuhr, sah Jan ihn an.

„Glaubst du ihr?"

Boysen zeigte keine Regung. „Bislang gibt es keinen Grund, es nicht zu tun."

7.
Nur mal luschern

Moritz hatte sich nicht wie versprochen bei Anni gemeldet. Nicht am Vormittag und auch nicht am Mittag. Und jetzt, am Nachmittag, war sie auf dem Weg zu ihrer Freundin Nele, um Hugo abzuholen.

Nele wohnte am Flensburger Stadtrand in einer Tiny-House-Siedlung. Ihr Haus ähnelte einem Schwedenhaus, nur eben im Miniaturformat. Es war das einzige Haus in der Siedlung mit dunkelroter Fassade und weiß gestrichenen Fensterrahmen. Zudem verfügte es über eine weiße Holzveranda, die den vorderen Teil des Hauses nahezu komplett umschloss.

Als Anni mit ihrem Mini in die Straße einbog, konnte sie Nele schon von Weitem vor dem Haus sitzen sehen. Die Veranda bot gerade einmal genug Platz, um dort eine winzige Hollywoodschaukel aufzustellen, in die mit viel gutem Willen zwei Leute passten.

Anni lenkte ihren Mini in eine Parkbucht, schaltete den Motor ab und stieg aus.

„Hej du“, sagte sie und winkte Nele zu. Sie schloss den Wagen ab und ging zum Haus. Hugo kam ihr schnatternd entgegengewatschelt. „Hej, kleiner Mann. Ich hoffe, du hast bei Nele keinen Blödsinn angestellt." Anni beugte sich zu Hugo hinunter, hob ihn hoch und drückte ihm einen sanften Kuss auf den grün schimmernden Kopf. Er schnatterte weiter, was Anni als gutes Zeichen wertete.

„Hej Anni", begrüßte Nele sie und schloss sie in ihre Arme. „Du kommst pünktlich zum Nachmittagskaffee." Nele schenkte ihr ein strahlendes Lächeln.

„Kaffee klingt prima. Ich brauche dringend Koffein." Anni setzte Hugo auf den Rasen im Vorgarten und folgte Nele ins Haus.

Es war unglaublich, wie viel Platz es in einem Tiny House gab. Jeder noch so kleine Winkel war optimal genutzt, diente als Stauraum für dies und jenes, sodass Nele auf kaum etwas verzichten musste. Ihre kleine Küche bot alles, was man brauchte, um sich ein Essen zuzubereiten. Einen Herd, einen Backofen, ja sogar eine kleine Mikrowelle gab es ebenso wie einen Geschirrspüler und eine integrierte Kaffeemaschine, die auf Knopfdruck die köstlichsten Kaffeespezialitäten zubereitete. Auf Komfort musste Nele hier wirklich nicht verzichten.

„Du staunst jedes Mal, wenn du hier bist." Nele knuffte Anni in die Seite, als sie die großen Augen ihrer Freundin bemerkte. „In der Nachbarschaft wird übrigens Ende September ein Haus frei. Ich hab's eben erst erfahren."

„Ach ja?" Anni sah aus dem Fenster. „Welches ist es?"

„Das blaue mit den weißen Fenstern. Dort drüben im Wendehammer." Nele stellte sich zu Anni ans Fenster und deutete auf ein Haus, das fast gegenüber von ihrem eigenen lag. „Wäre doch toll, wenn du dort einziehst. Dann können wir uns morgens und abends zuwinken, wenn wir auf unseren Veranden sitzen.“ Nele lachte.

„Ich weiß nicht, ob ich mir diesen Luxus leisten kann. Ich bin nur eine einfache Stadtführerin und keine Starfotografin.“ Anni seufzte. Ihr Bankkonto war nicht gerade üppig gefüllt. Und Nele verdiente mit ihrem Job als selbstständige Fotografin zehnmal mehr als sie.

Nele hatte es wirklich geschafft und sich innerhalb weniger Jahre in der Stadt einen Namen gemacht. Sie arbeitete für alle Lokalzeitungen und versorgte sogar die überregionalen Medien aus Hamburg, unter anderem die mit den vier großen Buchstaben, regelmäßig mit Bildern aus dem Norden Schleswig-Holsteins und aus dem südlichen Dänemark.

„Klar kannst du das. Ich zahle auch nicht mehr Miete als du bei der alten Lorenzen draußen auf dem Land. Dafür bin ich aber mein eigener Herr und muss auf niemanden Rücksicht nehmen.“ Nele bereitete zwei große Cappuccino zu und reichte Anni eine der bauchigen weißen Tassen.

„Außer auf die Nachbarn.“

„Ach, wir sind hier alle ziemlich locker drauf. Weißt du doch. Und die beiden, die da drüben wohnen, sind den ganzen Winter über sowieso im Süden.“ Nele schob sich an Anni vorbei nach draußen. „Überleg's dir doch noch mal.“

Anni folgte ihr und setzte sich zu ihr auf die Hollywoodschaukel. „Ich denke darüber nach, okay.“

„Klasse.“ Nele ließ sich nach hinten fallen und stieß sich mit den Füßen vom Boden ab, woraufhin sich die Schaukel in Bewegung setzte und sanft vor und zurück schwang. „Und, was gibt's Neues? Hast du was von Moritz gehört?"

Anni schüttelte den Kopf, während sie die Füße anzog und sich in den Schneidersitz setzte. „Ich erreiche ihn einfach nicht." Sie nippte nachdenklich an ihrem Cappuccino. „Vielleicht haben sie die beiden ja auch schon gefunden. Und alles ist wieder gut."

„Haben sie nicht", sagte Nele trocken, ohne Anni anzusehen.

„Woher weißt du das?"

Jetzt breitete sich ein vielsagendes Grinsen auf Neles Gesicht aus.

„Nele, nein! Du hast versprochen, dass du damit aufhörst." Anni schenkte ihrer Freundin einen milde strafenden Blick.

„Und wie soll ich sonst vor meinen Kollegen am Einsatzort sein? "

„Es ist illegal, den Polizeifunk abzuhören", schimpfte Anni mit gespieltem Entsetzen.

„Das bekommen die doch gar nicht mit." Nele winkte ab.

„Und wie erklärst du denen, dass ausgerechnet du immer als Erste am Einsatzort bist?"

„Weibliche Intuition." Nele lachte laut und herzlich. „Außerdem bin ich ja nicht immer die Erste am Einsatzort, weil es die Kollegen ja auch machen."

„Der Zweck heiligt also die Mittel."

„Wo kein Kläger ist, ist auch kein Richter. Man darf sich halt nur nicht erwischen lassen." Nele zwinkerte Anni zu.

Anni seufzte und sank mit dem Rücken zurück in die weichen Kissen der Hollywoodschaukel. Eine Weile sagte niemand etwas. Selbst Hugo saß neben Neles Haus im Gras, hatte die Augen geschlossen und döste vor sich hin. Anni tat es ihm nach, schloss die Augen ebenfalls und genoss das sanfte Wiegen der Schaukel, das sich anfühlte, als würde sie in einem Boot auf den Wellen der Ostsee entlanggleiten.

Alles hätte so friedlich sein können, wäre da nicht dieser Gedanke gewesen, den sie wie einen Klotz am Bein mit sich herumtrug.

„Weißt du, was mir seit gestern Abend echt im Magen liegt?"

„Das scharfe Essen deiner Mutter?" Nele lachte, und Anni stupste sie gegen die Schulter.

„Das auch, ja." Sie lachte und schluckte. „Nein, ernsthaft. Vor drei Tagen hab ich Michael Blumberg und Erik Jebsen noch zusammen gesehen."

„Und das bringt dich so aus der Fassung?"

„Sie haben sich gestritten." Anni machte eine Pause und lehnte sich zu Nele hinüber. Auch wenn sie hier ganz allein waren, wollte sie sichergehen, dass ihnen nicht doch jemand zuhörte. „Es war kein normaler Streit, weißt du? Die beiden haben sich fast geprügelt."

„Nein!"

„Doch! Blumberg hat Erik Jebsen geschubst, sodass dieser nach hinten gefallen ist, und dann haben sie sich furchtbar angeschrien. Blumberg hat gebrüllt, dass Jebsen endlich ein richtiger Mann sein und eine Entscheidung treffen soll. Es war merkwürdig." Anni nahm einen weiteren großen Schluck aus ihrem Becher und lehnte den Kopf an die Rückenlehne.

„Und warum liegt dir das jetzt im Magen?" Nele schien ihr nicht ganz folgen zu können. Oder veräppelte sie sie?

„Weil ich mir nicht sicher bin, ob diese Auseinandersetzung nicht auch etwas mit ihrem Verschwinden zu tun hat. Was ist, wenn ich die Letzte bin, die die beiden zusammen gesehen hat? Sie sind vor drei Tagen verschwunden, wenn man den Erzählungen meiner Eltern glaubt. Das ist der Abend, an dem ich den Streit beobachtet habe."

„Ah, jetzt verstehe ich. Du fragst dich, ob du der Polizei davon erzählen sollst."

Anni nickte.

„Wo hast du den Streit denn beobachtet?"

„Im Neptunhof." Anni seufzte und bekam eine Gänsehaut, als sie daran dachte, was Blumberg und Jebsen sich an jenem Abend alles an den Kopf geworfen hatten.

„Ist der Hof videoüberwacht?" Nele stoppte die Hollywoodschaukel und setzte ihre Beine ab.

„Ich denke schon. Vor ein paar Monaten haben die doch in dem kleinen Schmuckladen dort eingebrochen. Ich meine, damals gab es eine Diskussion um Videoüberwachung." Anni zuckte mit den Achseln.

„Na, dann ist ja alles ganz einfach." Nele sprang von der Schaukel und lief ins Haus. Wenig später kam sie mit ihrem Laptop zurück.

„Was hast du vor?" Fragend sah Anni zu, wie Nele ihren Laptop auf die Knie legte, sich Kopfhörer aufsetzte und zu tippen begann. „Was machst du da?", fragte Anni ein weiteres Mal, doch Nele reagierte nicht. Sie war zu tief in ihr – ja, was war es eigentlich? Arbeit? – vertieft.

Es dauerte eine geschlagene Dreiviertelstunde, bis Nele wieder ansprechbar war.

„Bingo Ringo!“ Sie klatschte in die Hände. In ihren Augen und ihrer Stimme lag purer Triumph.

„Du hast doch jetzt hoffentlich nichts Illegales gemacht, oder?“ Anni traute sich kaum zu fragen und hob eine Augenbraue.

Nele zwinkerte ihr zu und drehte den Laptop so, dass Anni ebenfalls auf den Bildschirm gucken konnte.

„Nele!“, entfuhr es ihr, als sie begriff, was sie dort zu sehen bekam. „Ist das …?“

„Die Videoüberwachung vom Neptunhof.“ Ihre Stimme vibrierte vor Stolz, und Anni beschlich das dunkle Gefühl, dass Nele das nicht zum ersten Mal gemacht hatte.

„Du hast die Kamera gehackt?“, flüsterte sie.

Nele nickte grinsend. „Jetzt müssen wir nur noch das passende Datum finden und … ha! Wer sagt's denn!“

„Bist du wahnsinnig?“ Anni fasste sich an die Stirn. Neles Triumph konnte sie nur bedingt teilen. Dass ihre Freundin das Risiko liebte, war ihr natürlich nicht neu, das bewies allein schon die Sache mit dem Polizeifunk. Sie wusste auch, dass Nele ein Technik-Nerd war, und zwar schon seit der Schulzeit. Aber dass sie allen Ernstes unter die Hacker gegangen war, trieb Anni die Schweißperlen auf die Stirn.

„Ich weiß, was ich tue, Anni.“ Nele rollte übertrieben genervt mit den Augen, als habe sie nur auf diese Reaktion ihrer Freundin gewartet, zeigte sich ansonsten aber vollkommen unbeeindruckt von Annis Bedenken. „Schau mal, da kommst du mit deiner Truppe.“

Es war wie ein Unfall, bei dem sie nicht wegsehen konnte. Anni schielte seitlich auf den Laptop, auf dem ein Schwarz-

Weiß-Film abgespielt wurde, den sie nur allzu gut kannte. Am oberen Bildrand war der Keller zu sehen, aus dem jeden Moment Blumberg und Jebsen gestolpert kamen. Unten links kam Anni in voller Petuh-Montur. Die Bilder waren so scharf, sie konnte sogar die wippende Feder an ihrem Hut erkennen.

Anni beobachtete sich selbst auf dem Bildschirm und erinnerte sich noch ziemlich genau an jedes einzelne Wort, das gesprochen worden war. Helga tauchte kurz auf und drehte sich zu ihrer Freundin um, als es oben am Bildrand plötzlich hell wurde. Eine Tür wurde aufgerissen und –

„Da!“ Anni zeigte aufgeregt auf den am Boden liegenden Erik Jebsen, über dem sich Michael Blumberg aufbaute wie ein Tiger vor seiner erlegten Beute.

„Ist ja krass!“ Nele rückte näher an Anni heran. „Es ist wirklich alles dokumentiert.“

Anni nickte, während auf dem Bildschirm Blumberg und Jebsen wieder im Keller verschwanden, und auch Anni und ihre Gruppe gingen aus dem Bild. Im Hof wurde es wieder dunkel, nur ein paar einzelne Regentropfen tanzten noch vor der Kamera herum.

„Das war's?“ Anni schaute zunächst zu Nele und dann auf den halbdunklen Bildschirm. „Weiter wurde nichts aufgezeichnet?“

„Nun warte doch erstmal ab. Vielleicht passiert ja noch was“, beruhigte Nele sie.

„Nicht, wenn Blumberg und Jebsen den Vorderausgang genommen haben. Dann werden wir sie hier auf dem Video nicht zu sehen bekommen.“

„Oder doch.“ Nele deutete ein weiteres Mal auf den Bildschirm, auf dem plötzlich eine dunkle Gestalt auftauchte.

„Man sieht gar nichts.“ Anni rückte dichter an den Bildschirm heran, aber es regnete inzwischen wieder so stark, dass die vielen Regentropfen die Sicht versperrten. „Mist!“ Als würde es etwas bringen, wischte sie mit der Hand über den Desktopmonitor.

Die Gestalt näherte sich dem Keller, öffnete die Tür und verschwand darin. Wieder vergingen Minuten. Dann kamen drei Personen aus dem Keller wieder heraus, gingen durch den Innenhof und verschwanden schließlich am linken Bildrand.

„Soll ich schauen, ob es noch weitere Kameras in der Gegend gibt?“ Nele lächelte.

„Untersteh dich.“ Anni hob mahnend den Zeigefinger. „Was machen wir denn jetzt?“

„Wir müssen das irgendwie an die Polizei weiterleiten.“

„Das können wir nicht, Nele. Wie soll ich erklären, dass ich an Filmmaterial einer Überwachungskamera gelangt bin, ohne mich verdächtig zu machen?“ Anni winkelte ihre Knie an und stützte ihre Ellenbogen darauf.

„Du könntest doch einfach sagen, dass du da was beobachtet hast, als du in den Hof gekommen bist. Und dann könntest du doch sagen, dass der Hof überwacht wird.“

„Meinst du nicht, die Polizisten kommen selbst darauf?“

„Das können sie aber nur, wenn sie auch wissen, dass Blumberg und Jebsen in diesem Keller waren. Also muss es ihnen jemand erzählen.“ Nele legte den Laptop beiseite und stand auf. Fröhlich ein Lied pfeifend ging sie ins Haus.

Anni sah ihr nach. Neles dunkler Pferdeschwanz wippte von links nach rechts, während sie ging und kurz darauf mit einem USB-Stick in der Hand zurückkam.

„Was hast du jetzt schon wieder vor?" Anni konnte gar nicht hinsehen.

„Wir sichern dieses Material, bevor jemand auf die Idee kommt, es zu löschen." Sie steckte den USB-Stick in den Laptop und begann, die Datei der Videokamera darauf zu laden.

„Warum sollte das jemand tun?"

„Weil dieser Jemand ..." Nele zeigte auf die dunkle, verschwommene Gestalt auf dem Bildschirm – „vielleicht etwas mit dem Verschwinden der beiden Männer zu tun hat. Und wenn er herausfindet, dass der Hof videoüberwacht war, bestimmt alles daransetzen wird, dass das belastende Material verschwindet."

Anni sah ihre Freundin mit großen Augen an. „Nele, du bist echt schräg." Sie lachte.

„Ich weiß."

*

Kurz nachdem Anni und Hugo am späten Abend zu Hause angekommen waren, piepte ihr Handy. Sie stellte den Katzenkorb, in dem sie Hugo transportiert hatte, auf den Boden und öffnete die Gittertür. Sofort watschelte der kleine Erpel hinaus in Richtung Wohnzimmer und schnatterte, als wolle er sagen: Der König ist in sein Reich zurückgekehrt.

Anni sah ihm schmunzelnd nach, kramte ihr Mobiltelefon aus der Tasche und starrte auf das Display.

Hej Danskerpige :-)
Sorry, dass ich mich erst jetzt melde. Weiß nicht, wo mir der Kopf steht.
LG, Mo

Anni schlurfte in die Küche, holte sich ein Glas aus dem Schrank und die Flasche Weißwein, die sie gestern Abend noch geöffnet hatte, aus dem Kühlschrank. Sie schenkte das Glas halbvoll und ging damit ins Wohnzimmer.

Hugo hatte es sich bereits auf seiner Flauschdecke auf der Couch bequem gemacht. Wahrscheinlich würde es nicht mehr lange dauern, und er würde tief und fest schlafen. Anni schaute auf die Uhr. Es war Viertel nach elf. Sie setzte sich zu Hugo aufs Sofa, nahm das Handy zur Hand und tippte ihre Antwort an Moritz.

Hej.
Kann ich mir vorstellen.
Es muss ein Schock für dich sein.
LG, Anni

Es dauerte eine Weile, bis Mo antwortete.

Am schlimmsten ist die Ungewissheit.
Was, wenn ihm was passiert ist? Und was ist mit Blumberg?

Ja, was war mit Blumberg? Hatte er etwas mit Erik Jebsens Verschwinden zu tun? Anni konnte es sich nur schwer vorstellen. Blumberg war ein angesehener Geschäftsmann in Flensburg. Auch wenn ihr seine großkotzige Art oft gegen den Strich gegangen war. Blumberg war schlau. Warum sollte er seinen guten Ruf riskieren, indem er jemanden, der ihm nicht passte, verschwinden ließ? Und selbst wenn er es getan hätt – wo war er jetzt?

Anni holte tief Luft. Sollte sie Moritz sagen, was sie vor drei Tagen beobachtet hatte? Oder sollte sie lieber erst zur Polizei gehen, so wie sie es mit Nele besprochen hatte? Gott, wenn dieses Gedankenkarussell in ihrem Kopf doch endlich stillstehen könnte.

Sie merkte, wie ihre Augen schwer wurden, das Glas Wein hatte sein Übriges getan, und beschloss, Moritz auf morgen zu vertrösten. Vielleicht, nein, bestimmt würde eine Mütze voll Schlaf ihr guttun und zu einem klaren Kopf verhelfen.

> Du, ich bin hundemüde. Lass uns morgen weiterreden, ja?
> LG, A.

Moritz' Antwort war knapp.

> Schlaf gut.
> LG, Mo

8.
Wat'n Schietwetter

Als Anni aus dem Bus stieg, begann es zu regnen. Sie seufzte, schnallte sich ihren Rucksack auf den Rücken, in dem sie ihr Kostüm für die Führungen transportierte, und spannte den Schirm auf.

Zum Glück hatte sie es nicht weit. Das 1. Flensburger Polizeirevier hatte seinen Sitz direkt am Hafen, in unmittelbarer Nähe zum ZOB und zur Fußgängerzone.

Halb gehend, halb laufend erreichte Anni das Revier in weniger als fünf Minuten. Sie stemmte sich gegen die schwere, dunkelgrün gestrichene Tür des Altbaus und ging die Treppe hinauf, während hinter ihr die Tür mit einem dumpfen Krachen ins Schloss fiel.

Oben an der Treppe wurde Anni von einer weiteren Tür, dieses Mal aus dickem Glas, gebremst. *Bitte klingeln*, stand in großen Buchstaben auf einem Schild über einem Klingelknopf. Anni wunderte sich, denn direkt hinter der Glastür verbarg sich der Empfang, an dem sich zwei Polizisten befanden und mit ihr Blickkontakt aufnahmen. Da trotzdem keiner der beiden reagierte, klingelte sie vorschriftsgemäß. Kurz darauf meldete sich einer der Polizisten.

„Was kann ich für Sie tun?“ Durch die Gegensprechanlage klang die Stimme des Beamten verzerrt und mechanisch.

„Ich möchte eine Aussage machen“, antwortete Anni und sah den Polizisten auf der anderen Seite der Tür an. Immer noch zeigte er keine Reaktion. „Es geht um die beiden Vermissten, Jebsen und Blumberg.“

Der Polizeibeamte nickte. „Einen kleinen Moment.“ Das Rauschen aus der Gegensprechanlage verschwand, ebenso wie der Mann. Ansonsten passierte minutenlang nichts. Weder kehrte der Polizist an seinen Platz zurück noch machte sein Kollege Anstalten, Anni hereinzulassen.

Als ihr das Warten zu bunt wurde, klingelte Anni erneut. Sie hatte weiß Gott nicht ewig Zeit.

„Ja.“ Die Stimme des anderen Polizisten klang gelangweilt.

„Ähm, ich habe eben schon geklingelt …“

„Ich weiß“, unterbrach sie der Mann.

„Ja, und wie geht's jetzt weiter?“ Anni runzelte die Stirn. Man konnte sie doch unmöglich vor der Tür stehen lassen.

„Mein Kollege informiert die zuständigen Beamten. Er kommt sicher gleich zurück. Bitte warten Sie solange.“ Wieder verstummte die Gegensprechanlage. Dafür hallten Schritte durch das steinerne Treppenhaus.

„Moin.“ Zwei Polizisten, ein Mann und eine Frau, grüßten freundlich, betätigten den Türöffner und schoben sich an Anni vorbei ins Revier. Sie reagierte blitzschnell und folgte den beiden.

Der Polizeibeamte hinter dem Tresen seufzte. „Habe ich Ihnen nicht gesagt, dass Sie warten sollen?“

„Kann ich das nicht auch hier drinnen machen? Ich trage keine Waffen bei mir, sollten Sie das meinen."

„Apropos – ich muss Ihren Rucksack checken. Darf ich?" Er streckte die Hand aus, und sein Gesichtsausdruck ließ erahnen, dass es keine Bitte war, die er aussprach, auch wenn er es so formulierte.

Anni reichte ihm den Rucksack über den Tresen. Er nahm ihn nickend entgegen und streckte ein weiteres Mal seinen Arm in Annis Richtung aus. „Halten Sie bitte Abstand", forderte er sie auf.

„Okay." Sie ging ein paar Schritte zurück und setzte sich auf eine Holzbank, die bereits einige Jahre auf dem Buckel haben musste. Die Sitzfläche war rau und hatte an einigen Stellen tiefe Kerben, und der Lack war vielfach abgeblättert.

Weitere Minuten vergingen, bis endlich der Polizist, mit dem Anni zuerst durch die Gegensprechanlage gesprochen hatte, zurückkam. Er stutzte kurz, als er Anni auf der Bank sitzen sah, sagte aber nichts weiter und wandte sich direkt seinem Kollegen zu.

„Rucksack ist bereits gecheckt. Alles clean. Sie kann durch." Der Polizist machte eine Kopfbewegung in Annis Richtung. Meine Güte, was für ein Aufstand. Sie wollte doch lediglich eine Aussage zu ihren Beobachtungen machen und kein Geständnis darüber ablegen, dass sie Blumberg und Jebsen entführt hatte.

„Entführt", flüsterte sie, als ihr dieser Gedanke in den Kopf schoss. Was, wenn Jebsen und Blumberg entführt worden waren?

„Was sagten Sie?"

Anni zuckte zusammen, als sie bemerkte, dass sie wohl doch nicht so leise gesprochen hatte wie angenommen. „Nichts, kann ich jetzt meine Aussage machen?“ Sie lächelte, wenn auch gequält, denn die Warterei war zermürbend.

„Natürlich. Die Kollegen von der Kripo erwarten Sie.“ Der Polizist kam um den Tresen herum, reichte Anni ihren Rucksack und ging dann voraus zu einem Fahrstuhl. Er öffnete die Tür, und Anni schluckte. Mein Gott, war das eng.

„Wenn Sie oben angekommen sind, einfach nach links abbiegen. Dann die dritte Tür auf der rechten Seite. Sie können es nicht verfehlen. Es sind die einzigen Kollegen, die gerade Dienst haben.“ Damit verabschiedete er sich und drückte auf den Knopf am Aufzug. Die Türen schlossen sich, und der Lift setzte sich ruckelnd in Bewegung.

„Kann man nur hoffen, dass dieses Ding nicht stecken bleibt“, murmelte Anni und seufzte.

Zwei tiefe Männerstimmen waren das Erste, das Anni hörte, als sie kurz darauf in der oberen Etage aus dem Lift stieg. Sie folgte den Anweisungen, die ihr der Polizist unten mit auf den Weg gegeben hatte, und ging nach links. Die Stimmen der beiden Männer wurden lauter. Jetzt konnte sie sogar verstehen, was sie sagten.

„Keine Ahnung, was das für eine ist. Vielleicht ist sie durchgeknallt? Matthias meinte, sie hätte ein Faschingskostüm in ihrem Rucksack.“

„Oder sie ist Schauspielerin am Landestheater und auf dem Weg zur Kostümprobe.“

„Oder sie ist Stadtführerin hier in Flensburg und auf dem Weg zu ihrem Job.“ Anni lehnte sich in den Türrahmen des Büros, in dem sich die beiden Männer aufhielten. „Sie sollten Menschen nicht vorschnell verurteilen, nur weil sie in einem Rucksack Klamotten mit sich herumtragen.“

Überrascht drehten sich die Kripobeamten um. Anni musste innerlich schmunzeln. So wie sie beide dastanden – der Ältere am Schreibtisch sitzend, mit Halbglatze und riesigem Bauch, der andere grinsend davor – , ähnelten sie den beiden Alten aus der Muppet Show.

„Sie schon wieder!“ Der Jüngere schüttelte lachend den Kopf. „Es ist wohl Ihr Hobby, uns Polizisten den Kopf zu waschen, was?“

„Das wäre nicht nötig, wenn Sie Polizisten sich benehmen würden“, konterte Anni, als sie erkannte, wen sie dort vor sich hatte.

„Ihr kennt euch?“ Der Ältere stand auf, wodurch sein Körper noch massiger wirkte.

„Flüchtig.“ Anni winkte ab, der Polizist schien die Sache aber vertiefen zu wollen.

„Wir hatten vor ein paar Tagen während der Trecker-Demo das Vergnügen. Ich glaube, Sie fühlten sich gestört, oder?“ Der Mann drehte sich nun vollends zu ihr und schien belustigt darüber zu sein, sie hier auf dem Revier zu sehen.

„Penetrantes Hupen steht definitiv ganz oben auf der Liste der Dinge, die mich stören.“ Anni sah ihn an und konnte seinem bohrenden Blick mühelos standhalten. Etwas, womit er offenbar nicht gerechnet hatte, denn er blinzelte zwei, drei Mal und schaute dann zu seinem Kollegen, der Anni seine Hand entgegenstreckte. Eins zu null für sie.

„Wie auch immer. Ich bin Hannes Boysen, und das ist mein Kollege Jan Christiansen. Und wer sind Sie?"

Anni lächelte ihn an, trat näher und reichte ihm die Hand. Sie war überzeugt, dass er sie ihr brechen würde, so riesig waren seine Pranken, doch entgegen ihrer Annahme war sein Händedruck äußerst sanft.

„Anni Gade", stellte sie sich vor und nickte beiden zu.

„Setzen Sie sich doch, Frau Gade." Hannes Boysen zeigte auf den Stuhl vor seinem Schreibtisch und setzte sich ebenfalls, während Jan Christiansen sich schräg hinter seinen Kollegen mit dem Rücken ans Fensterbrett lehnte. „Was können wir für Sie tun?" Er faltete die Hände vor seinem Bauch und wippte mit der Rückenlehne des Bürostuhls leicht vor und zurück.

„Ich arbeite als Stadtführerin hier in Flensburg. Deshalb das Kostüm in meinem Rucksack. Ich verkleide mich dafür als Petuhtante."

„Was Sie nicht sagen, das ist ja toll." Hannes Boysen klatschte in die Hände und lachte. „So eine Führung wollten wir vom Revier schon lange mal mitmachen, aber leider hat der Zeitpunkt nie gepasst. Es kann kein Zufall sein, Frau Gade, dass Sie ausgerechnet jetzt in meinem Büro sitzen."

Anni schmunzelte. „Ich bin aber nicht hier, um Ihnen eine Stadtführung zu verkaufen." Sie zwinkerte Hannes Boysen zu, der sich kopfschüttelnd zurücklehnte.

„Auf den Kopf gefallen sind Sie wirklich nicht."

„Ich nehme das mal als Kompliment." Sie lächelte den Beamten an, der deutlich entspannter wirkte als sein grummeliger Kollege.

Jan Christiansen räusperte sich. „Sie waren dabei, zu erzählen, warum Sie hier sind, Frau Gade.“ Er verschränkte die Arme vor der Brust und verzog keine Miene.

„Ja, natürlich.“ Anni fuhr sich mit der Hand durch die roten Locken. „Wie gesagt, ich bin Stadtführerin. Und auf einer meiner Führungen habe ich – “

Das Klingeln des Telefons unterbrach ihren Redefluss.

„Entschuldigung, da muss ich rangehen.“ Hannes Boysen nahm den Telefonhörer ab. Einige Minuten gab er nichts weiter als *Ah* und *Oh* von sich. „Selbstverständlich kommen wir mit. Christiansen und ich sind schon auf dem Weg.“ Er legte auf und drehte sich zu seinem Kollegen um.

„Was ist los?“

„Wir haben einen Einsatz. Scheint, als würde langsam Bewegung in unseren Fall kommen.“ Hannes Boysen sprach äußerst bedacht und schien nicht allzu viel erzählen zu wollen, solange Anni im Raum war.

„Das klingt gut. Ich hol mein Zeug aus dem Büro.“ Jan Christiansen löste sich von der Fensterbank und ging am Schreibtisch vorbei. „Es tut mir leid, Frau Gade, aber wir müssen unser Gespräch verschieben. Können Sie die Tage nochmal vorbeikommen?“

Anni sah ihn verdutzt an. „Aber … das … Nein! W-was ich zu sagen habe, ist wichtig!“, protestierte sie.

Jetzt erhob sich Hannes Boysen aus dem Stuhl. „Wir müssen los“, sagte er zu seinem Kollegen und ohne weiter auf Anni zu achten.

„Kommen Sie mit uns nach unten. Wir finden schon jemanden, dem Sie alles erzählen können, was Ihnen auf dem Herzen liegt.“ Jan Christiansen ging an ihr vorbei aus dem Raum, verschwand kurz in seinem Büro und kehrte dann mit einer Jacke und einem Autoschlüssel in der Hand wieder zurück.

„Kommen Sie.“ Hannes Boysen drängte sie aus dem Zimmer in den Flur. „Es muss jetzt wirklich fix gehen.“

Schnellen Schrittes gingen die beiden Beamten den Gang entlang und nahmen die Treppe hinunter ins Erdgeschoss. Anni folgte ihnen wortlos.

„Setzen Sie sich bitte kurz auf die Bank. Es wird sich gleich jemand um Sie kümmern.“ Hannes Boysen nahm seinem Kollegen die Autoschlüssel ab. „Ich fahre.“

Jan Christiansen schüttelte den Kopf. „Auf Wiedersehen.“ Er nickte Anni flüchtig zu und verschwand.

Sie blieb allein zurück. „Das darf doch wohl nicht wahr sein“, schimpfte sie. Kurz darauf kam ein Polizist aus einem Büro gestürmt. Er wirkte abgehetzt und schwitzte.

„Sie wollten eine Aussage machen“, sagte er und deutete auf Anni.

„Nein, schon gut. Ich komme morgen wieder.“

9.
Wat mutt, dat mutt

Es regnete immer noch in Strömen, als Hannes Boysen den dunklen Passat auf den Parkplatz neben dem erst vor wenigen Wochen eröffneten Holzpavillon lenkte. Zudem hatte vor einer guten halben Stunde der Wind aufgefrischt. Kein Wunder, dass sich niemand mehr am Strand befand.

Im Gegensatz dazu war das Pavillon-Restaurant gut besucht. Die Leute saßen dicht gedrängt an halbrunden Tischen. Die Fensterscheiben waren zum Teil beschlagen. Die Luft dort drinnen musste zum Schneiden sein.

„Ich glaub, da müssen wir hin." Jan Christiansen zeigte auf die linke Ecke des Parkplatzes, in der ein hellerleuchteter Rettungswagen stand.

Boysen nickte und schaltete den Motor ab. „Dann wollen wir uns den Typen mal anschauen." Er setzte sich seine Kapuze auf, öffnete die Tür und stieg aus.

Jan Christiansen folgte ihm. Sogleich peitschte ihm der warme Regen ins Gesicht. Er zog sich ebenfalls die Kapuze über und den Reißverschluss nach oben. „Was für ein

Mistwetter", maulte er, dabei hätte er sich noch vor ein paar Tagen über diese Abkühlung gefreut.

„Willkommen im Flensburger Sommer." Boysen drehte sich zu ihm um und grinste. „An dieses Wetter musst du dich gewöhnen, wenn du hier wohnst."

„Es ist Sommer."

„Ja, eben drum." Wieder lachte Boysen, ein wenig zu schallend für Jans Geschmack. „Hier gibt es entweder heiße Tage ohne Wind oder Tage mit Regen und Wind. Selten gibt's was dazwischen. Gerade im Sommer ..."

Jan beschleunigte seinen Schritt, sodass Boysen ihm nur schwer folgen konnte. Er wusste, dass es nicht nett war, seinen Kollegen dadurch zu unterbrechen, aber er hatte jetzt nicht die Nerven, sich einen von Boysens Vorträgen über das Flensburger Sommerwetter anzuhören. Beiträge dieser Art hatte er seit seiner Ankunft in Flensburg oft genug gehört.

„Moin." Jan erreichte als Erstes den Rettungswagen und grüßte einen der Sanitäter. Er reichte ihm die Hand und schaute in den Rettungswagen. „Ist er das?"

Der Rettungssanitäter nickte. „Ja."

„Wer hat ihn gefunden?" Boysen hatte den Rettungswagen ebenfalls erreicht und schnaufte, so außer Atem war er.

„Das ist es ja. Die Leitstelle in Harrislee hat einen anonymen Anruf bekommen. Und als wir hier eintrafen, war niemand mehr vor Ort. Nur er." Er zeigte auf den in eine Isolierdecke eingehüllten Mann, der ihnen mit dem Rücken zugewandt auf der Trage saß.

„Er war ganz allein?"

Der Sanitäter nickte.

„Wo habt ihr ihn gefunden? Hier auf dem Parkplatz?“

„Nein. Dort drüben. Er kauerte vor dieser Holzwand.“ Der Sanitäter zeigte auf die Holzwand, die den Parkplatz vom Strand trennte. „Auf der anderen Seite der Wand im Sand. Dass ihn zuvor niemand bemerkt hat, ist seltsam. Jeder, der vom Strand zum Parkplatz geht, muss diese Stelle passieren, wenn er nicht einen großen Umweg machen möchte.“ Er zuckte mit den Achseln.

„Ich werde mir die Stelle mal ansehen.“ Boysen nickte Jan zu, drehte sich um und ging in Richtung des Holzzauns.

Jan sah ihm kurz nach und widmete sich dann wieder seinem Teil der Aufgabe. „Wissen wir, wer er ist?“

„Nein. Er reagiert nicht auf uns, wenn wir ihn ansprechen.“ Der Sanitäter seufzte.

„Darf ich?“ Ohne eine Antwort abzuwarten, setzte Jan Christiansen einen Fuß auf den Einstieg zum Wagen und kletterte hinein. Er war bei der Kripo. Er durfte das. Und es sah nicht aus, als würde der Gefundene gerade medizinisch versorgt werden.

Er ging ans Fußende der Trage, auf der der Mann saß. Sand klebte an seinem Körper. Seine Haare waren verfilzt. Er sah aus wie ein Schiffbrüchiger, den die Förde an Land gespült hatte. Dass seine Haut dazu rot verbrannt, an einigen Stellen sogar lila war, bestärkte Jan in der Annahme, dass er bereits eine ganze Weile hier am Strand oder zumindest in der Sonne gewesen sein musste.

„Herr Jebsen?“

Der Fremde regte sich nicht.

„Herr Blumberg?“

Wieder rührte er sich nicht. Vielleicht war es keiner der beiden Vermissten, sondern ein Obdachloser, den sie zufällig aufgelesen hatten?

Jan ging in die Hocke, um das Gesicht des Mannes sehen zu können. In dem Zustand, in dem er sich befand, hatte er keinerlei Ähnlichkeit mit den Fotos, die er sich von Blumberg und Jebsen besorgt hatte. Der Mann, der hier vor ihm auf der Liege hockte, hatte so gar nichts mit den geschniegelten, gepflegten Männern gemein, die dort abgebildet waren.

„Hallo?", fragte er so einfühlsam wie möglich. Behutsam legte er ihm die Hand auf die Schulter, so wie er es gelernt hatte. In Hamburg hatte er öfter mit Menschen zu tun gehabt, die sich nach einem traumatischen Ereignis an nichts mehr erinnern konnten. Dies konnte bei dem Mann, der vor ihm auf der Trage saß, ebenfalls der Fall sein, wenn er denn einer der gesuchten Männer war. „Können Sie mich verstehen?"

Die Augen des Fremden zuckten, als Jan ihn ansprach. Es dauerte eine Weile, dann nickte er zaghaft.

„Das ist gut", sagte Jan und atmete durch. Dass der Mann Deutsch verstand, war eine enorme Erleichterung für alle. So konnten sie sich den Dolmetscher sparen. Aus Erfahrung wusste er, dass die Zusammenarbeit mit Übersetzern Befragungen oft in die Länge zog und deutlich erschwerte.

Er wagte einen weiteren Anlauf. „Wissen Sie, wer Sie sind?"

Der Mann sah ihn an und schüttelte den Kopf.

Jan nickte. Das war nicht gut. Er erhob sich und sah zu Boysen, der vom Strand zurückgekehrt war und neugierig den Kopf in den Rettungswagen steckte. Vielleicht konnte sein Kollege helfen? Er winkte ihn zu sich heran.

Boysen schob seinen massigen Körper durch die schmale Tür des Rettungswagens und ging ebenfalls um die Trage herum.

„Wen haben wir denn hier?", murmelte er und beugte sich herunter. „Himmel, Erik, was ist denn mit dir passiert?", entfuhr es ihm.

Im Gegensatz zu ihm erkannte Boysen den vermissten Erik Jebsen sofort, was ihn nicht weiter wunderte. Hannes Boysen war in Flensburg geboren und aufgewachsen.

„Ist das Erik Jebsen?", fragte Jan, nur um sich noch einmal zu vergewissern.

Boysen nickte ihm zu und legte die Hand auf Jebsens Schulter, woraufhin der zusammenzuckte, als bereitete ihm diese Berührung Schmerzen. „Ganz ruhig. Du bist jetzt in Sicherheit."

Boysen erhob sich wieder und machte eine Kopfbewegung, die Jan bedeutete, dass er ihm folgen sollte.

„Müssen wir draußen reden? Wir werden ganz nass." Jan zog sich die Kapuze wieder auf und steckte die Hände in die Hosentaschen. Seinen Kollegen schien das nicht zu jucken.

„Nun hab dich mal nicht so. Bist ja nicht aus Zucker!" Boysen tätschelte ihm die Schulter und begann unbeirrt zu reden, sobald sie außer Hörweite der Sanitäter waren.

„Ich hab mir die Stelle, an der er gefunden wurde, nochmal angeschaut. Mir ist es ein Rätsel, wie er dorthin gekommen ist. Er kann nur vom Wasser oder aber vom Parkplatz aus gekommen sein. Vor allem in dem Zustand, in dem er ist, scheint es mir äußerst unwahrscheinlich, dass er sich allein dorthin geschleppt hat." Er machte eine Pause und sah zum Rettungswagen. „Ein trauriger Anblick, wenn du mich fragst."

„Du meinst, ihn hat jemand hier abgesetzt?"

Boysen zuckte mit den Achseln. „Vielleicht ist er tatsächlich zusammen mit Blumberg entführt worden. Und jetzt haben die Entführer herausgefunden, dass bei Blumberg deutlich mehr zu holen ist als bei Jebsen. Daher war Erik überflüssig, und sie haben sich seiner entledigt."

„Das klingt ziemlich schräg, wenn du mich fragst." Jan zweifelte nicht grundsätzlich an Boysens Theorie. Allerdings warf diese mehr Fragen auf, als sie derzeit Antworten hatten. Schien, als würde dieser Fall sie noch eine Weile auf Trab halten. Zumindest mit einer Sache hatte er recht gehabt: Die meisten Vermissten tauchten nach einer Weile wieder auf. Bei Jebsen war dies nicht anders. Fehlte nur noch Blumberg.

„Und was passiert jetzt mit ihm?"

„Sie bringen ihn in die Diako, dort wird er durchgecheckt werden und dann – "

„Tut mir leid, aber wir würden ihn jetzt gerne ins Krankenhaus bringen. Er ist unterkühlt, und wir wollen vermeiden, dass sein Kreislauf zusammenbricht." Der kleinere der beiden Rettungssanitäter lugte aus dem Wagen heraus.

„Ja, bringen Sie ihn ins Krankenhaus. Wir wissen ja, wo wir ihn finden können." Jan nickte und winkte den Sanitätern zum Abschied.

Kurz darauf setzte sich der Rettungswagen in Bewegung und brauste mit Blaulicht davon.

Jan und Boysen sahen ihm nach. „Komm, hören wir uns mal um. Vielleicht hat jemand im Restaurant etwas mitbekommen."

*

Die Befragung der Restaurantgäste hatte keine weiteren Erkenntnisse gebracht. Die Leute hatten weder ein Auto oder einen Lieferwagen beobachtet, der auf den Parkplatz gefahren war, noch war ihnen ein im Sand kauernder Jebsen aufgefallen. Niemand hatte etwas mitbekommen oder gesehen. Wie so oft in dieser Welt, in der jeder mit sich selbst beschäftigt war.

„Und jetzt?“ Boysen sah ihn an, das Lenkrad des Passats fest umklammert.

„Fahren wir zu Frau Jebsen und erzählen ihr, dass ihr Mann wieder aufgetaucht ist. Sie ist aus Sylt zurückgekehrt, hab ich heute Morgen erfahren.“ Jan lächelte, checkte die Adresse auf dem Handy und gab sie ins Navigationssystem des Autos ein.

„Na, die wird Augen machen.“ Boysen startete den Motor und düste los.

„Hoffentlich“, murmelte Jan.

Manuela Jebsen wurde ganz blass im Gesicht, als sie die beiden Kripobeamten vor ihrer Haustür stehen sah. Jan war nicht überrascht. Oft war es kein gutes Zeichen, wenn in einem Vermisstenfall die Polizei persönlich vor Ort erschien. Nicht selten brachte sie schlechte Nachrichten.

„Wir haben gute Nachrichten“, sagte Jan deshalb und hob beide Hände. „Wir haben Ihren Mann gefunden.“

Sofort machte sich Erleichterung in Manuela Jebsens Gesicht breit. „Wirklich?“

Jan nickte, ebenso wie Boysen, der sich nun in den Vordergrund schob. „Wir haben trotzdem noch ein paar Fragen. Können wir reinkommen?"

„Ja, natürlich. Bitte." Sie ließ sie eintreten und führte sie ins Wohnzimmer. „Darf ich Ihnen etwas bringen? Wasser? Oder Kaffee?"

„Danke. Wir bleiben nicht lange." Boysen ging zielstrebig voraus zu einer Sitzecke, setzte sich aber nicht. Er sah sich nicht einmal in dem Raum um, obwohl dieser einiges zu bieten hatte. Bücherregale bis zu den Decken, Kronleuchter in Gold und Silber, teure Berberteppiche auf dem dunklen Echtholzparkett. Täuschte er sich oder war sein Kollege nicht zum ersten Mal hier? Er wirkte ungewohnt vertraut mit diesem Raum. Ganz und gar anders als vor ein paar Tagen noch bei Simone Blumberg, als er sich an dem Luxus der Villa gar nicht hatte sattsehen können.

„Nun denn." Manuela Jebsen deutete auf die Sitzecke, an der Boysen bereits stand. „Setzen wir uns." Sie atmete ein weiteres Mal durch, und allmählich kehrte die Farbe in ihr Gesicht zurück, was Jan beruhigend zur Kenntnis nahm. „Darf ich fragen, wo Erik jetzt ist?" Ihr Blick wanderte von Boysen zu ihm und wieder zurück zu seinem Kollegen.

„In der Diako." Boysen machte ein betrübtes Gesicht. „Leider."

„W-was fehlt ihm denn?" Manuela Jebsen fasste sich an die Brust. Erneut wich die Farbe aus ihrem Gesicht, allerdings nicht so stark wie noch vorhin an der Tür.

„Wir haben ihn am Strand von Wassersleben gefunden. Er ist … verwirrt und weiß weder, wer er ist, noch wie er dorthin gekommen ist." Jan beschloss, rasch auf den Punkt zu kommen, auch wenn er eventuell etwas feinfühliger hätte sein können. Es war wichtig, Manuela Jebsen sofort mit den Fakten zu konfrontieren, wenn sie in dem Fall weiterkommen wollten.

„Oh mein Gott, das ist ja schrecklich." Sie hielt sich entsetzt die Hand vor den Mund, schien mit den Tränen zu kämpfen. „Ist er schwer verletzt?"

Jan schüttelte den Kopf. „Soweit das im ersten Eindruck beurteilt werden konnte, nein. Allerdings werden nun weitere Untersuchungen gemacht, um herauszufinden, was es mit der Amnesie auf sich hat."

Manuela Jebsen nickte. „Ja, natürlich." Sie fuhr sich durch die kurzen blonden Haare, sah einen Augenblick zur Seite und biss sich auf die Lippe. Zweifellos versuchte sie, ihre Gefühle zu kontrollieren. Jan kannte diese Mimik nur zu gut, hatte er sie doch selbst nahezu perfektioniert in den vergangenen Monaten. „Kann ich zu ihm?"

„Natürlich. Wenn Sie mögen, können wir Sie nachher mitnehmen, wenn wir zurück in die Stadt fahren. Wir kommen am Krankenhaus vorbei." Boysen schenkte ihr ein Lächeln.

„Danke", flüsterte sie und unterdrückte ein Schluchzen. Sie wischte sich eine Träne aus dem rechten Augenwinkel, atmete tief durch die Nase ein und fing sich überraschend schnell wieder, wie Jan fand. „Sie sagten, Sie haben Fragen an mich?"

Er nickte. „Haben Sie eine Ahnung, wie Ihr Mann nach Wassersleben gekommen ist?"

Sie schüttelte den Kopf.

„Hat er eine Verbindung zu dem Ort? Haben Sie dort vielleicht ein Segelboot im Sporthafen liegen oder Ähnliches?" Vorsichtig tastete sich Jan weiter vor.

„Nein, nichts dergleichen. Wir verbringen meist jede freie Minute in unserem Ferienhaus auf Sylt. Dort haben wir auch ein Boot." Sie stoppte und drehte den Kopf nach rechts. Jan folgte ihrem Blick. Auf dem Kamin standen mehrere Bilderrahmen mit Fotos darin, eines zeigte die Familie lachend vor einem reetgedeckten Friesenhaus. „Wie kommen Sie darauf, dass wir eine Verbindung nach Wassersleben haben?"

„Wir müssen jeder Möglichkeit nachgehen. Wir wissen nicht, ob er von allein verschwunden ist oder verschleppt wurde. Vielleicht wurde er entführt …"

Manuela Jebsen zuckte zusammen. „Entführt? Sie meinen, jemand wollte uns erpressen?"

Jan nickte.

„Ah, ich verstehe. Sie meinen, jemand hat ihn entführt und von uns ein Lösegeld gefordert, welches wir, ohne die Polizei einzuschalten, bezahlt haben, damit mein Mann wieder freikommt. Stimmt's?" Jetzt schaute sie direkt in Jans Richtung. Ihre Augen funkelten so grau-blau wie die Flensburger Förde an einem kalten Wintertag.

„Haben Sie ein Lösegeld gezahlt?" Jans dunkle Stimme durchschnitt die Stille im Raum, die sich ausgebreitet hatte, nachdem Manuela Jebsen ihre These aufgestellt hatte.

Boysen, der bislang geschwiegen hatte, lehnte sich vor. „Haben Sie?", fragte er mit Nachdruck.

„Du liebe Güte, nein!" Ihr entfuhr ein künstliches Lachen. In einer großen Geste fasste sie sich mit beiden Händen an die Wangen, während ihr Lachen immer höher wurde und von den Bücherregalen an den Wänden verschluckt wurde.

„Was ist so lustig?" Jan kniff die Augen zusammen. Manuela Jebsens Verhalten wurde für ihn immer schwieriger zu deuten. Erst die Nummer mit der besorgten Ehefrau und jetzt? Sie hatte die Theorie mit der Entführung aufgestellt. Er hatte lediglich vermutet, dass Jebsen und Blumberg sich einen Herren-Segeltörn gegönnt hatten, bei dem es zu einem Unfall gekommen und Jebsen über Bord gegangen war. Eine These, die weder Hand noch Fuß hatte, denn erstens fehlte von Blumberg immer noch jede Spur, und zweitens war in den vergangenen Tagen auch kein führerloses Boot gefunden worden – weder in der Flensburger Förde noch in der dänischen Südsee. Ja, nicht einmal in der gesamten Deutschen Bucht hatte es vor Kurzem einen Segelunfall gegeben. Er hatte das natürlich alles schon gecheckt.

Trotzdem war es eine Möglichkeit, denn an Bord hätte es auch einen Streit zwischen beiden Männern geben können, infolgedessen Jebsen über Bord gegangen wäre. Blumberg hätte einen x-beliebigen Hafen ansteuern können oder könnte noch immer auf der Ostsee unterwegs sein.

Er verlor sich in Spekulationen …

„Weder bei mir noch bei meinem Sohn hat sich ein Entführer gemeldet", sagte Manuela Jebsen mit fester Stimme, die ihn überzeugte. Trotzdem beschlich ihn das Gefühl, dass sie etwas vor Boysen und ihm verheimlichte.

Apropos Boysen. Jan drehte sich zu seinem Kollegen um, der in dem cognacfarbenen Ledersessel links von ihm saß und seine Augen auf Manuela Jebsen gerichtet hatte. War es

Faszination, die sich darin widerspiegelte? Wieso wurde er das ungute Gefühl nicht los, dass Boysen schon mal hier gewesen war?

„Nun gut, ich denke, wir werden es dabei erstmal belassen." Jetzt regte sich Boysen, stemmte die Hände auf die Oberschenkel und stand auf. „Sollen wir Sie mitnehmen?"

Manuela Jebsen schüttelte den Kopf. „Ich werde nachher zusammen mit meinem Sohn fahren." Sie schenkte ihm ein kurzes Lächeln, das er erwiderte. „Ich begleite Sie noch zur Tür."

Elfengleich schwebte sie an den beiden Männern vorbei in den Flur. Sie öffnete die Eingangstür und ging hinaus. Im Eingangsportal blieb sie stehen und drehte sich zu Jan Christiansen.

„Bei uns hat sich wirklich kein Entführer gemeldet", sagte sie noch einmal mit Nachdruck und reichte ihm die Hand.

Jan nickte und verabschiedete sich, ebenso wie Boysen.

„Woher kennst du sie?", fragte Jan, nachdem Boysen die Fahrertür geschlossen hatte.

Sein Kollege zuckte kaum merklich zusammen. Doch ihm war nicht entgangen, dass der Griff seiner Hände, mit denen Boysen das Lenkrad umschloss, sich festigte.

„Du hast Erik Jebsen vorhin im Rettungswagen geduzt, als du ihn gesehen hast", erklärte Jan, woher seine Vermutung stammte.

„Kenne ihn vom Pokern", antwortete Boysen schmallippig, seine Hände krampften sich weiter ums Lenkrad.

„Vom Pokern?" Jetzt hatte er Jan erst recht neugierig gemacht.

Boysen seufzte. „Hansen und ich haben im vergangenen Jahr wegen einer Geldwäsche-Sache ermittelt."

„Und darin war Jebsen verwickelt?"

Boysen schüttelte den Kopf. „Nein, er war nur Teil der Pokerrunde. Ein Mann hat mehrere Lieferservices in Nordfriesland dazu benutzt, sein Schwarzgeld zu waschen. Und übers Pokern sind wir an ihn rangekommen."

Jan nickte und verkniff sich ein Lächeln. Sein Kollege machte auf ihn nicht den Eindruck eines eiskalten Pokerspielers. „Und Jebsen?"

„Hatte damit nichts zu tun. Aber man kennt sich dadurch natürlich." Er löste seinen Griff ums Lenkrad und legte die eine Hand auf den Startknopf.

„Du hättest es mir sagen müssen."

Boysen startete den Wagen, setzte den Blinker und fuhr los. „Jetzt weißt du es doch."

10.
Klönschnack

Anni konnte sich nicht daran erinnern, wann sie das letzte Mal so unkonzentriert gewesen war. Schon die erste Führung am Nachmittag hatte sie beinahe verbockt und wichtige Sightseeing-Punkte wie die Alexandra und den Westindienspeicher ausgelassen. Dafür hatte sie einen Extra-Stopp am Schifffahrtsmuseum eingelegt und mit der Gruppe einen Abstecher in die dänische Helligåndskirke gemacht, als sie auf dem Weg zurück zur Touristinfo zufällig daran vorbeigekommen waren. Außerdem hatte sie auf diese Weise endlich einen Fuß ins Trockene setzen können, denn seit sie das Polizeirevier am Vormittag verlassen hatte, hatte es ausnahmslos geschüttet.

Im Laufe des Nachmittags hatte der Regen zwar nachgelassen, ihre Unkonzentriertheit aber leider nicht. Auch bei der Führung der nordfriesischen Landfrauen sah es bei ihr nicht viel besser aus. Dieses Mal war sie von der Touristinformation gar nicht erst in Richtung Norden aufgebrochen, sondern war gleich über den Holm in Richtung Rote Straße marschiert. Etwas, das sie vorher noch nie gemacht hatte.

Zum Glück gab es keine feste Beschreibung ihrer Tour, sodass sie nicht allzu festgelegt war. So konnte es ihr auch niemand übelnehmen, wenn sie den einen oder anderen Punkt ausließ, was zugegebenermaßen nur sehr selten vorkam.

„Die Fußgängerzone kennen sie ja bestimmt schon. Hier kann man herrlich bummeln, stöbern und shoppen." Anni marschierte voran, die Landfrauen folgten ihr. Sie wollte die Führungen so schnell wie möglich hinter sich bringen. Doch war das gerecht? Prompt meldete sich ihr schlechtes Gewissen. Nur weil sie sich nicht konzentrieren konnte, hieß das nicht, dass andere deswegen leiden mussten. *Also, reiß dich zusammen, Anni Gade!*

„Links und rechts der Gehstraße gibt es entzückende kleine Cafés mit leckerem Kaffee und Kuchen." Sie lächelte und rieb sich den Bauch. Dann blieb sie abrupt stehen und tat so, als würde sie spekulieren. Sie tippte mit dem Zeigefinger auf ihre Lippen und murmelte leise etwas vor sich hin. Gespannt sahen die Landfrauen ihr dabei zu.

„Früher …" Sie machte eine bedeutungsschwere Pause, als würde sie mit dem nächsten Satz eine Bombe platzen lassen. „Früher gab es hier an der Ecke ein Café, in dem die gute Emmi Lorenzen jeden Nachmittag ein großes Stück Schokoladensahnetorte gegessen hat. Ich sag Ihnen jetzt nicht, dass man ihr das auch angesehen hat." Anni zwinkerte den Landfrauen zu und führte ihre Hand an ihrer Taille und den Hüften entlang. „Figurlich, Ssie wissen schon."

Jetzt lachten alle, und Anni erzählte weiter.

„Emmi Lorenzen war eine ganz patente Frau. Aber szie hatte wirklich eine Schwäche für szüße Szachen. Vor allem für Schokolade und Pralinen …" Sie hielt sich seitlich eine Hand an den Mund, um ihrer Gruppe ein Geheimnis zu verraten. „Die guten mit Schnapsfüllung, natürlich."

Wieder lachte alle, und nun kam Anni doch noch in Fahrt. Sie redete sich geradezu in einen Rausch, während sie die Landfrauen vom Südermarkt in die Rote Straße führte.

„Ist das zauberhaft hier. Sieht aus wie in der Winkelgasse." Ebba Feddersen, eine ziemlich rüstige Mittsiebzigerin, setzte sich an die Spitze der Gruppe und hakte sich bei Anni ein.

„Huch." Anni war irritiert über so viel Nähe zu einer Teilnehmerin und zuckte sichtlich zusammen. „Dies ist eine der ältesten Straßen von Flensburg und zweifellos eine der malerischsten."

Vor einem rot gestrichenen Haus blieb sie stehen. „Die Rote Straße hat fünf Höfe, die sich alle voneinander unterscheiden. Dies hier ist der Rote Hof. Er stammt aus dem 18. Jahrhundert und Sie werden gleich merken, woher er seinen Namen hat." Durch einen Rundbogengang gelangten sie in den Innenhof, in dem ein Großteil der Gebäude rot gestrichen war.

Anni erzählte etwas über seine Geschichte, den Ferkelmarkt, den es hier früher gegeben hatte. Und über die Sanierung, die in den neunziger Jahren erfolgt war.

„Diese Straße ist ein Teil des Ochsenwegs, der von Dänemark bis nach Altona führt und früher ein wichtiger Handelsweg war. Und hier in der Roten Straße traf man sich zu Handel und Klönschnack, tauschte den neuesten Klatsch und Tratsch aus und machte, mit Glück, das Geschäft seines Lebens."

Anni führte ihre Gruppe wieder aus dem Hof hinaus bis zum Sonnenhof, in dem es herrlich nach frisch geröstetem Kaffee duftete. Unter einem aufgespannten Sonnensegel blieben sie stehen und ließen den Hof auf sich wirken.

„Diese Hofanlage stammt aus der Zeit um 1800. Die großen Speichergebäude sieht man noch heute, außerdem gab es eine Gaststätte und Pferdeboxen. Hier befanden sich außerdem mal ein großes Salzlager und eine Kaffeerösterei." Sie zeigte auf die Kaffeerösterei hinter sich. „Diese ist zwar nicht mehr das Original, aber den Kaffee kann ich wärmstens empfehlen." Sie zwinkerte den Landfrauen zu, die den verführerischen Duft tief einatmeten.

Anni lächelte. Wenn ihre Gäste in der Führung förmlich aufgingen, war das der schönste Lohn, den man ihr zahlen konnte. Sie führte die Landfrauen durch die anderen Höfe, hielt kurz inne und erzählte kleine Geschichten. Einige berührten die Frauen, andere brachten sie zum Schmunzeln.

„Mögen Sie Rum? Das flüssige Gold der Stadt?" Sie schaute in erwartungsvolle Gesichter, als sie die letzten Höfe auf ihrer Liste, die Braasch-Höfe, erreichten.

„Nun ja, 'n Sektchen wäre mir lieber, wenn ich ehrlich sein soll." Ebba Feddersen lachte und schaute erwartungsvoll in die Runde. Die anderen Landfrauen pflichteten ihr bei.

„Nun, wenn das so ist, dann gehen wir zum Roten Hof zurück und genehmigen uns da einen Prosecco." Anni wirbelte herum und erschrak sich fürchterlich, als sie gegen eine muskulöse, gut duftende Männerbrust lief. „Was!?" Sie brauchte einen Moment, um zu realisieren, was passiert war.

„Sie schon wieder!“ Die dunkle Stimme kam ihr verdächtig bekannt vor. Die hatte sie schon mal irgendwo gehört.

Anni löste ihre Wange von dem weichen Stoff des T-Shirts, sah auf und blickte direkt in das grummelige Gesicht von Jan Christiansen. Er sah aus, als hätte er einen miserablen Tag hinter sich. Sie hätte schwören können, dass die tiefe Falte, die sich einmal quer über seine Stirn zog, heute Vormittag noch nicht da gewesen war.

„Das Outfit steht Ihnen, wenn ich das sagen darf. Vorhin im Rucksack wirkte es etwas zerknittert, aber jetzt … Stellen Sie jemand Bestimmten dar?“

Anni ging nicht weiter auf seine Frage ein. Sie trat einen Schritt zurück, um wieder genügend Abstand zwischen sich und den Polizisten zu bringen. „Von allen Straßen in Flensburg müssen Sie sich ausgerechnet diese hier aussuchen, um sich mir in den Weg zu stellen?“

„Tut mir leid. Hab ich Ihnen wehgetan?“

Anni schüttelte den Kopf. „Nein. Geht schon.“ Sie zupfte an ihrem weißen Spitzenschal, den sie sich um den Hals geworfen hatte, und richtete die Brosche zwischen ihren Brüsten. „Wenn Sie mich jetzt entschuldigen würden … Ich muss meine Führung beenden.“

Jan Christiansen nickte. „Aber natürlich.“ Er machte zwei Schritte zur Seite, sodass Anni und die Landfrauen passieren konnten. Als sie halbwegs an ihm vorbeigegangen waren, rief er Anni nach: „Haben Sie Ihre Aussage gemacht, Frau Gade?“

Augenblicklich blieb Anni stehen, und sie musste sich nicht mal umschauen, um zu bemerken, wie einige der Frauen links und rechts von ihr zu tuscheln begannen. *Na toll! Vielen Dank auch, Mr. Ich-hab-mein-Feingefühl-zu-Hause-gelassen!*

Sie wandte sich ihm zu und setzte ein Lächeln auf, das verbarg, dass sie ihn für diesen Satz am liebsten gelyncht hätte. Nur rein theoretisch natürlich. In echt würde sie so etwas niemals tun. „Das werde ich morgen nachholen. Vielleicht hat die Polizei ja dann Zeit, sich anzuhören, was ich beobachtet habe."

„Ich werde da sein." Auf dem Gesicht des Kommissars breitete sich ein Grinsen aus. „Schönen Abend noch."

Anni nickte, machte auf dem Absatz kehrt und marschierte davon. Sie drehte sich nicht noch einmal um, bis sie den Rundbogen des Roten Hofs erreicht hatte. Dann schielte sie doch über ihre Schulter und stellte erleichtert fest, dass Jan Christiansen verschwunden war.

*

Zwei Stunden, zwei Prosecco und einen Schnaps später verabschiedete Anni sich von den Landfrauen, die sich als trinkfester erwiesen hatten als so mancher Seemann auf Landgang. Ursprünglich hatte sie schon vor einer Stunde aufbrechen wollen, aber dann hatte sie Hunger bekommen, ebenso wie die Gruppe aus Nordfriesland. Und da es so gemütlich gewesen und das Restaurant für seine gute Küche bekannt war, hatte Anni kurzerhand den Bitten der Landfrauen nachgegeben und mit ihnen zu Abend gegessen.

Pappsatt, müde und leicht beschwipst saß sie nun im Bus in Richtung Freienwill und scrollte durch ihr Mobiltelefon, als eine Pushnachricht auf ihrem Display auftauchte.

**Brauereibesitzer gefunden,
aber Gedächtnis gelöscht!**

Die Schlagzeile verfehlte ihre Wirkung nicht. Auf der Stelle war Anni wach und nüchtern. Sie tippte auf den Screen und gelangte binnen Sekunden auf den Artikel in der *Flensborg Avis*, der einzigen dänischen Tageszeitung in Deutschland, die sie als Zugehörige der dänischen Minderheit bereits seit ihrem Auszug abonniert hatt – wenn auch nur digital. Im Gegensatz zu ihren Eltern, die immer noch täglich eine Papierausgabe bekamen und daran wohl auch festhalten würden, bis sie irgendwann nicht mehr waren. *So oldschool!*

Anni hatte den Artikel in Windeseile durchgelesen. Und die Geschichte war schnell erzählt: Erik Jebsen war heute Nachmittag am Strand von Wassersleben gefunden worden, konnte sich aber nicht daran erinnern, wer er war, was er die vergangenen Tage gemacht hatte und woher er kam. Jetzt bat die Polizei die Bevölkerung um Mithilfe und hoffte auf Tipps von Zeugen, die in den vergangenen Tagen etwas Verdächtiges beobachtet hatten. Zeugen wie sie!

Sie legte das Handy in den Schoß und schaute aus dem Fenster. Der Bus fuhr an mehreren Kornfeldern vorbei, die sich bis zum Horizont erstreckten, hinter dem Anni die Förde vermutete. Die Sonne ging gerade unter und tauchte den Himmel in ein rot-orange-pinkfarbenes Farbenmeer.

Das war also der Einsatz gewesen, zu dem dieser Jan Christiansen und sein Kollege heute Vormittag gerufen worden waren. War das auch der Grund, warum Moritz sich bislang nicht wieder bei ihr gemeldet hatte? War er zu beschäftigt damit, dem Gedächtnis seines Vaters wieder auf die Sprünge zu helfen?

Das Display ihres Handys blinkte. Anni senkte den Kopf und las. Nele wollte wissen, wie sie sich entschieden und ob sie ihre Aussage bei der Polizei gemacht hatte. Wenn die wüsste …

Sie beschloss, ihre beste Freundin anzurufen, wenn sie wieder zu Hause war. Sie hatten die Stadt bereits vor ein paar Minuten verlassen. Es würde also nicht mehr lange dauern, bis sie das Dorf erreichten.

Anni legte das Mobiltelefon beiseite und lehnte ihre Schläfe gegen die Fensterscheibe. In ihrem Kopf begann das Gedankenkarussell wieder Fahrt aufzunehmen. Wie war Erik Jebsen nach Wassersleben gekommen? Wo war er die vergangenen Tage gewesen? Warum konnte er sich an nichts erinnern? Waren seine Erlebnisse so traumatisch gewesen, dass er in einem Schockzustand war? Und vor allem: Wo steckte Michael Blumberg?

In dem Artikel, den sie gelesen hatte, war er lediglich in einem Satz im letzten Absatz erwähnt worden. Es war eine zusätzliche Information für den Leser, dass der Flensburger Unternehmer immer noch vermisst wurde. Auch in dem Fall bat die Polizei um Mithilfe. Mehr Infos gab es nicht. Bewusst? Verfolgte die Polizei bereits eine Spur, teilte diese nur nicht der Öffentlichkeit mit? Aus ermittlungstechnischen Gründen, wie es immer so schön hieß? Wollten sie den oder die Täter nicht warnen? Oder tappten sie im Dunkeln? Und hielten sich deshalb bedeckt?

„Oh, sei still!“ Anni presste sich die Hand an die Stirn, während die ältere Dame auf dem Sitz vor ihr sich zu ihr umdrehte.

„Geht es Ihnen gut?“, fragte sie und schaute durch den Spalt zwischen den beiden Sitzen.

Anni nickte. „Ja, es war nur ein anstrengender Tag.“

„Wem sagen Sie das. Im Moment ist ganz schön was los in Flensburg, nicht?“ Die Dame verließ ihren Platz und setzte sich nebst vollem Einkaufskorb auf den freien Sitz neben Anni. Warum konnte man Menschen auf dem Land nicht einfach nur mal antworten, ohne gleich in ein Gespräch verwickelt zu werden?

„Was meinen Sie?“ Jetzt, wo das Kind in den Brunnen gefallen war, konnte Anni sich ebenso gut unterhalten.

„Na, die beiden vermissten Unternehmer. Sagen Sie bloß, Sie haben noch nicht davon gehört?“ Die Frau sah sie an, als hätte Anni ihr gestanden, noch nie etwas von Beate Uhse gehört zu haben.

„Doch, doch“, sagte sie schnell. „Erik Jebsen haben sie aber schon wieder gefunden. Steht in der Avis.“ Sie nahm ihr Handy und zeigte der Frau den Artikel auf dem Display.

„Ich kann leider kein Dänisch.“ Sie zuckte mit den knochigen Schultern. „Ich hätte es gerne gelernt, aber irgendwie hab ich es nie geschafft. Und mein Mann hat damals immer gesagt: In Dänemark kann eh jeder Deutsch.“ Sie lächelte beinahe entschuldigend.

Anni erwiderte das Lächeln. Sie wusste, dass dies gerade unter der älteren Bevölkerung in der deutsch-dänischen Grenzregion eine weitverbreitete Meinung war. In den achtziger Jahren war dies auch so gewesen, weil vor allem im dänischen Grenzland ein Großteil der Menschen deutsches Fernsehen geschaut hatte. Doch inzwischen hatte sich das Blatt gewendet, und Deutsch stand bei vielen Dänen buchstäblich auf dem Abstellgleis.

„Ich bin zur dänischen Schule gegangen, daher kann ich Dänisch."

Die Frau nickte. „Da haben Ihre Eltern vieles richtig gemacht."

„Zumindest in diesem Punkt." Anni seufzte und sah wieder aus dem Fenster.

„Wo haben sie ihn gefunden? Erik Jebsen, mein ich." Die Frau rückte näher an Anni heran.

„Soweit ich lesen konnte, in Wassersleben." Anni beugte sich leicht nach rechts in Richtung der Frau, um nicht zu laut zu reden. „Laut dem Artikel hat er sein Gedächtnis verloren."

„Nein!", entfuhr es der Seniorin, die erschrocken ihre Hände vor den Mund hielt. Der Einkaufskorb auf ihrem Schoß begann zu wackeln. Wenn er umkippte, würde es eine riesige Schweinerei geben, dachte Anni und schaute skeptisch auf die Packung Eier, die sich ganz oben in dem Korb befand. Sicherheitshalber legte sie eine Hand an den Rand des Korbes und hielt ihn fest.

„Ich kenne Erik gut. Ich war seine Lehrerin auf der Mittelschule und mit seiner Mutter befreundet. Gott hab sie selig." Die Frau bekreuzigte sich und schaute zum Dach des Busses. „Es muss schrecklich sein, sich an nichts mehr erinnern zu können. Hoffentlich geht's ihm bald besser. Es ist wirklich eine schlimme Geschichte."

Anni nickte und stellte erleichtert fest, dass sie den Ortseingang von Freienwill bereits erreicht hatten. Der Bus passierte ein Pflanzenzentrum und eine Werbeagentur, die direkt an der Hauptstraße lagen. Vor der Gaststätte hielt er an.

„Ich muss hier raus", sagte Anni und deutete auf den Halteknopf.

„Ja, natürlich. Vielen Dank für den kleinen Schnack." Die Seniorin stand auf, setzte sich wieder in die vordere Reihe und winkte Anni lächelnd, als diese den Bus verließ.

Draußen legte sie den Kopf in den Nacken, schloss die Augen und atmete tief durch. Die Landluft, eine Mischung aus salziger Meeresluft und frisch gedüngten Felder, blies ihr um die Nase. Die Straßen waren bereits getrocknet, sodass ihnen nicht mehr anzusehen war, wie sehr es den Tag über geregnet hatte.

Anni öffnete die Augen, schnallte sich ihren Rucksack auf den Rücken und umrundete den Feuerlöschteich, an dem sie Hugo damals gefunden hatte. Ein paar seiner Entenkollegen drehten auf dem ruhigen Wasser ihre Runden. Sie verweilte einen Moment und sah ihnen zu, wie sie im dichten Schilf verschwanden und sich für die Nacht versteckten. Unwillkürlich dachte sie an Hugo, den sie heute den ganzen Tag über im Gehege bei Frau Lorenzen gelassen hatte. Es war nicht die ideale Lösung gewesen, aber Nele hatte wieder arbeiten müssen, und allein konnte sie ihn nicht lassen. Hugo brauchte Gesellschaft. Und auch wenn Frau Lorenzen es niemals zugeben würde, auch sie war glücklich darüber, wenn es ihm Haus jemanden gab, um den sie sich kümmern konnte. Auch wenn es nur ein kleiner, abenteuerlustiger Erpel war.

*

„Sind Sie das, Anni?“

Frau Lorenzens Stimme ertönte, sobald Anni den Schlüssel im Schloss der Haustür umgedreht hatte. Unweigerlich rollte sie mit den Augen. Niemand außer ihr war im Besitz eines Haustürschlüssels. Wer also sollte sonst um diese Zeit ins Haus kommen?

„Ja-a“, rief sie mit lieblicher Stimme, schloss die Tür hinter sich und drehte den Schlüssel von innen um, so wie sie es immer machte, wenn sie spätabends nach Hause kam.

Sie zog sich die Schuhe aus, stellte sie vor den Treppenaufgang und schlurfte durch den Flur zum Wohnzimmer von Frau Lorenzen. „Sie sind ja noch wach.“

Anni öffnete die Tür. Frau Lorenzen saß, ein Buch lesend, in ihrem blau geblümten Morgenmantel auf dem hellgrünen Samtsofa, das seine besten Jahre bereits hinter sich hatte. Ihre weinroten Fellpuschen standen daneben, während sie ihre Füße auf einem ebenfalls grünen Hocker abgelegt hatte.

Sie sah sich um und entdeckte Hugo friedlich schlummernd in seinem Körbchen.

„Ich hoffe, er hat nichts angestellt.“ Anni traute sich kaum zu fragen, aber zu ihrer Erleichterung schüttelte Frau Lorenzen den Kopf.

„Nein, nein. Heute war er ganz brav. Ich habe ihm das Planschbecken im Gehege mit frischem Wasser gefüllt, und ich glaube, es hat ihm gefallen. Zumindest war er gar nicht mehr aus dem Becken zu bekommen.“ Sie nahm ihre

Lesebrille ab, sah zu ihm herüber und lächelte. „Dieser kleine Racker."

Kleiner Racker? Hatte sie sich verhört? Hatte Frau Lorenzen etwa getrunken? Sie wirkte heute Abend so anders, irgendwie beschwingt.

„Freut mich, dass Sie einen schönen Tag zusammen hatten."

„Hm." Die Stimme ihrer Vermieterin war ungewohnt hoch. „Und wie war Ihrer?"

„Ganz okay, denke ich." Anni ging zu Hugos Körbchen und kniete sich zu ihm herunter. Der kleine Erpel regte sich nicht.

„Ach, lassen Sie ihn doch schlafen. Er hatte wirklich einen abenteuerreichen Tag." Frau Lorenzen legte das Buch beiseite, nahm ihre Füße vom Hocker und stand auf. „Er kann heute Nacht auch bei mir bleiben."

Anni runzelte die Stirn. Plötzlich beschlich sie ein Verdacht. „Frau Lorenzen, Sie haben Hugo doch nicht etwa etwas zur Beruhigung gegeben, oder?"

Augenblicklich änderte sich die Gesichtsfarbe ihrer Vermieterin. Binnen Sekunden wechselte diese von Weiß zu Rot.

„Das trauen Sie mir wirklich zu?" Frau Lorenzens Augen weiteten sich. „Meinen Sie wirklich, ich würde Ihrem Tier etwas antun?"

„Nun, vor ein paar Tagen wollten Sie ihn noch aussetzen. Da ist es schon verwunderlich, dass er auf einmal Ihr bester Freund ist." Anni erhob sich und zuckte mit den Schultern. „Das müssen Sie schon zugeben."

Frau Lorenzens Gesichtsfarbe war inzwischen bei Lila angekommen, woraus Anni schloss, dass sie wirklich wütend sein musste.

„Fräulein Gade!", keifte sie, ganz die Alte, wie Anni erleichtert feststellte. Ihre Stimme war so schrill, dass Hugo in seinem Korb zusammenzuckte, die Augen öffnete und die beiden Frauen leicht verwirrt ansah.

„Dass Sie es überhaupt wagen, mir so eine Gemeinheit vorzuwerfen. Sie sollten mich wirklich besser kennen!" Inzwischen schien ihre Vermieterin nicht mehr nur wütend, sondern auch verletzt zu sein. Denn ihre Augen wurden glasig, und in ihren Blick mischte sich etwas, das man durchaus als Enttäuschung bezeichnen konnte. „Hugo und ich haben lediglich einen guten Tag miteinander verbracht. Was ist verwerflich daran?"

„Nichts", antwortete Anni kleinlaut, bückte sich und nahm Hugo auf den Arm. „Ich freue mich, dass Sie den Tag genossen haben." Hugo schnatterte, als würde er ihr zustimmen. „Und es tut mir leid, dass ich Sie verdächtigt habe, etwas Gemeines getan zu haben. Das war nicht fair." Sie senkte den Blick und hoffte, Frau Lorenzen würde ihre Entschuldigung annehmen. Ansonsten dürften die kommenden Tage ziemlich anstrengend werden.

„Hm." Frau Lorenzens Lippen verzogen sich zu einem von Falten umlagerten Schmollmund. „Ich muss darüber nachdenken", grummelte sie, bückte sich ebenfalls und drückte Anni Hugos Körbchen in die noch freie Hand.

„Ja, machen Sie das." Kleinlaut und immer noch mit gesenktem Blick wandte sich Anni von ihr ab und schlich zur Wohnzimmertür. „Noch einmal danke für heute." Sie trat in den Flur und sah sich um. Frau Lorenzen stand direkt hinter ihr, die Füße in die weinroten Fellpuschen gesteckt.

„Schlafen Sie gut." Anni schenkte ihr ein versöhnliches Lächeln, das jedoch nicht erwidert wurde.

„Wie soll ich das nach diesen Vorwürfen?" Frau Lorenzen würdigte sie keines weiteren Blickes und schloss die Tür.

„Na dann, gute Nacht." Anni seufzte, schaltete das Licht zum Treppenaufgang ein und ging bedröppelt nach oben. Wieso konnte sie nicht einfach mal ihren Mund halten?

11.
Ach Jott, ach Jott!

Die Jebsen Brauerei lag ein wenig außerhalb des Stadtzentrums in unmittelbarer Nähe der Universität. Das ursprüngliche Gebäude lag dort, wo Erik Jebsen vor Jahren das Brauhaus eröffnet hatte, in das Anni mit ihrer Gruppe in schöner Regelmäßigkeit einkehrte. Doch das war dank des steigenden Umsatzes und des Bierdurstes der Deutschen irgendwann zu klein geworden, sodass die Jebsens die Brauerei vor die mittelalterlichen Stadtmauern verlegt hatten.

Anni parkte ihren alten Mini auf einem der Besucherparkplätze vor dem gläsernen Sudhaus der Brauerei. Durch die großen, bodentiefen Fenster konnte man die für eine Brauerei so typischen kupfernen Sudkessel sehen, die man für den Neubau damals extra aus dem alten Brauhaus mit in den Neubau genommen hatte.

Sie ging in Richtung Eingangstor und atmete den markanten Duft von Hopfen und Malz ein, der sich beim Brauen von Bier traditionell über angrenzende Teile der Stadt legte. Die Flensburger hatten sich längst daran gewöhnt. Wenn gebraut wurde, wusste man, dass es auch schon mal riechen konnte. Und es gab weitaus unangenehmere Gerüche, wie Anni fand.

Am eisernen Schiebetor klopfte sie an die Kabine des Pförtners und wartete. Es dauerte eine Weile, bis ein Mann – etwas Ende vierzig – erschien und das kleine Fenster öffnete.

„Moin. Was kann ich für Sie tun?“, fragte er höflich und musterte sie von oben bis unten.

„Ich möchte zu Moritz Jebsen. Ich bin eine Freundin von ihm. Ist er in seinem Büro?“ Anni lächelte den Pförtner freundlich an.

„Moment.“ Der Mann schloss das Fenster wieder und setzte sich auf seinen Bürostuhl. Durch die Scheibe konnte Anni sehen, wie er zum Hörer griff und offenbar mit Moritz telefonierte. Als er fertig war, kehrte er zum Fenster zurück. „Sie können durchgehen.“ Er betätigte einen Knopf, woraufhin sich eine kleine Tür in dem großen Schiebetor öffnete. „Er kontrolliert gerade die Gerstenlieferungen. Sie wissen, wo die Anlieferung ist?“

Anni schüttelte den Kopf. „Ich bin hier noch nie gewesen.“

Wieder nickte der Mann, öffnete nun ein weiteres, größeres Fenster und steckte seinen Kopf heraus. Erklärend hob er die Hand und deutete in verschiedene Richtungen. „Sie gehen quer über diesen Hof und dann rechts am großen Silo vorbei. Das sind ungefähr 500 Meter von hier. Und dann können Sie die großen LKWs schon sehen. Dort finden Sie Moritz Jebsen.“

„Danke.“ Anni nickte ihm zu.

„Gern geschehen. Und bloß nicht falsch abbiegen“, gab er ihr noch mit auf den Weg, bevor er sich wieder in seine Kabine zurückzog.

Sie hörte die Lastwagen, lange bevor sie in ihrem Blickfeld auftauchten. Anni hatte den Silo noch nicht einmal ganz umrundet, da brummte es seitlich von ihr, und einer der Laster, der offenbar gerade seine Ladung abgeladen hatte, brauste in viel zu hohem Tempo an ihr vorbei. Instinktiv drückte sie sich seitlich gegen die Metallwand des Silos und schloss die Augen, um ja nicht überfahren zu werden.

„Angst, dass er dich erwischt?"

Moritz' belustigte Stimme erklang, und Anni öffnete die Augen.

„Lach nicht. Er hätte mich fast überfahren." Sie machte ein grimmiges Gesicht, was ihr nicht recht gelingen wollte.

„Hätte er nicht." Moritz stellte sich neben sie und lehnte sich gelassen an die kühle Wand hinter sich. „Was machst du hier?"

Gute Frage. Sie hatte seit zwei Tagen nichts mehr von ihm gehört.

„Ich wollte sehen, ob es dir gut geht." Anni drehte sich zu ihm, doch sein Blick wich ihr aus.

„Hättest auch schreiben können." Moritz zuckte mit den Achseln und sah zu Boden.

„Von manchen Dingen überzeugt man sich lieber persönlich." Sie folgte seinem Blick nach unten auf den Boden. „Also, wie geht's dir?"

Wieder zuckte Moritz mit den Schultern. „Sie haben meinen Vater gefunden, aber das weißt du ja bestimmt schon."

„Hab's in der Zeitung gelesen, aber das war nicht die Antwort auf meine Frage." Sie zwinkerte ihm zu, woraufhin der Anflug eines Lächelns über seine Lippen huschte.

„Sehr gut bemerkt, Frau Holmes." Er löste sich von der Silowand und machte ein paar Schritte.

Anni folgte ihm.

„Ich hab ihn gestern Abend zusammen mit meiner Mutter besucht." Er machte eine Pause und blieb stehen. „Er hat mich nicht erkannt. Das war hart."

„Das tut mir leid." Sie hob ihren Arm und legte ihn auf seine Schulter. „Wissen die Ärzte schon, was genau passiert ist?"

Moritz schüttelte den Kopf. „Das ist es ja. Sie haben ihn gestern auf alles Mögliche untersucht und etliche Testes gemacht. Aber bislang können sie sich nicht erklären, woher die Amnesie kommt. Sie wissen es nicht. Alles scheint ganz normal zu sein."

„Aber das ist doch gut."

Er sah sie verdutzt an.

„Ich meine, es ist doch gut, dass sie nichts Schlimmes gefunden haben. Dann kommen seine Erinnerungslücken vielleicht wirklich nur durch den Schock, den er erlitten hat."

Moritz hob eine Augenbraue und drehte sich zur Seite, sodass Annis Hand von seiner Schulter rutschte.

„Dass er mich nicht erkennt, ist mehr als nur eine Erinnerungslücke." Er ließ sie stehen und ging weiter in Richtung der vor der Anlieferung wartenden Lastwagen.

„So hab ich das doch nicht gemeint." Anni ging hinter ihm her und hatte Mühe, seinem schnellen Schritt zu folgen. „Du, ich wollte dir schon die ganze Zeit etwas erzählen." Als sie ihn eingeholt hatte, tippte sie ihm auf die Schulter.

„Anni, ich hab jetzt wirklich keine Zeit." Er blieb stehen und wirkte genervt. „Die wollen alle ihre Ware loswerden."

„Ich weiß", sagte Anni hastig. „Aber es geht um deinen Vater … Ich – "

Ein kurzer, spitzer Schrei durchbrach das dunkle Brummen der mit Gerste beladenen Lastwagen.

„Was zur Hölle?" Moritz fuhr herum und horchte. Ein weiterer, deutlich längerer Schrei ertönte. Und dann rannte er los.

„Mo!" Anni lief hinter ihm her, um das runde Silo herum, vor dem sich bereits eine Menschentraube gebildet hatte. Es ging zu wie in einem Ameisenhaufen. Alle redeten wild durcheinander und deuteten auf eine Öffnung im Boden.

Sie versuchte, die Situation zu überschauen, während Moritz zwischen den Menschen verschwand. Vier kräftige Männer in blauen Latzhosen und rot-weiß karierten Hemden standen im Halbkreis um das Loch herum, zwei weitere beobachteten die Situation aus einigen Metern Abstand und kümmerten sich um eine sehr zierliche junge Frau, ebenfalls in Latzhose. Anni schätzte sie höchstens auf Anfang zwanzig. Von ihr musste der Schrei ausgegangen sein.

„Was ist passiert?" Anni schaute in ihre Richtung. „Ein Unfall?"

„Da steckt was bzw. jemand in der Luke fest", meinte einer der beiden Männer und zeigte auf die Bodenöffnung.

„Oh mein Gott!" Annis Herz klopfte wild. „Soll ich den Rettungswagen rufen?"

„Ist schon geschehen." Ein weiterer Mann stellte sich zu ihr und deutete auf das Mobiltelefon in seiner Hand. „Die kommen so schnell wie möglich."

Anni nickte und suchte nach Moritz in der Menge. Sie entdeckte ihn kurz darauf am Boden sitzend. All ihren Mut zusammenfassend schlich sie auf ihn zu. Je näher sie der Luke kam, desto mehr konnte sie sehen. Die Öffnung, über der ein riesiges Rohr in der Luft baumelte, war kaum größer als einen Quadratmeter.

„Moritz?“ Vorsichtig stellte sie sich hinter ihn und legte ihm sanft die Hand auf die Schulter. Unter ihrer Berührung zuckte er zusammen. „Was ist passiert?“

„Du solltest das nicht sehen“, sagte er knapp, den Blick geradeaus gerichtet.

Anni wusste aus Filmen, die sie gesehen hatte, dass immer, wenn jemand so einen Satz sagte, etwas wirklich Schlimmes passiert sein musste. Und sie ärgerte sich jedes Mal darüber, dass sich die Darsteller in den Filmen nie daran hielten. Wenn jemand sagte, schau nicht hin, dann schau auch nicht hin.

Doch das war einfacher gesagt als getan. Kaum hatte Moritz es gesagt, merkte sie, wie ihre Augen ein Eigenleben entwickelten. Wie ferngesteuert schaute sie auf die Bodenluke und schluckte.

„Was ist das?“, fragte sie, obwohl sie die Antwort wusste.

Mitten in den Milliarden Gerstenkörnern, die in dem Bodenspeicher gelagert wurden, lugte eine Hand hervor. Eine protzige goldene Luxusuhr am Handgelenk.

„Moment mal“, murmelte sie, löste sich von Moritz und ging auf die Öffnung zu.

„Anni, komm bitte zurück.“ Moritz war aufgestanden, hatte nach ihrer Hand gegriffen und zog daran. „Die Polizei wird gleich da sein und sich kümmern.“

„Ich möchte mir das nur anschauen.“ Sie legte den Kopf schräg und betrachtete die Uhr am Handgelenk. „Ich hab die Uhr schon mal gesehen.“

„Was?"

Wie Lichtblitze schossen die Bilder aus der Nacht in ihr Gedächtnis, als sie Michael Blumberg und Erik Jebsen hatte streiten sehen. Es war Blumbergs Uhr. Sie hatte keinen Zweifel. Sie kannte niemanden in Flensburg, der einen derart schlechten Geschmack hatte. Verschwommen konnte sie die Uhrzeit erkennen. Fünf vor zwölf.

„Das ist Michael Blumberg." Anni drehte sich zu Moritz um, der dicht hinter ihr stand und ihre Hand immer noch fest umschlossen hielt.

„Michael Blu...", stammelte er mit brüchiger Stimme. „Bist du sicher?"

Anni nickte. „Mehr als sicher." Sie sah ihn an. „Mo, ich muss dringend mit dir reden. Und zwar, bevor die Polizei hier auftaucht."

Sie drängte ihn zur Seite, weg von der Bodenöffnung, zwischen einen Stapel Europaletten.

„Was ist denn los?"

„An dem Abend, an dem dein Vater und Michael Blumberg verschwunden sind, hab ich die beiden gesehen. Sie haben sich gestritten ... und ein wenig geprügelt. Ich weiß nicht, worum es ging, aber Blumberg hat deinen Vater wirklich schlecht behandelt. Und – "

„Warum sagst du mir das erst jetzt?", unterbrach er sie harsch und raufte sich die Haare.

„Ich bin ja hier, um dir davon zu erzählen", verteidigte sich Anni, wohl wissend, worauf Moritz hinauswollte.

„Nach all den Tagen, die vergangen sind? Dir ist nicht in den Kopf gekommen, mir vielleicht vorher davon zu erzählen? Oder der Polizei?" Sein Gesicht machte eine Mimik, die sie nicht deuten konnte, dann fasste er sie an den Schultern. „Du hast doch der Polizei davon erzählt, oder?"

Anni schüttelte den Kopf.

„Mensch, Anni!" Moritz fuhr sich erneut durch die Haare. „Du kannst doch nicht derart wichtige Informationen für dich behalten."

„Und du solltest mich mal ausreden lassen! Ich war gestern bei der Polizei, aber dann haben sie einen Einsatz gehabt, und ich wurde weggeschickt. Und bevor ich heute wieder hinfahre, wollte ich zuerst mit dir sprechen. Darum bin ich hier. Ich wollte, dass du es zuerst erfährst, damit du deinem Vater davon erzählen kannst."

„Und was würde das bringen?"

„Vielleicht erinnert er sich an den Streit, wenn du ihm davon erzählst." Sie suchte verzweifelt seinen Blick, wollte, dass er nicht annahm, sie hatte ihn mit Absicht im Unklaren gelassen.

„Hm." Moritz ließ sie los und sah zur Bodenluke. „Vielleicht solltest du der Polizei nichts sagen."

„Was?"

„Du hast mich schon verstanden. Wenn das dort wirklich Michael Blumberg ist, wäre das nicht gut für meinen Vater."

Anni schüttelte den Kopf. Sie verstand nur Bahnhof. „Dass die Polizei Blumbergs Leiche im Getreidespeicher unserer Brauerei findet, ist schon schlimm genug. Wenn sie aber erfährt, dass es einen Streit zwischen Blumberg und meinem Vater gegeben hat, ist das eine Katastrophe."

„Du meinst, sie …"

„Es liegt doch auf der Hand, Anni. Zwei Männer verschwinden, einer taucht wieder auf – und das buchstäblich mit einer Leiche im Keller." Er sah sie mit blitzenden Augen an, ein schräges Grinsen auf den Lippen. „Was würdest du da denken?"

Sie zuckte mit den Schultern. „Um ehrlich zu sein, überfordert mich diese ganze Situation gerade."

„Ich weiß." Moritz' Blick wurde milder. „Ich weiß."

12.
Ohauehaueha

Das Bild, das sich ihnen bot, als sie den hinteren Teil der Brauerei erreichten, war surreal. Selbst in seiner Zeit in Hamburg hatte er so etwas noch nicht gesehen. Und er hatte einiges erlebt. Die abstruse Situation, die sich ihm bot – überhaupt der ganze Fall –, motivierte ihn. Jetzt konnte er endlich zeigen, was in ihm steckte. Endlich konnte er beweisen, dass sie einen der Besten nach Flensburg geholt hatten und nicht nur irgendeinen Wichtigtuer, der es liebte, damit anzugeben, was er in Hamburg alles geleistet hatte.

Ihm war egal, wo er einen Fall löste. Ob nun in einer Millionenmetropole oder einer Stadt mit knapp einhunderttausend Einwohnern. Wichtig für ihn war nur, dass er Verbrechen aufklärte, wenn sie passierten, und die Täter hinter Gitter brachte. Nicht mehr und nicht weniger.

Er widmete seine Aufmerksamkeit wieder der Situation vor ihm. Mehrere Männer standen aufgeregt um eine Öffnung im Boden herum, in der – er musste zweimal hinschauen, um sicherzugehen – in einem Haufen Gerstenkörner eine Hand steckte.

Wie zum Teufel war die dorthin gekommen?

„Ist es nur die Hand? Oder kriegen wir auch einen Körper dazu?“ Boysen, feinfühlig wie immer, betrachtete die Hand mit der goldenen Uhr am Handgelenk vor sich, während die Rettungskräfte der Flensburger Feuerwehr sich auf ihren Einsatz vorbereiteten.

„Das werden wir gleich sehen.“ Der Einsatzleiter, der Boysen locker um einen halben Kopf überragte, schob ihn zur Seite, wahrscheinlich um sich selbst einen Eindruck von der Lage zu machen. „Hat schon mal jemand daran gezogen?“ Er sah sich um.

„Wie bitte?“

„Na, um zu sehen, ob die Hand nur eine Hand ist oder ob mehr dahintersteckt.“ Der Einsatzleiter sah sich um. Als alle mit dem Kopf schüttelten, kniete er sich hin, umfasste die Hand und zog mehrmals kräftig daran. Schließlich kam ein weiterer Teil des Arms zum Vorschein.

„In Ordnung, Männer.“ Er stand auf, klatschte in die Hände und drehte sich zu seinem Trupp um. „Wir versuchen, die Leiche herauszuziehen. Wenn wir Glück haben, müssen wir die Körner nicht absaugen und bekommen sie so frei. Aber wir müssen vorsichtig sein. Nicht, dass wir den Körper auseinanderreißen. Das wäre eine Schweinerei, die wir nun wirklich nicht gebrauchen können.“ Er klatschte ein weiteres Mal in die Hände. „Auf geht's.“

Auf sein Kommando bewegte sich ein Teil des Trupps nach vorne und machte sich daran, die Leiche, wenn es denn eine ganze Leiche war, zu bergen.

„Ich schnacke mal mit den Zeugen.“ Jan Christiansen klopfte seinem Kollegen auf die Schulter und gesellte sich zu den Männern in Latzhose.

„Christiansen, Kripo Flensburg. Moin“, begrüßte er die Brauereimitarbeiter. „Wer von Ihnen hat denn die Entdeckung gemacht?“

„Das war Johanna“, murmelte einer der Männer, ohne Jan anzusehen.

„Und wer ist Johanna?“ Er sah sich suchend nach einer Frau um und entdeckt – das konnte doch nicht wahr sein! Was machte *sie* hier? Abseits des Geschehens zwischen zwei Stapeln Europaletten entdeckte er Anni Gade, die tief in ein Gespräch mit einem jungen Mann vertieft war. Bei näherem Hinsehen erkannte er, dass es sich bei dem Mann um Moritz Jebsen handelte.

„Nein, nicht sie.“ Der Mann winkte mit seiner Hand vor Jans Gesicht herum. „Das ist Johanna.“ Er zeigte in die entgegengesetzte Richtung auf eine junge, auf dem Fußboden sitzende Frau mit blondem Pferdeschwanz. Sie war völlig aufgelöst, was ihn nicht weiter wunderte. Vermutlich hatte sie das erste Mal in ihrem Leben eine Leiche, oder zumindest einen Teil davon, gesehen.

„Hm.“ Jan drehte sich um und ging zu ihr. „Sind Sie Johanna?“

Als er sprach, schaute sie auf und nickte zaghaft. Ihre Augen waren verquollen und rot vom Weinen. Jetzt war Fingerspitzengefühl gefragt. Also setzte er sich neben sie auf den sandigen Boden, um mit ihr auf Augenhöhe zu kommunizieren. Damit hatte er bislang zumindest immer Erfolg gehabt.

„Wie geht es Ihnen?“

Johanna schluchzte hektisch, beinahe panisch.

„Ich verstehe.“ Jan atmete tief ein. Es würde definitiv ein langer Tag werden. „Wissen Sie, als ich das erste Mal mit dem Tod zu tun gehabt habe, hat es mich auch sehr mitgenommen. Ich habe das Gefühl gehabt, als könnte ich nicht mehr atmen. Als würde mir jemand den Hals zudrücken, sobald ich versuchte auszuatmen. Geht's Ihnen genauso?“

Er war gut darin, behutsam mit Zeugen umzugehen, die unter Schock standen. Das hatte man ihm immer wieder bestätigt. Und auch jetzt bei Johanna zeigte sich, dass er den richtigen Riecher gehabt hatte.

„Ja“, wisperte sie so leise, dass er sie kaum verstehen konnte.

„Wissen Sie, das Problem ist nicht das Einatmen. Es ist das Ausatmen, dass uns panisch werden lässt, weil wir glauben, dass wir keine Luft mehr bekommen, wenn wir sie erst einmal freigelassen haben.“

Johanna nickte und schniefte.

„Aber das ist nicht so. Vertrauen Sie mir. Atmen Sie aus. Das, was Ihnen den Hals zuschnürt, existiert nur in Ihrem Kopf.“ Er tippte mit dem Finger gegen seine Stirn. „Atmen Sie.“ Er holte hörbar Luft und blies sie anschließend wieder aus. Dann wiederholte er das Ganze so lange, bis Johanna seinem Atemrhythmus folgte.

Es dauerte eine Weile, doch langsam beruhigte sich die Atmung der jungen Frau. Das hysterische Schluchzen verstummte, und Johannas Blick wurde klarer.

„Gut, Sie machen das sehr gut, Johanna.“ Er machte drei, vier weitere Atemzüge mit ihr zusammen. Dann überließ er sie ihrem eigenen Rhythmus. „Besser?“

Sie nickte und lächelte. „Ja, danke.“

„Ich muss Sie jetzt ein paar Sachen fragen und möchte, dass Sie ruhig darauf antworten. Alles ist gut, was auch immer Sie mir erzählen. Sie brauchen nicht in Panik zu verfallen. Ja?“

Johanna nickte ein weiteres Mal. Jan löste sich von ihrem Anblick und sah zu Boysen und dem Rettungstrupp hinüber, die offenbar doch mehr Schwierigkeiten mit der Bergung der Leiche hatten, als sie zunächst angenommen hatten. Zumindest sah es von seinem Standpunkt so aus, als würden sie einen Teil der Gerste nun doch absaugen.

Flüchtig sah er in die Ecke, in der die Stadtführerin und der Brauereisohn standen. Sie hatten sich in der Zwischenzeit kaum bewegt und schienen sich immer noch angeregt zu unterhalten, was er seltsam fand. Schließlich wurde vor ihren Augen gerade eine Leiche geborgen. Er sollte die beiden unbedingt im Blick behalten.

„Okay“, sagte er und konzentrierte sich wieder auf die junge Frau vor sich. „Ich habe gehört, dass Sie diese Entdeckung gemacht haben?“

„Ja.“

„Wie ist es dazu gekommen?“

„Heute ist Anlieferungstag. Das bedeutet, wir bekommen die Rohstoffe geliefert oder zumindest einen Teil davon. Hopfen und Gerste. Und …“ Sie stoppte und sah hinüber zur Luke.

„Sehen Sie nicht dort rüber, konzentrieren Sie sich auf mich. Erzählen Sie mir, was passiert ist.“

Johanna schloss die Augen und nickte. „Okay.“ Sie atmete tief aus.

„Sie machen das ganz wunderbar“, munterte Jan sie auf, als er bemerkte, wie schwer ihr all das fiel.

„Plötzlich war etwas verstopft. Das ist nicht ungewöhnlich, sondern kommt sogar ziemlich oft vor, wenn in der Lieferung zum Beispiel noch kleine Äste enthalten sind oder so. Die setzen sich quer, und das Getreide kann nicht mehr richtig fließen." Sie wischte sich mit dem Taschentuch über die Augen.

„Verstehe."

„Ich hab also nachgesehen. So wie ich es immer mache. Ich hab zuerst die Rohre kontrolliert, aber da war alles in Ordnung. Also hab ich die Luke geöffnet, und da hab ich die Hand gesehen." Jetzt schluchzte Johanna doch wieder.

„Sie hat also schon darin gesteckt, als Sie die Luke aufgemacht haben? Sie haben sie nicht angefasst oder so?"

„Nein, um Gottes willen. Ich bin doch nicht irre." Ihre geröteten Augen waren weit aufgerissen und wanderten hektisch umher.

„Ich werde die Sanitäter nach Ihnen sehen lassen, Johanna. Vielen Dank bis dahin." Jan stand auf und klopfte sich den Sand von der dunklen Hose. Dann winkte er einen Sanitäter zu sich heran. „Sie steht unter Schock. Hat die Leiche gefunden."

Der Sanitäter nickte. „Ich kümmere mich um sie."

„Danke."

Es dauerte eine geschlagene Dreiviertelstunde, bis die Rettungskräfte den Leichnam geborgen hatten. Im Gegensatz zu Boysen und den Kollegen von der Spurensicherung hatte Jan sich das Spektakel aus einigen Metern Entfernung angesehen und versucht, sich ein Bild von allem zu machen. Da war

Johanna, die völlig am Boden zerstört war. Ihre Arbeitskollegen, di – bis auf einen – sich nicht weiter um sie kümmerten, was eine Schande war, sondern stattdessen tuschelnd die Köpfe zusammensteckten. Und dann war da dieser Brauereierbe, der sich die ganze Zeit über nicht von seinem Platz wegbewegte, sondern lieber mit der Stadtführerin – was auch immer sie hier zu suchen hatt – sprach. Waren die beiden ein Paar? Sie wirkten vertraut miteinander und doch auf irgendeine Weise auch nicht.

„Das musst du dir ansehen!" Boysens durchdringende Stimme riss ihn aus seinen Beobachtungen.

„Komme." Er löste sich von seinem Beobachtungsposten und ging zu Boysen herüber, der gebeugt über eine Trage stand. „Und?" Er stellte sich neben ihn und sah auf den toten Mann.

„Es ist Michael Blumberg."

Jan nickte. „Sicher?"

„So sicher wie das Amen in der Kirche." Boysen hob den einen Arm der Leiche an, an dessen Handgelenk die goldene Uhr hing. Er nahm die Armbanduhr ab und drehte sie um. „Wenn mich nicht alles täuscht, müssten hier die Initialen eingraviert sein."

Jan zog sich Gummihandschuhe an und drehte die Uhr in seiner Hand. M.B., stand eingraviert auf deren Rücken. „Woher wusstest du das?"

„Blumberg hat sie beim Pokern von einem Dänen gewonnen. Und als ich ihn ein paar Tage später zufällig in der Stadt damit traf, erzählte er mir von der Gravur. Jetzt gehöre sie tatsächlich ihm, hatte er gesagt."

„Du warst ganz schön oft beim Pokern, was?" Jan hob eine Augenbraue und steckte die Uhr in einen Plastikbeutel.

„Jeder hat sein Hobby."

Jan nickte und ging nicht weiter darauf ein. Es ging ihn zwar nichts an, was sein Kollege in seiner Freizeit anstellte, aber vielleicht sollte er ein Auge darauf haben. Ein Polizist, der pokerte, und dazu noch mit zwielichtigen Gestalten, konnte schnell zur Gefahr werden. Und niemand hatte etwas davon, wenn er sich oder vielleicht sogar das ganze Team erpressbar machte.

„Entschuldigung."

Er vernahm ein Räuspern neben sich und drehte sich zur Seite.

„Moritz Jebsen." Der junge Mann, der eben noch zwischen den Europaletten gestanden hatte, reichte ihm die Hand.

Jan sah ihn an. „Sie lassen sich spät blicken."

„Ich wollte nicht im Weg stehen. Außerdem hat mich der Anblick ziemlich mitgenommen."

„Johanna auch."

„Wen?" Moritz Jebsen sah ihn fragend an.

„Johanna. Ihre Angestellte. Diejenige, die die Hand als Erste gesehen hat." Unfassbar, dass er ihm das erklären musste.

Moritz nickte. „Ja." Er sah zu den Sanitätern, die Johanna mittlerweile in einen Rettungswagen gesetzt und ihr etwas zu trinken gereicht hatten. „Weiß man schon, um wen es sich handelt?" Er deutete auf den Leichnam auf der Trage.

„Ja."

„Und verraten Sie mir auch, wer es ist?"

„Bislang schien es Sie auch nicht sehr zu interessieren, wen wir aus Ihrem Getreidespeicher gezogen haben." Jans Stimme war ruhig, auch wenn es längst in ihm brodelte.

„Wie gesagt, ich wollte nicht im Weg stehen", wiederholte Moritz Jebsen und biss sich auf die geschwungenen Lippen.

„Wo haben Sie Ihre Freundin gelassen?" Jan sah sich um, konnte Anni aber nirgends mehr entdecken. Offenbar hatte sie sich davongeschlichen, ohne dass jemand es bemerkt hatte.

„Wen?"

„Die Frau, mit der Sie sich so angeregt unterhalten haben."

Moritz Jebsen lächelte. „Ach, Anni. Sie ist nicht meine Freundin. Wir kennen uns nur schon ziemlich lange, und sie war gerade hier, als … nun ja, als das passiert ist." Er zeigte mit dem Kopf in Richtung der Bodenluke.

Jan nickte nachdenklich und ärgerte sich, dass er nicht wachsamer gewesen war und diese Anni hatte entwischen lassen. Auch wenn er sich sicher war, dass sie mit alldem nichts zu tun hatte. Obwohl? Wollte sie gestern auf dem Revier nicht eine Aussage machen?

Er beschloss, mit Moritz Jebsen nicht zimperlich zu sein. Gegenüber Johanna hatte er sich einfühlsam verhalten, aber er konnte genauso gut kühl und unberechenbar sein. Auch das hatte er in Hamburg gelernt.

„Herr Jebsen, ich will nicht lange um den heißen Brei herumreden."

„Das ist gut."

„Bei der Leiche, die wir in Ihrem Speicher gefunden haben, handelt es sich um den vermissten Michael Blumberg. Können Sie sich erklären, wie er dorthin gekommen ist?"

Wie er angenommen hatte, wirkte Moritz Jebsen nicht ansatzweise überrascht, als er ihm erzählte, wer da in seinem Getreidespeicher gelegen hatte. Auch wenn er durchaus bemüht schien, es danach aussehen zu lassen.

„Ach." Moritz dehnte seinen Nacken. „Das ist Michael Blumberg? Der Mann, der zeitgleich mit meinem Vater vermisst wurde?"

„Gibt es in dieser Stadt noch einen zweiten Michael Blumberg?" Er warf dem Brauereisöhnchen einen ernsten Blick zu, um ihm zu zeigen, dass er mit ihm ja keine Spielchen spielen sollte. Es verfehlte seine Wirkung nicht.

„N-natürlich nicht", stammelte Moritz Jebsen und schluckte. „Ich hab keine Ahnung, wie er in diesen Speicher gekommen ist. Wirklich nicht. Das müssen Sie mir glauben."

Jan nickte. „Wir werden sehen."

„Wie geht's denn jetzt weiter?"

„Nun, die Kollegen von der Spurensicherung dort drüben werden hier sicher noch eine Weile zu tun haben. Anschließend wird der Leichnam obduziert werden."

„Das klingt wie in einem dieser Fernsehkrimis." Moritz fuhr sich durch die Haare. Er war sichtlich nervös, sein rechtes Augenlid zuckte bereits seit einer geraumen Zeit. Jan war das nicht entgangen.

„Es ist ein Krimi, Herr Jebsen. Allerdings ein ziemlich realer." Jan nickte Boysen zu, der sofort zu ihm herüberkam.

„Moin Moritz", sagte er und reichte Moritz Jebsen die Hand. „Schöner Mist, was?"

Moritz nickte.

„Was meinst du, wie lange wird die Spurensicherung hier noch brauchen?“, fragte Jan.

Boysen zuckte mit den Achseln. „Gute Frage. Vielleicht eine Stunde. Viel ist nicht zu sehen, und mit dem Leichnam sind sie bald durch. Von außen gibt’s außer ein paar blauen Flecken bislang nichts Auffälliges – keine Würgemale, keine Schusswunden, keine Einstiche.“

„Könnte er erstickt sein?“

„Das wird die Obduktion zeigen.“ Er hielt kurz inne und trat näher an Jan heran, damit Moritz Jebsen nicht mithören konnte. „Es könnte sein, dass er noch gelebt hat, als er in diesen Gerstenhaufen gefallen ist.“

„Du meinst, er war bei Bewusstsein?“ Jan senkte den Kopf.

„Das wissen wir nicht. Obduktion, wie gesagt, du solltest es besser wissen.“ Boysen entfernte sich von ihm und klopfte Moritz beinahe väterlich auf die Schulter. Was sollte das jetzt wieder?

Boysen lächelte ihm zu, drehte sich um und ging zum Auto. „Ihr kommt jetzt ohne uns klar, oder?“, rief er in Richtung Spurensicherung. Die Kollegen nickten und winkten. Wahrscheinlich waren sie froh, dass sie endlich in Ruhe ihre Arbeit machen konnten.

„Also, wenn die Jungs von der Spurensicherung fertig sind, können Sie das Getreide entsorgen. Vergessen Sie das nicht. Es ist kontaminiert.“ Jan sah Moritz Jebsen tief in die Augen, um ihm noch einmal den Ernst der Lage zu verdeutlichen.

Moritz nickte. „Natürlich.“

„Gut.

13.
Döntjes

In den Tagen darauf stand Flensburg kopf. Dieses Mal war es allerdings nicht auf eine Marketingaktion der Tourismus-Agentur zurückzuführen. Vielmehr war dies der Tatsache geschuldet, dass sich der Fund des toten Michael Blumberg im Gerstenspeicher von Jebsens Brauerei wie ein Lauffeuer unter den Einwohnern verbreitet hatte.

Auch das mediale Interesse hatte sich um ein Vielfaches gesteigert. Längst waren es nicht mehr nur die Reporter der regionalen Medien, die an dem mysteriösen Fall interessiert waren. Auch die überregionalen Zeitungen, Rundfunkstationen und sogar das Fernsehen hatten Lunte gerochen. Es verging kein Tag, an dem vor dem Tor der Brauerei nicht irgendein Reporter versuchte, ein Interview von Moritz Jebsen zu bekommen. Und selbst im Krankenhaus, in dem Erik Jebsen immer noch darum kämpfte, seine Erinnerungen zurückzubekommen, gingen Journalisten ein und aus, was dazu führte, dass Jan Christiansen eine Wache vor Jebsens Zimmer aufstellen musste.

Auch wenn er selbst die Maßnahme für übertrieben hielt, von Boysen, der den ganzen Zirkus lächerlich fand, ganz zu schweigen, konnten sie es sich aber nicht leisten, dass irgendjemand von der Presse es tatsächlich schaffte, in Jebsens Krankenzimmer zu gelangen.

Das Ergebnis der Obduktion ließ weiter auf sich warten, was dafür sprach, dass es keine eindeutige Todesursache gab. Aber er wollte auf keinen Fall voreilige Schlüsse ziehen. Dazu war er zu erfahren genug. Dennoch hatte er durchaus eine Ahnung, wie Blumberg in den Gerstenspeicher gelangt sein könnte. Allein, ihm fehlten die Beweise.

Und Simone Blumberg? Sie hatte die Nachricht vom Tod ihres Mannes überraschend gefasst aufgenommen.

„Ich habe damit bereits gerechnet. Die vergangenen Tage habe ich so eine Unruhe in mir gespürt, die ich sonst nicht kenne. Und jetzt ist es, als würde sich diese Anspannung, die ich in mir getragen habe, in Luft auflösen. Es ist beinahe eine Erleichterung, zu wissen, dass er nicht irgendwo gefangen gehalten wird und leidet“, hatte sie gesagt und tapfer gelächelt, als Jan und Boysen ihr die Nachricht überbracht hatten.

*

Die Türen des Lifts glitten auf, und Jan ging den hellen Krankenhausflur entlang. Am Ende des Ganges sah er den Polizisten, der vor dem Zimmer von Erik Jebsen auf einem Stuhl saß und in der Tageszeitung blätterte.

„Moin“, grüßte Jan ihn, als er ihn erreichte.

Ein knappes „Moin“ kam zurück. „Irgendwas passiert?“

Der Beamte schüttelte den Kopf. „Hier oben war alles ruhig. Die üblichen Besucher. Nichts Auffälliges.“

Jan nickte. „Wer war heute schon da?"

Der Polizist griff links neben sich und holte ein Klemmbrett mit einer Liste hervor. Hastig warf er einen Blick darauf. „Seine Frau, sein Sohn … Sie." Er grinste.

Jan nickte. „Gut. Immer schön weiter aufschreiben, wer ihn hier besucht, ja?"

Der Polizist nickte, und Jan klopfte an die Tür. Als er ein „Herein" hörte, öffnete er.

„Moin, Herr Jebsen." Jan grüßte freundlich, als er das Krankenzimmer betrat.

Erik Jebsen saß, wie jeden Tag, aufrecht in seinem Bett. Der eine Teil der Matratze war nach oben gestellt, die Beine hatte er ausgestreckt auf die Decke gelegt. Langsam sah er wieder aus wie ein richtiger Mensch, auch wenn die Pfleger ihm die verkrusteten Haare abrasiert hatten.

„Ach, der Herr Kommissar." Jebsen legte die Zeitung, in der er zuvor geblättert hatte, neben sich auf den Nachttisch. „Warum überrascht mich Ihr Besuch nicht?"

„Vielleicht, weil ich jeden Tag hier bin und nach Ihnen sehe." Jan zog sich einen der Besucherstühle vom Tisch heran und setzte sich mit dem Rücken zum Fenster neben das Bett. „Wie geht es Ihnen heute?"

„Ist es der Job der Polizei, sich nach mir zu erkundigen? Sollten Sie nicht lieber denjenigen fangen, der dafür verantwortlich ist, dass die Gerstenlieferung entsorgt werden musste? Mein Sohn hat mir gesagt, was es die Brauerei gekostet hat, die Gerste zu entsorgen und neu zu bestellen. Wissen Sie, was da auf den Betrieb zukommt?" Jebsen sah an ihm vorbei aus dem Fenster.

„So, wie Sie sich aufregen, wird es ein Vermögen sein." Jan lehnte sich zurück und schlug die Beine übereinander. „Falls es Sie beruhigt: Die Versicherung wird bestimmt für den Schaden aufkommen."

Erik Jebsens Mundwinkel zuckten.

„Sie sind doch versichert, oder?" Jan beobachtete sein Gegenüber, dem die Antwort Kopfzerbrechen zu bereiten schien. Hatte er vielleicht einen wunden Punkt getroffen? „Herr Jebsen?"

„Woher soll ich das denn wissen? Ich habe mein Gedächtnis verloren, schon vergessen?", patzte er sichtlich angespannt und krampfte die Hände ineinander. „Tz."

Jan kommentierte Erik Jebsens Verhalten nicht weiter, sondern registrierte es allenfalls. Die Ärzte hatten ihm gesagt, dass Patienten, die unter einer Gedächtnisstörung litten, durchaus gereizt reagieren konnten. Stattdessen erneuerte er seine Frage. „Also, wie geht's Ihnen?"

„Immerhin habe ich ein Zimmer mit Aussicht bekommen. Da wird's mir wenigstens nicht langweilig. Gestern ist der Rettungshubschrauber fünf Mal dort drüben gelandet." Er streckte seinen Arm aus und zeigte auf den Hubschrauberlandeplatz auf dem gegenüberliegenden Gebäude.

„Dann haben Sie hier ja richtig Action."

„Verspotten Sie mich nur. Ihnen wird das Lachen auch noch vergehen." Jebsen legte seine Arme auf seinen Bauch.

„Herr Jebsen, unter Ihren Fingernägeln haben wir DNA-Spuren von Michael Blumberg gefunden. Sie haben nicht zufällig eine Erklärung dafür, wie die dorthin gekommen sind?"

Erik Jebsen schüttelte den Kopf. „Fehlende Erinnerung, wie oft muss ich Ihnen das noch sagen?"

Jans Blick verdunkelte sich. Es fiel ihm schwer zu begreifen, dass sich Jebsen an rein gar nichts erinnern konnte.

Alle Untersuchungen, die in den vergangenen Tagen gemacht wurden, waren unauffällig gewesen. Laut der Ärzte hatte Jebsen weder eine Kopfverletzung erlitten noch litt er unter einer schweren Erkrankung, welche die Blut- oder Nährstoffversorgung des Gehirns verringerte. Einen Herzinfarkt oder Schlaganfall schlossen die Ärzte ebenfalls aus. Bis auf ein paar blaue Flecken an den Armen und Beinen war er kerngesund.

Und so hatten sie Jebsen eine dissoziative Amnesie diagnostiziert. Ein Gedächtnisverlust, der durch Traumata oder Stress ausgelöst wurde und zur Unfähigkeit führte, sich an wichtige persönliche Informationen erinnern zu können. Und bei Erik Jebsen schien diese Gedächtnisstörung sehr ausgeprägt zu sein.

„Erinnern Sie sich denn an gar nichts?"

„Ich weiß, wie ich heiße." Erik Jebsen fasste sich an die Stirn, als bereite selbst das ihm großes Kopfzerbrechen. „Und ich weiß, dass ich verheiratet bin, einen Sohn habe und Besitzer einer Brauerei bin. Aber nicht, weil ich mich daran erinnere, sondern weil Sie mir das erzählt haben." Er sah zu Jan herüber und lächelte. „Und weil mich jeden Tag eine ziemlich hübsche Frau in meinem Alter besucht."

Jan nickte. Es war offensichtlich, dass er hier nicht weiterkommen würde. Solange sich Erik Jebsen an nichts erinnern konnte, würde es schwer werden, herauszufinden, woher

Michael Blumbergs DNA unter seinen Fingernägeln stammte. Die Gründe dafür konnten vielfältig sein.

Als sein Mobiltelefon klingelte, stand Jan auf und ging in Richtung Tür. „Entschuldigen Sie, ich muss da rangehen. Wir sehen uns morgen wieder." Er nickte Erik Jebsen zu.

„Ich werde nicht weglaufen. Dafür sorgt auch Ihr Wachhund vor der Tür." Er rollte mit den Augen, als wollte er unterstreichen, wie sehr ihm der Polizist vor seinem Zimmer gegen den Strich ging.

„Ist nur zu Ihrer Sicherheit." Jan verabschiedete sich, ging aus dem Zimmer und nickte dem Polizisten zu, der immer noch auf seinem Stuhl saß.

Als er außer Hörweite war, nahm er das Handy ab.

„Ja", sagte er knapp.

„Du weißt, dass heute Elternsprechtag an der Schule ist." Seine Ex-Frau klang vorwurfsvoll. Wie immer, wenn sie in letzter Zeit mit ihm telefonierte.

„Ich stecke mitten in den Ermittlungen zu einem – ", versuchte er, sich zu verteidigen, aber seine Ex fuhr ihm ins Wort.

„Es ist immer das Gleiche mit dir. Jedes Mal, wenn bei Stella etwas ansteht, kneifst du", zischte sie durch den Hörer. Er konnte sie am anderen Ende der Leitung vor Wut förmlich explodieren sehen. Bestimmt hatte sie ein hochrotes Gesicht und diese roten, hektischen Flecken im Dekolleté, die sie immer bekam, wenn sie sich aufregte.

„Was soll ich machen? Es ist mein Job! Du weißt, dass ich nicht kneife. Ich würde viel lieber bei Stella sein und Zeit mit ihr verbringen." Er drückte auf den Knopf des Aufzugs, dessen Türen sich augenblicklich öffneten.

„Dann beweg deinen Hintern hierher in die Schule, Jan!" Sie legte auf.

Mist!

Er sah auf die Uhr. Es war kurz vor elf. Vielleicht konnte er den Besuch an der Schule mit einer späten Frühstückspause kombinieren? Er könnte die Mittagspause dafür verkürzen. Wenn er für eine halbe Stunde bei Stella vorbeischauen würde, wären vielleicht alle zufrieden.

Jan nahm sein Mobiltelefon und tippte eine Nachricht an Boysen. Dieser antwortete wenig später mit einem knappen „okay". War doch gar nicht so schwer.

14.
Ganz schön plietsch

Simone Blumberg stand hinter dem Tresen und sortierte kleine Tüten mit Spritzgebäck, als Anni das „Lütte Teepott" betrat. Es war ein wunderbarer Ort, der so liebevoll eingerichtet war, dass Anni automatisch ganz warm ums Herz wurde, jedes Mal, wenn sie einen Fuß hineinsetzte.

Der Name des Cafés, kleiner Teepott, kam nicht von ungefähr. Man konnte beinahe sagen, er war Programm, denn in den Räumen des Cafés wimmelte es nur so von Teekannen in allen Farben, Größen und Formen. Mal waren sie bauchig und romantisch-geblümt, mal eher schlank und schlicht oder luxuriös mit einem Goldrand verziert. Und da es hier so viele Teekannen gab, hingen sie in Simone Blumbergs Café sogar an der Decke.

„Ich muss jedes Mal nach oben schauen, wenn ich hier bin." Anni lachte und legte den Kopf in den Nacken, als sie vor dem Tresen anhielt.

„Um zu sehen, ob es einen neuen Teepott gibt?" Simone Blumberg hielt in ihrer Arbeit inne und folgte Annis Blick in Richtung Decke.

„Da.“ Anni streckte die Hand aus und zeigte mit dem Finger auf eine runde Teekanne mit blau-weißem Zwiebelmuster, die links in der Ecke über der Kaffeemaschine hing. „Diese ist neu.“

„Du hast ein gutes Auge, Anni.“ Simone Blumberg schenkte ihr ein Lächeln, das ihre Augen jedoch nicht erreichte. „Was kann ich für dich tun?“

„Eine Friesenmischung, bitte. Mit viel Kluntjes und Milch. Und ein großes Stück Gänsebrust.“ Anni rieb sich den Bauch und deutete auf eine Torte, die mit einer Marzipanhaube bedeckt war.

„Gänsebrust und Friesenmischung. Kommt sofort.“ Simone Blumberg drehte sich um, während Anni sich einen Platz in der Nähe des Tresens suchte.

Sie setzte sich an einen kleinen runden Tisch, auf dem eine geklöppelte Spitzendecke und darauf eine lilafarbene Vase mit Schleierkraut standen. Vorsichtig glitt sie mit ihrer Hand darüber. In diesem kleinen Café war es wirklich, als sei die Zeit stehengeblieben. Hätte sie jetzt auch noch ihr Petuhtanten-Kostüm angehabt, hätte man glatt denken können, sie wären im Flensburg des frühen 19. Jahrhunderts.

Anni kam oft hierher. Mal allein, mal zusammen mit Nele und ganz oft, wenn sie eine Nachmittagsführung hatte. Dann vermied sie es meist, ins Brauhaus zu gehen, und brachte die Gruppe stattdessen in den „Lütte Teepott“. Das Café war ideal, um eine Führung bei leckerem Kuchen und köstlichem Tee oder Kaffee ausklingen zu lassen.

„Möchtest du die nächsten Termine mit mir besprechen?“ Simone Blumberg kam zu ihr an den Tisch, stellte Teetasse und Torte ab und setzte sich. „Darf ich?“

„Natürlich, gerne. Du musst doch nicht fragen. Ich freue mich über Gesellschaft." Anni rückte ihren Stuhl zurecht und griff zur Kuchengabel. Vorsichtig glitt sie damit zunächst durch die obere Marzipanschicht, dann durch viel gesüßte Schlagsahne, Pflaumenmus und zuletzt durch knusprigen Blätterteigboden.

„Dass ich gerade Gesellschaft bin, bezweifle ich." Simone Blumberg seufzte und nippte an ihrem Espresso, den sie sich mitgebracht hatte.

Anni schluckte ihr Stück Torte herunter und ließ die Gabel sinken. „Wie geht's dir?"

Simone Blumberg zuckte mit den Achseln. Ihre Augen röteten sich.

„Sorry, das war eine blöde Frage." Anni biss sich auf die Lippen. Wie konnte sie nur so unsensibel sein.

„Schon gut. Lieb, dass du fragst." Simone nippte erneut an ihrem Espresso und saugte ihn zwischen ihren Zähne hindurch, wie es ein Barista macht, der Kaffee testet. Hoffentlich spuckte sie ihn nicht gleich aus. „Ich lege mich abends ins Bett, und wenn ich am nächsten Morgen aufwache, denke ich, ich habe alles nur geträumt. Nur um dann festzustellen, dass all das wirklich passiert ist." Sie schniefte und griff zur Serviette, die unter ihrer Espressotasse klemmte, um sich damit die Nase zu putzen.

„Das tut mir alles so leid." Anni wusste kaum, was sie sagen sollte. Sie war nicht nur hier, um mit Simone die Termine für die nächsten Führungen zu besprechen. Um ehrlich zu sein, waren im Moment gerade gar keine Führungen dieser Art geplant. Vielmehr hatte sie gehofft, Simone Blumberg hier zu treffen, um zu hören, ob es schon Neuigkeiten gab.

Seit Michael Blumberg im Getreidespeicher gefunden worden war, brodelte in Flensburg die Gerüchteküche. Die Polizei hielt sich natürlich bedeckt, sodass nichts an die Öffentlichkeit drang. Zum Glück hatte Nele den Polizeifunk abgehört. Daher wusste Anni, dass DNA-Spuren von Blumberg unter Erik Jebsens Fingernägeln gefunden worden waren. Und von Moritz wusste sie, dass Jebsens Zimmer im Krankenhaus bewacht wurde. Hatte die Polizei tatsächlich Erik Jebsen als Täter im Visier?

„Er fehlt mir so furchtbar. Deshalb bin ich auch hier im Café. Ich versuche, mich mit Arbeit abzulenken. Zu Hause werde ich verrückt. Alles ist so leer, und die Räume sind so kalt ohne Michael." Simone hielt inne und schluchzte laut. „Wie konnte es nur so weit kommen? Wenn ich nur wüsste, was passiert ist."

Anni räusperte sich und legte ihre Hand tröstend auf Simones Schulter. „Gibt es denn gar keine Anhaltspunkte?"

Simone schüttelte den Kopf. „Die Polizei sagt nichts. Ich glaube, auch weil sie keine Anhaltspunkte haben."

„Und das Gerücht, dass Erik Jebsen eventuell …"

„Erik?" Simone lachte auf. „Ich bitte dich. Erik und Michael waren Geschäftspartner."

Anni stutzte. „Du meinst, sie haben zusammengearbeitet?"

„Ja. Michael hatte große Pläne. Er wollte ein Hotel bauen, Erik sollte die Gastronomie in dem Hotel übernehmen. Quasi ein zweites Brauhaus eröffnen."

Anni nickte und dachte an den Streit, den sie beobachtet hatte. War es damals um das Hotel gegangen? „Und es könnte nicht etwa sein, dass die beiden über ihre Planungen in

Streit geraten sind? Vielleicht hatte Erik Jebsen finanzielle Schwierigkeiten und wollte einen Rückzieher machen."

„Und daraufhin hat er meinen Mann umgebracht?" Jetzt lachte Simone übertrieben laut. „Welchen Nutzen hätte Erik davon gehabt? Michael war Hauptinvestor des Hotels, Erik wäre kein finanzielles Risiko eingegangen. Er hätte nur seinen Namen gegeben und hätte das besondere Bier gebraut, das es nur in Michaels Hotel gegeben hätte."

„Er sollte ein spezielles Bier brauen?", hakte Anni nach. Langsam ergaben die Gesprächsfetzen, die sie im Neptunhof mitbekommen hatte, einen Sinn. War es nicht auch dort um ein Bier gegangen? Hatten sie nicht irgendetwas vom Reinheitsgebot erzählt?

„Ein Bier exklusiv für unser Hotel. Michael hat sich von einem Konzept aus den USA dazu inspirieren lassen. Es wäre fantastisch für Flensburg gewesen." Simone Blumbergs Augen glänzten, als sie von den Plänen ihres Mannes sprach.

„Weißt du, auf welchem Grundstück das Hotel gebaut werden sollte? Die Pläne, von denen du mir erzählst, klingen schon sehr konkret."

Simone Blumberg schüttelte den Kopf. „Nein, leider nicht. Ich weiß nur, dass es irgendwo am Hafen sein sollte. Morgen Nachmittag tagt der Planungsausschuss der Stadt. Da sollte eigentlich über den Antrag abgestimmt werden."

Die kleine goldene Glocke über der Eingangstür des Cafés ertönte und kündigte Gäste an.

„Bin gleich wieder da." Simone Blumberg stand auf und ging.

Anni nutzte die Gelegenheit und zückte ihr Mobiltelefon. Auf der Seite der Flensburger Stadtvertretung scrollte sie sich durch den Sitzungsplan.

„Bingo", murmelte sie, als sie die Sitzung morgen Nachmittag in dem unübersichtlichen Kalender entdeckte. „Auch noch öffentlich. Das wird ja immer besser."

Entfernt nahm sie die Stimme von Simone Blumberg wahr, die offenbar gerade mit einem Gast sprach. „Ein Kaffee? Kommt sofort. Setzen Sie sich doch, ich bringe ihn an den Tisch."

Anni hörte, wie sich Schritte dem Gastraum näherten und wie diese abrupt vor ihrem Tisch stehen blieben.

„Warum wundert es mich nicht, Sie hier zu treffen?"

Sie erkannte den Bass in Jan Christiansens Stimme sofort. Etwas, das man sich aneignet, wenn man an der Theaterschule unterrichtet wird. Man lernt, sich die Stimmfarben der Leute einzuprägen.

Anni drehte ihren Kopf zur Seite und sah nach oben, direkt in das Gesicht des Kommissars. „Weil es hier den besten Kuchen der Stadt gibt?"

Der Anflug eines Lächelns huschte über die Lippen des Polizisten, erlosch jedoch sofort wieder. „Eher, weil sie überall dort auftauchen, wo es gerade spannend wird." Er zeigte auf den freien Stuhl an Annis rundem Tisch. „Darf ich?" Ohne ihre Antwort abzuwarten, zog er den Stuhl zurück und setzte sich.

„Sie nehmen sich wohl immer, was Sie gerade wollen, was?" Anni nahm ihre Teetasse in die Hand und nippte daran.

„Sie schulden mir noch eine Aussage." Er stoppte, als Simone Blumberg an den Tisch kam.

„Ihr Kaffee, Herr Christiansen.“ Sie stellte die Tasse vor ihm auf den Tisch und zeigte auf das Spritzgebäck, das sie neben dem Kaffeelöffel auf der Untertasse platziert hatte. „Ich hoffe, Sie mögen Vanille.“

Christiansen nickte, zeigte aber sonst keine Mimik, woraufhin Simone Blumberg zurück an den Tresen ging.

Als sie außer Hörweite war, beugte sich Anni leicht nach vorne. „Und Sie möchten, dass ich meine Aussage hier in einem Café mache? In aller Öffentlichkeit? Das sind ja merkwürdige Methoden, die die Flensburger Kripo da an den Tag legt.“

Jan Christiansen nahm einen großen Schluck von seinem Kaffee und zeigte sich äußerlich vollkommen ungerührt. „Ich habe Sie gesehen. Neulich auf dem Gelände der Brauerei. Sie waren in ein Gespräch mit Moritz Jebsen vertieft.“

Mist! Er hatte sie dort gesehen. Dabei hatte sie gehofft, dass er sie in Alltagskleidung nicht direkt erkannt hatte. Oder zumindest zu beschäftigt gewesen war. Auf einmal lief es Anni kalt den Rücken runter. Hatte er auch mitbekommen, worüber Moritz und sie gesprochen hatten?

„Moritz und ich kennen uns schon lange. Einige Stadtführungen gehen auch über das Gelände der Brauerei, und ich wollte mit ihm die Führungen des nächsten Monats besprechen.“ Sie wusste, dass sie eine miserable Lügnerin war, und sie war sich sicher, dass Jan Christiansen sie durchschaut hatte. Seine Augen funkelten, und sein Gesicht wirkte ein wenig belustigt, als würde er sich darüber freuen, dass er sie bei einer Lüge ertappt hatte.

„Deshalb waren Sie nicht dort“, sagte er mit so einem Selbstbewusstsein in seiner Stimme, dass Anni weiche Knie bekam – und einknickte.

„Sie sind ein guter Polizist, Sie haben mich erwischt“, sagte sie und versuchte, die peinliche Situation zu überspielen, indem sie sich das letzte Stück Torte in den Mund steckte und genüsslich darauf herumkaute. „Sie sollten auch ein Stück davon probieren.“

„Ich mag kein Marzipan.“

„Wie kann man denn kein Marzipan mögen?“ Erschrocken hielt sie sich die Hand vor den Mund. Jetzt war wohl kaum der richtige Zeitpunkt, um mit einem selbstverliebten Polizisten über seine Essvorlieben zu diskutieren.

„Also, ich höre.“ Er lehnte sich zurück, trank von seinem Espresso und sah Anni über den Rand seiner Tasse an.

Anni seufzte. „Ich war auf dem Revier, weil ich einen Streit zwischen Michael Blumberg und Erik Jebsen beobachtet habe.“ Die Erleichterung, die sich in ihr ausbreitete, kaum, dass sie es ausgesprochen hatte, war unbeschreiblich.

„Was?“ Jan Christiansen wurde ganz bleich um die Nase. Offenbar hatte er mit dieser Aussage nicht gerechnet. Daher wiederholte Anni sie noch einmal.

„Ich hab die beiden beobachtet.“

„Wann?“

„Bevor sie verschwunden sind.“ Anni biss sich auf die Unterlippe, das Gefühl der Erleichterung ließ nach und machte stattdessen einem riesigen schlechten Gewissen Platz. Sie konnte Jan Christiansen förmlich ansehen, was er in seinem hübschen Köpfchen dachte. Er musste sie für vollkommen bescheuert halten, dass sie der Polizei erst jetzt, mehr als eine Woche später, davon erzählte.

Er holte tief Luft. „Frau Gade. Das hätten Sie uns vorher sagen müssen."

„Ich – "

„Ich bin noch nicht fertig." Mahnend hob er den Zeigefinger. Jetzt hatte sein Gebaren doch etwas Oberlehrerhaftes. „Das sind wichtige Informationen, die Sie uns vorenthalten haben. Sie hätten sofort damit zu uns kommen müssen. Haben Sie denn die Zeugenaufrufe in der Presse nicht gelesen?"

„Ich war doch bei Ihnen. Aber es hatte ja niemand Zeit für mich." Anni verschränkte die Arme vor der Brust. Sie wusste, dass ihr Schweigen nicht richtig gewesen war, aber den alleinigen Schwarzen Peter würde sie sich nicht zuschieben lassen.

„Das ist Blödsinn, und das wissen Sie!" Er rollte sichtlich genervt mit den Augen, bemühte sich aber dennoch, die Contenance zu wahren.

„Flippen Sie aus, wenn ich meiner Aussage noch etwas hinzufüge?"

Jetzt atmete er plötzlich schwer, und Anni fürchtete, der Kommissar könnte endgültig die Fassung verlieren. Vielleicht sollte er lieber nicht noch mehr Espresso trinken. Die rote Farbe, die sein Gesicht in den vergangenen Minuten angenommen hatte, sprach dafür, dass sein Blutdruck gerade ziemlich hoch sein musste.

Er biss sich auf die Lippen und schüttelte den Kopf. „Nur heraus mit der Wahrheit."

„Okay, auch wenn es nicht einfach ist, aber …"

Wieder sah er sie mahnend an. Sein Blick konnte einen wirklich einschüchtern, das musste man ihm lassen.

„Ich werd's einfach sagen." Anni nippte ein letztes Mal an ihrem Friesentee und atmete tief ein. Dann winkte sie Jan Christiansen zu sich heran, damit sie nicht so laut reden musste. Auf keinen Fall wollte sie, dass Simone Blumberg etwas von ihrer Aussage mitbekam.

Jan Christiansen stutzte, beugte sich dann aber vor.

„Die beiden Männer haben sich nicht nur gestritten. Sie haben sich beinahe geprügelt", flüsterte Anni. Sie schilderte ihm ihre Beobachtungen bis ins kleinste Detail. Sie erzählte auch von ihrer Vermutung, dass es bei dem Streit um das Bier gegangen sein könnte, und vom geplanten Hotelbau, von dem Simone Blumberg ihr berichtet hatte. Sie redete und redete, und Jan Christiansen hörte ihr aufmerksam zu. Bis er ihren Redefluss plötzlich stoppte.

„Sie sagen, es kam eine dritte Person dazu, mit der die beiden Männer weggegangen sind. Aber gleichzeitig sagen Sie, dass Sie mit ihrer Gruppe weitergezogen sind, nachdem beide Männer im Keller verschwunden sind." Er sah sie an. „Wie können Sie da von der anderen Person wissen?"

„W-weil ich in Besitz eines Videos bin, auf dem zu sehen ist, wie die dritte Person in den Hof kommt und ihn zusammen mit den beiden Männern verlässt."

Jan Christiansen sah sie mit großen Augen an. „Sie haben ein Video?"

Anni nickte, beugte sich hinunter zu ihrer Tasche und kramte darin herum. Als sie gefunden hatte, wonach sie gesucht hatte, legte sie den USB-Stick, den sie von Nele bekommen hatte, auf den Tisch und schob ihn zu Jan Christiansen herüber. „Hier."

Er starrte auf den Stick vor sich, der die Form eines Leuchtturms hatte, und Anni war sich nicht sicher, ob er deshalb so starrte, weil er die Informationen, die sie ihm gerade gegeben hatte, erst einmal verarbeiten musste, oder ob er noch nie einen so schönen USB-Stick gesehen hatte. Sie tippte auf Letzteres.

Es dauerte einige Sekunden, bis Jan Christiansen sich aus seiner Schockstarre löste. Dann nahm er den Stick in die Hand und drehte ihn darin.

„Ich möchte wetten, dass ich Sie jetzt danach fragen soll, wie zum Teufel Sie an dieses Video gekommen sind, oder?"

Anni schüttelte lächelnd ihren roten Lockenkopf. „Ich denke, das möchten Sie lieber nicht wissen."

Der Kommissar schmunzelte. „Hab ich mir gedacht." Er ließ den Stick unauffällig in seiner Jackentasche verschwinden, leerte seine Espressotasse und stand auf.

„Werde ich jetzt bestraft?"

„Bitte?" Er verharrte in seiner Bewegung.

„Ich meine, ich werde jetzt nicht angeklagt, oder?" Sie sah ihn an. Auf einmal spürte sie, wie ein dicker Kloß sich in ihrem Hals in Position brachte.

Zu ihrer Erleichterung schüttelte Jan Christiansen den Kopf. „Warum sollten Sie angeklagt werden, wenn mir anonym ein Video zugespielt wird?" Er zwinkerte ihr zu, und Anni fiel ein Stein vom Herzen.

„Danke", flüsterte sie.

„Nicht dafür." Er drehte sich um und ging, kehrte aber noch einmal an ihren Tisch zurück. „Allerdings müssen Sie mir eins versprechen."

Anni nickte und kreuzte die Finger unter ihrem Tisch.

„Sie mischen sich nicht in meine Ermittlungen ein. Und Sie halten sich ab sofort aus diesem Fall raus. Und …"

„Und?"

„Wenn Sie wieder mal etwas beobachten, dann kommen Sie bitte gleich zur Polizei und warten Sie mit Ihrer Aussage nicht bis in alle Ewigkeit." Die Ernsthaftigkeit war in seine Stimme zurückgekehrt. „Ich verlasse mich auf Sie."

„Okay."

Anni sah ihm nach, wie er zu Simone Blumberg an den Tresen ging. Er redete noch einen Augenblick mit ihr, Anni konnte von ihrem Platz aus jedoch nicht verstehen worüber, bezahlte und ging. Sie sah ihm durch das Fenster nach und hatte zum ersten Mal seit Tagen das Gefühl, das Richtige getan zu haben.

15.
Dat löppt

„Woher hast du das?“

Boysen lehnte sich schräg über Jans Schreibtisch und schaute auf den Bildschirm, auf dem das Video der Überwachungskamera aus dem Neptunhof zu sehen war.

„Lag anonym in der Post.“ Jan drückte auf Stopp. „Du weißt, wann das aufgenommen wurde?“

Boysen nickte. „An dem Tag, an dem Blumberg und Jebsen verschwunden sind.“

„Ganz genau. Und es sieht so aus, als hätten sich die beiden nicht über das miserable Wetter unterhalten.“ Jan grinste schräg und drückte auf Play. Im nächsten Moment bekam Jebsen von Blumberg einen Kinnhaken, sodass er nach hinten auf den Boden fiel.

„Wer ist das?“ Boysen zeigte auf Anni und ihre Gruppe, die am unteren Bildrand zu sehen war.

„Das ist die Stadtführerin, die neulich hier war. Du weißt doch, die mit der Verkleidung im Rucksack.“

Boysen überlegte sichtlich angestrengt. Als er sich erinnerte, grinste er. „Du meinst, die Dame, die dich so resolut zurechtgewiesen hat?“

Jan seufzte. Er wusste, dass sein Kollege ihn daran wohl noch eine Weile erinnern würde. Also reagierte er nicht weiter, sondern vollendete einfach das, was er zuvor hatte sagen wollen. „Sie hat übrigens ihre Aussage gemacht."

Boysen stutzte. „Aha. Und wann?"

„Hab sie heute Vormittag getroffen. Nach meiner verlängerten Frühstückspause. Du erinnerst dich." Jan sah weiter auf den Bildschirm. Er war kein besonders guter Lügner und wollte auf keinen Fall, dass ihn sein Kollege durchschaute.

„Werden Verhöre jetzt außerhalb des Reviers durchgeführt?", grummelte Boysen. „Oder nur bei gutaussehenden Personen?"

„Anni Gade wurde nicht verhört, weil sie nichts verbrochen hat. Ich hab sie zufällig getroffen, und da hat sie mir erzählt, was sie beobachtet hat. Sie kommt noch aufs Revier, um ihre Aussage zu unterschreiben. Keine Angst. Es hat alles seine Ordnung." Jan konzentrierte sich weiter auf das Video, das über seinen Computerbildschirm flackerte.

„Hm." Boysen schien sich damit zufriedenzugeben, zumindest fragte er nicht weiter.

Schweigend sahen beide, wie der Streit zwischen Blumberg und Jebsen sich fortsetzte und wie sie schließlich im Keller des Hauses verschwanden. Kurz darauf entfernten sich auch die Stadtführerin und ihre Gruppe aus dem Hof. So weit deckte sich alles mit dem, was Anni ihm vorhin erzählt hatte.

„Das war's? Mehr passiert nicht?" Boysen blinzelte und wollte sich gerade entfernen, als Jan ihn am Arm packte.

„Nicht ganz, schau mal." Er zeigte auf den Bildschirm, auf dem verschwommen eine dritte Person auftauchte. Sie ging ebenfalls ins Haus. Wieder verging eine Weile, dann kamen drei Personen – Blumberg, Jebsen und die dritte Person – wieder heraus, gingen über den Hof und verschwanden schließlich außer Sichtweite.

„Was war das?“

„Die Frage ist eher: Wer war das?“ Jan stoppte das Video und kappte die Verbindung zwischen Computer und USB-Stick. Er nahm den Stick in die Hand und wedelte damit vor Boysen herum. „Die Spurensicherung sollte sich das ansehen. Vielleicht können sie die Qualität der Aufzeichnung nachbessern, damit wir mehr erkennen können.“

„Und wir sollten überprüfen, ob es in der Umgebung weitere Überwachungskameras gibt. In der Großen Straße müssten theoretisch einige zu finden sein. Ich kümmere mich darum.“ Boysen klatschte in die Hände und erhob sich.

„Sehr gut. Ich bin dann mal unten bei der SpuSi. Treffen wir uns bei dir in …“ Jan sah auf die Uhr. „Sagen wir zwei Stunden? Für einen ersten Wasserstandsbericht?“

Boysen nickte und ging aus dem Büro. „Das sollte reichen.“

*

Die Aufbereitung des Videos war kein Hexenwerk, aber sie brachte keine neuen Erkenntnisse. Die entscheidenden Aufnahmen waren durch den starken Regen schlichtweg zu verschwommen, und statt der Menschen in dem Video vergrößerte man vielmehr die Regentropfen vor der Kamera. Dafür lagen die Obduktionsergebnisse aus der Pathologie inzwischen vor, also machte Jan einen Abstecher dorthin.

„Hier." Frank Petersen, der die Obduktion vorgenommen und den Bericht verfasst hatte, drückte ihm einen Stapel Papiere in die Hand.

„Woran ist er gestorben?", fragte Jan. Wenn er ehrlich sein sollte, hatte er keine Lust, sich durch die Seiten zu lesen. Es ging doch viel schneller, wenn Frank ihm einfach erzählte, was er und seine Kollegen herausgefunden hatten. Leider zählte Frank zu den schweigsamen Typen auf dem Revier, weshalb er ihm jedes einzelne Wort aus der Nase ziehen musste.

„Erstickt."

„Geht's auch genauer?" Jan lehnte sich mit dem Rücken an die Fensterbank in Franks Büro und verschränkte die Arme vor der Brust.

„Michael Blumberg hat noch gelebt, als er in den Speicher gelangt ist. In seiner Lunge haben wir Gerstenreste gefunden, was dafür spricht, dass er um Luft gerungen hat und schließlich an den Getreidekörnern erstickt ist."

„Ein qualvoller Tod." Jan schüttelte sich. Auf diese Weise sollte niemand ums Leben kommen. „Hat er sich gewehrt?"

Frank zuckte mit den Achseln. „Es gibt nur wenige Spuren an seinem Körper, die auf eine Auseinandersetzung hindeuten könnten. Er hat eine leichte Prellung an der Schulter und zwei, drei blaue Flecken am Bein."

„Es gibt die Aufnahme eines Videos, wo zu sehen ist, dass Blumberg und Jebsen sich geprügelt haben. Würden die Verletzungen dazu passen?"

Frank nickte. „Ja."

„Warum hat er sich nicht gewehrt, als er in diesen Speicher geworfen wurde?"

„Weil er nicht bei Bewusstsein war." Frank atmete tief aus. „Ehrlich, Mann, du solltest den Bericht lesen." Er zeigte auf das Papier in Jans Hand.

„Ich möchte lieber, dass du es mir erzählst."

„Wir haben in seinem Blut Spuren von Flunitrazepam gefunden."

„K.-o.-Tropfen?"

„Lässt du mich jetzt erzählen oder nicht?" Frank sah zu ihm hoch und verzog den Mund.

Jan lachte und nickte.

„Außerdem hatte er jede Menge Alkohol im Blut. Kurzum: Er war richtig weggeschossen. Hat wahrscheinlich zuerst gar nicht gemerkt, dass man ihn dort abgelegt hat."

„Moment." Jan hob die Hand, um Franks Redefluss zu stoppen. Er fasste sich an die Stirn. „Du schließt einen Unfall also aus und gehst von Totschlag aus. Oder gar Mord?"

„In dem Zustand, in dem er durch die Tropfen und den Alkohol gewesen ist, kann er sich unmöglich selbst noch auf den Beinen gehalten haben. Er muss also getragen oder sonst wie transportiert worden sein." Frank sah ihn entschlossen an. „Auf keinen Fall ist er von allein in den Speicher gekommen. Wenn du mich fragst, wollte ihn jemand loswerden."

„Okay." Jan rollte den Bericht in seinen Händen zusammen und klopfte mit der einen Hand gegen das Ende der Papierrolle, sodass ein dumpfer Laut ertönte, der von Franks Kellerbüro nahezu verschluckt wurde. „Du hast mir sehr geholfen, danke."

„Ich mach nur meinen Job." Frank hob beide Hände, als sei die Arbeit, die er leistete, keine große Sache.

Als Jan zu seinem Büro zurückkam, saß Boysen schon wieder an seinem Schreibtisch.

„Und?", fragte er knapp.

Jan blieb im Flur stehen und lehnte sich gegen den Türrahmen von Boysens Büro. „Der Obduktionsbericht ist da. Michael Blumberg ist erstickt."

Boysen seufzte und schüttelte den Kopf. „Armer Kerl." Er fuhr sich durch das schüttere Haar, als schien er eine Weile zu brauchen, um die Nachricht zu verdauen.

„Ich werde gleich die Videoaufnahmen der Brauerei anfordern."

„Den Anruf kannst du dir sparen. Hab ich schon erledigt, als ich die Geschäfte in der Großen Straße abgeklappert habe."

„Tüchtig." Jan nickte anerkennend. „Und?"

„Angeblich gibt's keine."

„Was?" Jetzt ging Jan doch ins Büro seines Kollegen. „Es gibt keine Aufnahmen?" Er konnte kaum glauben, was er da hörte.

Boysen schüttelte den Kopf. „Das war die Aussage, die ich von Moritz Jebsen bekommen habe. Und er hat sogar eine Erklärung dafür."

„Na, da bin ich ja mal gespannt." Jan verschränkte die Arme vor der muskulösen Brust.

„Du erinnerst dich an den großen Stromausfall von vor einigen Wochen?"

Jan nickte. Wie könnte er den Blackout vergessen? Es war der Tag, an dem er mit einem Haufen Umzugskartons im Aufzug zu seiner Wohnung stecken geblieben war.

„Seitdem gab es im Videosystem der Brauerei immer wieder Störungen, bis vor zehn Tagen schließlich gar nichts mehr ging."

Jan machte immer noch ein skeptisches Gesicht.

„Hier, Moritz Jebsen hat mir eben die Unterlagen für den Auftrag einer neuen Kamerainstallation sowie das Gutachten über die alte Anlage geschickt." Wie zur Bestätigung drehte Boysen seinen Computermonitor in Jans Richtung und tippte darauf. „Unterschrieben von Erik Jebsen."

„Dann sollten wir ihm nochmal auf den Zahn fühlen. Was meinst du?"

Boysen nickte. „In der Großen Straße gibt's übrigens auch keine neuen Erkenntnisse. Hier gibt es zwar Kameras, aber aus Datenschutzgründen dürfen diese nichts aufzeichnen. Es sind also nur Attrappen."

Jan seufzte ein weiteres Mal an diesem nicht enden wollenden Tag. „Willkommen in Deutschland."

„Du sagst es."

16.
Figgeliensch

Wer einmal an einer Ratssitzung teilgenommen hatte, wusste: Sie war entweder hochspannend oder sterbenslangweilig. Anni schwankte noch, als sie am Tag darauf im Plenarsaal des Flensburger Rathauses saß, tendierte aber zu Letzterem.

Seit etwas mehr als drei Stunden diskutierten die Ratsherren und Ratsfrauen über mehr oder weniger wichtige Entscheidungen die Stadt betreffend. Es ging um Begegnungszonen für Fußgänger und Fahrradfahrer, neue Park-and-Ride-Parkplätze außerhalb der Innenstadt, geschlechterfreie Toiletten in den Schulen sowie ein veganes Essensangebot in den städtischen Kindergärten. Das waren natürlich alles wichtige Punkte, die jeder für sich auch eine Berechtigung hatten, aber von dem langen Zuhören war Anni schon ganz müde und konnte den Gesprächen und Diskussionen um weitere Anträge, die eingereicht und geprüft werden sollten, gar nicht mehr folgen.

„Kommen wir zum letzten Punkt auf der Tagesordnung." Die Sitzungsleitung sagte es mit einer solchen Entschlossenheit, dass Anni ein „endlich" in ihrem Tonfall vernahm.

Sie schmunzelte. Wahrscheinlich war selbst der erfahrenen Vorsitzenden nach Feierabend.

„Es geht um den geplanten Bau eines Hotels, auf dem Gelände …" Sie stoppte, setzte ihre Lesebrille auf und blätterte in der Tagesordnung.

Anni streckte sich und sah auf, als Stadtplanerin Lieselotte Bauer ihren Stuhl zurückschob und sich räusperte. „Dieser Antrag wird aufgrund des Todes von Michael Blumberg zurückgezogen."

Ein Raunen und Nicken ging durch den Saal.

„Sind Sie sicher?", vergewisserte sich die Sitzungsleitung.

„Absolut", bekräftigte Lieselotte Bauer.

„Gut, dann sind wir durch für heute. Die Sitzung ist geschlossen. Wir sehen uns in zwei Wochen."

Wieder ging ein Raunen durch den Saal, gefolgt von eifrigem Stühlerücken. Manche Ratsherren schienen es gar besonders eilig zu haben, nach Hause zu kommen. Anders konnte Anni sich nicht erklären, warum sie fluchtartig den Raum verließen.

Auch Lieselotte Bauer hatte ihre Tasche bereits gepackt, als Anni sie erreichte.

„Frau Bauer?"

Die kleine blonde Frau mit einem viel zu kurzen Haarschnitt, der ihr Gesicht unvorteilhaft rund wirken ließ, goldumrandeter Nickelbrille auf der Nase und knallrot geschminkten Schlauchbootlippen hielt in ihrer Bewegung inne. „Ja?"

„Ich bin Anni Gade. Wir haben uns in der Touristinfo schon mal gesehen." Sie reichte Lieselotte Bauer die Hand und schüttelte sie so kräftig, als wolle sie verhindern, dass diese sich aus dem Staub machte. „Als Sie mit meinem Chef Gunnar Hansen gesprochen haben."

Die Stadtplanerin überlegte und sah skeptisch auf ihre Hand, die in Annis absurd zierlich aussah. Schließlich nickte sie. „Die Petuhtante, nicht wahr?"

Anni lockerte ihren Griff und lächelte.

„Was kann ich für Sie tun?"

„Ich habe eine Frage zu dem geplanten Hotelprojekt von Michael Blumberg."

Das Lächeln auf Lieselottes Gesicht gefror augenblicklich. „Woher wissen Sie davon? Bis zum heutigen Tag war es noch nicht öffentlich. Was machen Sie überhaupt hier?"

„Nun, die heutige Sitzung war öffentlich." Anni sah sie mit Unschuldsmiene an.

„Nein, war sie nicht", schoss es aus Lieselotte Bauers Mund.

„Ähm, doch." Anni zeigte ihr den Sitzungskalender, den sie sich gestern Abend zur Sicherheit auf dem Handy abgespeichert hatte.

„Das kann doch nicht … hab ich denn durch das ganze Chaos jetzt …? Oh mein Gott", murmelte Lieselotte mehr zu sich selbst als zu Anni. Nach allem, was sie beobachten konnte, schien sie es sehr mitzunehmen, dass sie offenbar einen Fehler gemacht hatte. „Zum Glück hat niemand etwas bemerkt. Kaum zu glauben, was passiert wäre, wenn …" Sie stoppte in ihren Überlegungen und sah zu Anni herüber, die prompt so tat, als wäre sie dem Selbstgespräch der Stadtplanerin gar nicht gefolgt. Sie wickelte sich eine rote Locke um den Zeigefinger und stierte hochkonzentriert ein Loch in die Luft, als würde sie die einzelnen Streben der Kronleuchter zählen, die von der holzvertäfelten Decke hingen.

„Frau Gade?“

„Hm.“ Erst auf ihre direkte Ansprache hin reagierte sie und widmete ihre Aufmerksamkeit wieder der Stadtplanerin. Ihr Vater sollte ihr nicht noch einmal sagen, sie sei eine schlechte Schauspielerin!

„Ich kann Ihnen wirklich nichts sagen.“ Lieselotte Bauer lächelte entschuldigend.

„Sie wissen doch aber noch gar nicht, was ich wissen möchte.“ Auf keinen Fall wollte Anni sie jetzt so einfach gehen lassen. Dass Lieselotte Bauer dieses Gespräch einfach abbrechen wollte, kam Anni verdächtig vor.

„Tut mir leid.“ Die Stadtplanerin blieb standhaft und klimperte einige Mal mit ihrem langen Wimpern, was Anni ganz nervös machte.

„Dann lassen Sie mich anders fragen“, wagte Anni einen letzten Versuch. „Wenn es hier ein geeignetes Grundstück für ein Hotelprojekt geben würd – rein hypothetisch natürlich – , welches könnte das sein?“

„Ich verstehe immer noch nicht.“ Lieselotte Bauer wirkte zunehmend verwirrter und machte einen Schritt zur Seite, wahrscheinlich um Annis Fängen zu entkommen.

„Nun, wenn man darüber spekulieren würde. Welches Grundstück wäre ein heißer Kandidat?“, erklärte Anni genauer.

„Ich muss jetzt wirklich los, Frau Gade.“ Hastig griff sie nach ihrer Aktentasche, schenkte Anni ein letztes Lächeln und eilte davon. Nur der Duft ihres schweren Parfüms lag noch in der Luft.

„Mist!“

Kaum hatte sie es laut ausgesprochen, tippte ihr jemand auf die Schulter. Wenn’s mal schieflief, dann aber auch gleich richtig! Vorsichtig drehte sie sich um.

„Ich bin auch nur wegen diesem Punkt auf der Tagesordnung hier gewesen.“ Ein junger Mann, kaum älter als sie selbst, mit blau-gelbem Mikrofon in der Hand, stand unmittelbar vor ihr. Hatte er das Gespräch zwischen Lieselotte Bauer und ihr etwa belauscht? Was bildete er sich ein? Wer war er überhaupt?

Skeptisch sah sie ihn an. Seine grünen Augen blitzten im Licht der Messingkronleuchter und fixierten sie aufmerksam. Sie hatte ihn noch nie zuvor in der Stadt gesehen. Und Anni wagte zu behaupten, dass sie allein durch ihre Tätigkeit als Stadtführerin eine Menge Flensburger kannte.

„Kennen wir uns?“, fragte sie und musterte ihn ebenfalls von oben bis unten.

„Sorry.“ Er streckte ihr seine Hand entgegen. „Timo Feddersen. Ich arbeite hier beim Lokalradio.“

„Ah.“ Jetzt, wo er mehr als nur zwei Wörter sprach, erkannte Anni seine Stimme durchaus wieder. So sah also der Typ aus, der ihr jeden Mittag das Neueste aus Flensburg und der Region erzählte. „Ich bin Anni.“ Sie erwiderte den Händedruck und starrte unwillkürlich auf seinen Ziegenbart.

Er musste es mitbekommen haben, denn er fasste sich kurz darauf mit seiner Hand ans Kinn und grinste. „Bist du auch Journalistin?“

Anni lachte. „Um Gottes willen, nein. Ich arbeite in Flensburg als Stadtführerin.“

„Ach, wirklich?" Er schien überrascht zu sein. „Dann sollte ich dich vielleicht mal interviewen."

Anni winkte ab. „Ich weiß nicht. So spannend ist das nun alles auch wieder nicht."

„Wir werden sehen", murmelte Timo Feddersen und steckte das Mikrofon zurück in seinen Rucksack. „Und warum wolltest du mit Frau Bauer über dieses Hotelprojekt sprechen?" Er sagte es so beiläufig, dass Anni ihm beinahe die Wahrheit erzählt hätte. Wahrscheinlich war er auf der Journalistenschule dahingehend gedrillt worden, die Menschen mit genau dieser Gelassenheit in der Stimme und im Handeln in ein Gespräch zu verwickeln, um sie dann nach allen Regeln der Kunst auszufragen.

Anni konnte sich gerade noch bremsen. „Ach, nicht so wichtig. Vielmehr frag ich für meine Tante, die am Freitag auf dem Wochenmarkt in Harrislee Gerüchte gehört hat. Und jetzt hat sie Angst, dass dieses ominöse Hotel neben ihrem Haus gebaut werden könnte." Sie rollte gespielt und übertrieben mit den Augen. „Weißt ja vielleicht, wie das mit alten Tanten so ist."

„Die liebe Verwandtschaft." Timo nickte lächelnd. „Nun, vielleicht haben deine Tante und ich ja die gleichen Gerüchte gehört."

„Nur, wenn ihr beim gleichen Gemüsehändler einkauft."

Timos Grinsen verschwand, und über sein Gesicht huschte ein Hauch von Ungeduld. Vielleicht fragte er sich gerade selbst, was er sich davon versprochen hatte, Anni anzusprechen. Es war offensichtlich, dass sie rein gar nichts wusste. Aber vielleicht könnte sie ja von ihm einen Hinweis bekommen? „Sie wohnt an der Grenze zu Harrislee, weißt du. Umgeben von Feldern, auf denen Pferde grasen und so weiter. Und jetzt fürchtet sie, dass ihr der Blick ins Grüne genommen wird, sollte auf der Koppel nebenan ein Wellnesshotel gebaut werden."

„Verständlich, aber ich glaube, ich kann deine Tante beruhigen."

„Wirklich?" Anni schenkte ihm einen Augenaufschlag, der sich gewaschen hatte.

„In den Gerüchten, die ich gehört habe, ging es um das freie Grundstück am Hafen." Timo schnallte sich seinen Rucksack um und schob sich an Anni vorbei. „Deine Tante kann also beruhigt schlafen."

„Puh, da bin ich erleichtert. Ich werd sie gleich anrufen." Sie holte ihr Mobiltelefon aus der Tasche und lächelte. „Und die Gerüchte sind … sicher?"

Timo drehte sich zu ihr um. „Anni, jemand wie ich redet nicht über Gerüchte, an denen nichts dran ist. Journalisten-Ehren-Kodex." Er legte sich die Hand aufs Herz und zwinkerte ihr zu. „Ich meld mich in der Touristinfo."

„In der …? Warum?"

„Für diese Info schuldest du mir ein Interview." Er öffnete die Tür vom Ratssaal und verließ pfeifend den Raum.

Verdammt! Sie hätte es wissen müssen. Nichts auf der Welt war umsonst.

*

Das freie Grundstück am Hafen also. Da hätte sie auch selbst drauf kommen können. Seit Jahren war es einer, wenn nicht gar der begehrteste Baugrund in der Fördestadt. Beste Lage, direkter Meerblick, nur wenige Minuten bis in die Fußgängerzone. Früher hatte auf dem Grund mal ein alter Rumspeicher gestanden, doch dieser war mit der Zeit immer maroder geworden und schließlich eines Morgens im September mit einem lauten Knall in sich zusammengefallen. Seitdem gab es auf dem Grundstück nicht mehr als einen großen Haufen Schutt und wildwuchernde Sträucher.

„Es ist wirklich ein Schandfleck. Wird Zeit, dass damit etwas passiert!", hatte Frau Lorenzen erst vor Kurzem geschimpft, als wieder einmal ein Artikel über diesen Lost Place in der Zeitung gestanden hatte.

Moment mal! Sie atmete tief ein, als sie die Tür zu ihrer Dachgeschosswohnung aufschloss. Hatte in der Zeitung nicht gestanden, dass auf dem Grundstück Wohnungen gebaut werden sollten?

Anni trat ein, hinter ihr fiel die Tür ins Schloss. Sie befreite Hugo aus seiner Transportbox, damit er in der Wohnung frei herumlaufen konnte. Er dankte es ihr mit einem aufgeregten Schnattern und watschelte gemächlich ins Wohnzimmer. Anni sah ihm nach. Der kleine Kerl schien glücklich darüber zu sein, wieder hier zu sein, nachdem er den halben Tag bei Frau Lorenzen im Garten verbracht hatte.

Sie ging in die Küche, setzte einen Topf mit Kartoffeln auf und holte eine Flasche Pinot Noir aus dem Kühlschrank. Der Roséwein sprudelte leicht, als sie ihn in eines der Kristallweingläser schenkte, die sie von ihrer Großmutter geerbt hatte. Dann stellte sie die Eieruhr auf zwanzig Minuten, schnappte sich das Glas Wein und den Laptop, der hinter ihr auf dem

Küchentisch lag, und setzte sich im Schneidersitz aufs Sofa im Wohnzimmer.

„Wollen wir doch mal sehen", murmelte sie und tippte Grundstück, Hafen, Flensburg, Bauen in die Suchmaschine. Es dauerte keine zwei Sekunden, da ploppten etliche Ergebnisse auf.

Sie klickte den ersten Artikel an, den sie finden konnte, und checkte das Datum. Er war erst in der vergangenen Woche veröffentlicht worden. Kurz vor dem mysteriösen Verschwinden der beiden Geschäftsmänner.

Sahnestück mit Luxuswohnungen – dänischer Architekt hat große Pläne für Hafengrundstück

Flensburg. Einmal mehr ist es ein Däne, der Flensburg ein Stück schöner machen möchte. Die begehrte Baulücke in Hafennähe dürfte bald Geschichte sein, denn der dänische Stararchitekt Ole Sørensen plant, auf dem Grundstück etliche Luxuswohnungen zu errichten. Möglich macht dies eine Änderung des Bebauungsplans. Ein entsprechender Antrag wurde beim Bauamt der Stadt bereits eingereicht und werde derzeit geprüft, heißt es auf Nachfrage unserer Zeitung.

Sørensen selbst gibt sich optimistisch, dass es mit dem Bau klappen könnte. Schließlich sind es nicht die ersten Wohnungen dieser Art, die er in Flensburg und der Region baut. Unter anderem hat Sørensen bereits rund um den Schlossteich in Glücksburg zehn Luxusappartements bauen lassen.

„Flensburg ist eine wunderbare Stadt und das Grundstück geradezu ideal für Wohnungen. Außerdem gibt es hier einen großen Mangel an Wohnraum. Ich kann daher kaum glauben, dass sich mir jemand in den Weg stellen wird", sagte Sørensen selbstbewusst auf Anfrage unserer Zeitung.

Wenn alles glattgeht, dürfte der Baubeginn noch in diesem Herbst sein. Dafür muss die Ratsversammlung, die am Dienstag tagt, den neuen Plänen noch zustimmen.

Luxuswohnungen. Natürlich. Daher hatte sie das freie Grundstück am Hafen nicht sofort mit dem Hotelprojekt in Verbindung gebracht. Sie erinnerte sich, dass der geplante Wohnungsbau tagelang Stadtgespräch und keinesfalls unumstritten gewesen war. Denn vor allem mangelte es Flensburg an *bezahlbarem* Wohnraum, und die neue Luxusimmobilie von Ole Sørensen dürfte zweifellos nicht dazu zählen.

In der Küche piepte die Eieruhr. Anni stand auf, goss die Kartoffeln ab und schaltete den Herd aus. Sie pellte eine nach der anderen und legte sie sich zusammen mit Kräuterquark auf einen Teller. Zufrieden betrachtete sie ihr Kochwerk: Kartoffeln mit Quark.

Ihr Vater hätte wohl den Kopf darüber geschüttelt, dass sie nichts anderes zustande brachte. Ihre Oma hingegen wäre stolz gewesen, da war Anni sicher.

„Wenn dir etwas nicht aus dem Kopf geht, iss Kartoffeln mit Quark", hatte sie immer gesagt und die Begründung dazu gleich mitgeliefert. „Wenn das Leben schon kompliziert ist, muss man es durch aufwendige Gerichte nicht noch schlimmer machen. Es sind die einfachen Dinge im Leben, die uns klar denken lassen.“

Anni schmunzelte. Sie sah ihre Großmutter bildlich vor sich, wie sie in ihrer viel zu kleinen Küche mit den roten Schränken stand, einen Holzkochlöffel in der einen Hand und das dunkelgraue Haar in weiche Wellen gelegt, als wollte sie abends noch auf einen Galaempfang gehen. So hatte Mormor, die Mutter ihrer Mutter, immer ausgesehen. Stets elegant frisiert und gut gekleidet. Selbst wenn sie am Herd in der Küche stand und Kartoffeln mit Quark zubereitete.

„Man weiß ja nie, wer plötzlich an der Tür klingelt“, hatte sie gesagt, wenn man sie darauf angesprochen hatte, und dabei so herzlich gelacht, dass einem ganz warm ums Herz geworden war.

Mit ihrem Teller in der Hand ging Anni zurück zum Sofa, setzte sich und schaltete den Fernseher ein. Sie zappte durch die Programme und blieb schließlich an einer alten Folge von „Mord ist ihr Hobby“ hängen, in der Krimiautorin und Hobbyermittlerin Jessica Fletcher alias Angela Lansbury regelmäßig in Mordfälle verwickelt wurde und diese schließlich aufklärte.

Als Kind hatte sie die Serie oft mit ihrer Mormor gesehen und dabei immer versucht, selbst den Mord oder das Verbrechen, das geschehen war, aufzuklären. Manchmal hatte sie es sogar geschafft, vor ihrer Oma dem Täter auf die Schliche zu kommen.

„Du hast eine hervorragende Kombinationsgabe, Kleines. Das wird dir später noch zugutekommen“, hatte Mormor in diesen Fällen immer gesagt und ihr einen liebevollen Kuss auf die Stirn gedrückt.

Bislang hatte sie ihre Kombinationsgabe allerdings noch nicht sehr weit gebracht …

Anni lehnte sich zurück, aß ihre Kartoffeln und ließ sich eine Weile vom Fernsehen berieseln. Als die Folge zu Ende war, scrollte sie auf ihrem Laptop weiter durch die geöffneten Seiten und las den einen oder anderen Artikel über Ole Sørensen und seine Pläne zur Verschönerung des Flensburger Stadtbilds.

Er hatte wirklich einiges vor, das musste man ihm lassen. Der Apartmentblock, den er auf dem Hafengrundstück plante, erinnerte sie stark an den wellenförmigen Wohnkomplex „Bølgen“, der 2009 im dänischen Vejle gebaut worden war.

„Die weichen, runden Formen würden sich architektonisch perfekt in die Landschaft aus Fjord und Hügeln um Flensburg herum einfügen. Ich könnte mir kein besseres Gebäude an dieser Stelle vorstellen. Bedenken Sie nur, was für eine fantastische Skyline das für Flensburg sein würde“, wurde Ole Sørensen zitiert.

Spinner! Sich in den Entwürfen an anderen, bereits existierenden Gebäuden zu orientieren konnte sie auch.

Als Anni fertig war, stellte sie den Teller auf den Tisch und nahm einen großen Schluck von dem Rosé, der erfrischend auf ihrer Zunge perlte.

Eine Sache ging ihr nicht aus dem Kopf: Wenn das Grundstück bereits vergeben war, warum war das Hotelprojekt von Michael Blumberg und Erik Jebsen immer noch in der

Planung? Oder hatte dieser Timo Feddersen sie vorhin einfach auf den Arm genommen und das Hotel sollte gar nicht auf diesem Grundstück gebaut werden?

Just in dem Moment, in dem sie in Spekulationen zu versinken drohte, klingelte ihr Telefon. Sie tastete neben sich und nahm ab, ohne aufs Display zu schauen.

„Ja?"

„Was gibt's Neues?" Nele hickste mehrmals, als hätte sie Unmengen an Sprudelwasser getrunken.

„Hej Nele." Anni setzte sich auf der Couch zurecht, das Weinglas zwischen ihre Beine geklemmt, und schob den Laptop beiseite. „Ich …" Kurz überlegte sie, ob sie Nele von dem, was sie herausgefunden hatte, berichten sollte.

„Warst du bei der Polizei?"

„Nicht wirklich. Die Polizei war eher bei mir. Aber sie haben den USB-Stick mit der Aufnahme jetzt bekommen." Anni nippte an ihrem Wein. Er schmeckte wirklich köstlich, war allerdings auch ziemlich teuer, wenn er nicht gerade im Angebot war. Memo an sie selbst: Das nächste Mal gleich einen ganzen Karton davon kaufen.

„Ich versteh nur Bahnhof. Wieso war die Polizei bei dir?" Sie konnte Nele durch den Hörer nachdenken hören.

„Also, das war so …", begann Anni und erzählte Nele bis ins kleinste Detail, wie das Gespräch mit Jan Christiansen im Café verlaufen war und was sie während der Unterhaltung mit Simone Blumberg herausgefunden hatte. Ihren Besuch in der Ratsversammlung und das Gespräch mit Lieselotte Bauer verschwieg sie lieber vorerst.

„Hm", machte Nele, als Anni fertig war. „Und jetzt?"

Anni zuckte mit den Schultern. „Keine Ahnung. Aber vielleicht könntest du … ich meine, du bist doch noch aktiv, oder?"

Stille.

„Nele?"

Ein Seufzen. Das tat sie sonst nie. „Was meinst du mit *aktiv*?" Sie betonte es, als sei es etwas Ordinäres.

„Okay, aktiv ist jetzt vielleicht nicht das richtige Wort. Das klingt irgendwie, als wärst du bei den Klimaklebern oder Ähnliches, aber …"

„Hast du getrunken, Anni?"

„Ein Glas Wein zum Essen, aber das tut jetzt nichts zur Sache." Anni winkte ab. Nele sollte jetzt bloß nicht vom Thema ablenken. „Könntest du dich noch einmal in ein System einhacken?"

„Was?" Jetzt quiekte Nele so laut, dass Anni sich das Telefon vom Ohr hielt. Um nicht noch einen Tinnitus zu riskieren, schaltete sie auf Lautsprecher und legte das Handy neben sich. „Ich dachte, das ist illegal."

„Ich weiß, aber ich brauche eine Information, und ich weiß nicht, wie ich diese bekommen soll. Ich hab schon versucht, mit der Person zu reden, aber sie möchte dazu nichts sagen."

„Ihr Schweigen hat bestimmt einen Grund." Kam es ihr nur so vor oder klang Nele gelangweilt?

„Ja, weil sie etwas zu verbergen hat."

Wieder Stille. Dann: „Bist du dir sicher?"

„Zu einhundert Prozent." Das war zwar gelogen, denn Anni war sich keinesfalls sicher, ob Lieselotte Bauer tatsächlich etwas geheim hielt, aber irgendwie musste sie Nele ja aus der Reserve locken. Und sie neugierig zu machen war definitiv die beste Methode dafür.

„An was für ein System dachtest du denn?“

Bingo!

„An das der Stadt.“

„Wie bitte?“ Nele schien so entsetzt von Annis Aussage zu sein, dass sich ihre Stimme abermals überschlug. Zum Glück hatte sie vorhin den Lautsprecher eingeschaltet, sonst wäre sie jetzt bestimmt taub. „Was zum Teufel hast du angestellt, Anni Gade?“

„Gar nichts. Ich brauche halt nur diese eine Info, und die finde ich nicht im Ratsinformationssystem. Und da du doch neulich an diese Videokameraaufzeichnung gekommen bist, dachte ich …“

„Anni“, unterbrach Nele sie und klang auf einmal sehr vernünftig. „Das ist doch ein riesiger Unterschied, ob ich mich in eine private Webcam einhacke oder in das Ratsinformationssystem der Stadt. Das ist schier unmöglich, bei der Firewall, die sie haben. Ganz abgesehen davon, dass es hochgradig illegal ist!“

„Ich weiß“, sagte Anni und ärgerte sich, dass sie nicht weiter nachgedacht, sondern eher aus einem Impuls heraus gefragt hatte. Nele war zwar immer für alle Schandtaten zu haben, aber vermutlich war eine Grenze überschritten, wenn es darum ging, sich in den Server der Stadtverwaltung zu hacken. „Tut mir leid, dass ich gefragt habe. Ich hab nicht nachgedacht.“

Nele seufzte erneut, dieses Mal allerdings viel lauter, so als wollte sie, dass Anni es auch ja mitbekam.

„Nur mal so aus Neugier, warum ist diese Info für dich wichtig?“

„Nun, ich ermittle gerade ein wenig in dem Blumberg-Fall.“ Anni versuchte, möglichst beiläufig zu klingen, damit Nele keine große Sache daraus machte. Dazu neigte sie nämlich.

„Du *ermittelst* in dem Fall? Bist du jetzt bei der Polizei, oder was?“ Nele klang ein wenig belustigt.

„Nein, aber ich bin da auf ein paar Sachen gestoßen, die mich stutzig machen. Und als ich nach der Ratssitzung mit dieser Stadtplanerin gesprochen habe und sie meinen Fragen ausgewichen ist, da ...“ Sie geriet ins Stocken. „Ich mein, irgendwie bin ich ja auch in diesen Fall verwickelt.“

„Du bist bei einer Ratsversammlung gewesen?“, fragte Nele, als hätte sie bei Annis Ausführungen den Faden verloren.

„Ja.“

„Warum?“

Anni holte tief Luft und erzählte ihrer Freundin von dem kurzen Gespräch mit Lieselotte Bauer, dem Treffen mit dem Radioreporter und von dem unguten Gefühl, das sie seitdem hatte.

„Du übertreibst!“ Dem Ausdruck in ihrer Stimme nach musste Nele sie für vollkommen bescheuert halten.

„Nein, überhaupt nicht!“, widersprach Anni prompt. „Ich bin wahrscheinlich eine der Letzten, die Blumberg und Jebsen zusammen gesehen hat. Ich war dabei, als Blumbergs Leiche gefunden wurd – was, nebenbei bemerkt, wirklich kein schöner Anblick war. Und ich hab mit Simone Blumberg gesprochen. Sie hat mir von diesem noch geheimen Hotelprojekt erzählt, das Erik Jebsen und Michael Blumberg geplant haben. Aber – “

„Was aber?", unterbrach Nele sie.

„Auf dem Baugrundstück, das für das Hotel vorgesehen war, sollen Luxusimmobilien entstehen. Und das Hotelprojekt wurde auf unbestimmte Zeit auf Eis gelegt, weil Blumberg jetzt tot ist. Findest du das nicht auch merkwürdig?"

Eine Weile hörte Anni nur Neles leises Atmen am anderen Ende der Leitung. Schließlich räusperte sie sich. „Manchmal werden Projekte eingestampft. Das kann viele Gründe haben: eine Änderung des Bebauungsplans, Widerstand aus der Bevölkerung, Pleite von Investoren … muss ich noch mehr aufzählen?"

„Es gab zwei Investoren, die um ein Grundstück konkurriert haben. Und einer dieser Investoren ist jetzt tot aufgefunden worden. Muss ich noch mehr sagen?" Sah Nele denn die Zusammenhänge nicht? Oder steigerte sich Anni in etwas rein?

„Du liest zu viele Krimis." Am anderen Ende der Leitung begann Nele zu lachen.

„Ich finde das absolut nicht witzig." Anni beugte sich vor, nahm das Weinglas vom Couchtisch und trank einen großen Schluck daraus. Der Wein hatte längst an Temperatur gewonnen und schmeckte nun eher spritig als erfrischend. Sie verzog das Gesicht und stand auf. „Moment, bin gleich wieder zurück", sagte sie, sprintete in die Küche und kehrte kurz darauf mit Eiswürfeln zurück, die sie klimpernd ins Glas warf.

„Nein, es ist nicht witzig, und ich schätze es sehr, dass du dir Gedanken über Blumberg und Jebsen machst. Aber …" Nele stoppte, als überlegte sie, wie sie das, was sie sagen wollte, am geschicktesten verpacken konnte, damit Anni es nicht persönlich nahm. „Anni, du hast alles getan, was möglich war. Du hast dieses Überwachungsvideo an die Polizei übergeben und eine Aussage gemacht. Mehr kannst du nicht machen. Überlass das Ermitteln doch lieber den Profis."

„Sagt diejenige, die sonst die Füße nicht stillhalten kann und jedem Polizeifunk hinterherhechtet, den sie zu hören bekommt." Anni drehte das Weinglas in ihrer Hand und betrachtete die im Roséwein schaukelnden Eiswürfel.

„Du weißt, ich bin wirklich für jedes Abenteuer zu haben, aber wenn es hier wirklich um Mord geht, dann ist das eine Nummer zu groß für uns."

Anni seufzte. Auch weil sie wusste, dass Nele recht hatte. Sie war weder Polizistin noch Detektivin, sondern eine simple Stadtführerin, die einen Streit zwischen zwei Geschäftsleuten mitbekommen hatte. Nicht mehr und nicht weniger. Und trotzdem juckte es ihr bei dem Gedanken daran, was Michael Blumberg zugestoßen sein könnte, in den Fingern, Nachforschungen anzustellen. Und auch wenn sie sich bemühte, sie konnte nichts dagegen tun.

„Es ist nur ...", murmelte sie.

„Halt dich da raus, Anni. Das ist das einzig Richtige, was du tun kannst", mahnte Nele in dieser selbstsicheren, bestimmten Art, die Anni so sehr an ihr schätzte.

Sie nickte nachdenklich und trank einen weiteren Schluck von dem Rosé. „Okay", flüsterte sie bedrückt, als ein weiterer Artikel ihre Aufmerksamkeit erlangte. Er war mit einem der anderen Artikel, die sie zuvor gelesen hatte, verlinkt gewesen und ihr bislang überhaupt nicht aufgefallen. „Du, ich glaub, ich hab da was gefunden."

Anni las aufmerksam die kleine Meldung, die nicht mehr als eine Notiz in der Tageszeitung war. Ein paar Zeilen, kaum mehr als zehn, und doch war es genau das, wonach Anni gesucht hatte.

„Was?" Am anderen Ende der Leitung wurde Nele hellhörig. „Bist du noch dran?"

„Moment." Anni las die Zeilen ein weiteres Mal. „Der Bauantrag für die Luxusimmobilien von Ole Sørensen wurde auf Eis gelegt", sagte sie schließlich, als sie fertig war. „Wusstest du das?"

„Nein. Woher hast du das?"

„Es ist nur ein kleiner Artikel in der Zeitung, in dem steht, dass ein Eilantrag gestellt wurde, um das geplante Bauvorhaben zu stoppen. Offenbar ist er erst vor zehn Tagen eingereicht worden." Anni las weiter. „Ha, Nele, du glaubst nicht, wer diesen Eilantrag gestellt hat."

„Lass mich raten. Diese Stadtplanerin?" Nele klang nun ganz aufgeregt, als habe sie endlich auch begriffen, dass es hier nicht mit rechten Dingen zuging.

„Genau. Und in dem Artikel steht auch, dass Lieselotte Bauer in der kommenden Ratsversammlung dazu Stellung beziehen wird. Das ist die Sitzung heute Nachmittag gewesen. Aber durch den Tod von Michael Blumberg hat sie nicht über das Projekt gesprochen, sondern alles erst einmal auf Eis gelegt." Annis Hände zitterten vor Aufregung. Das Adrenalin raste durch ihren Körper, und sie merkte, wie ihr abwechselnd heiß und kalt wurde. War es so einfach? War Lieselotte Bauer der Schlüssel zur Lösung des Falls?

„Du meinst, die Bauer hat ihre Finger im Spiel gehabt?" Nele schien den gleichen Gedanken zu haben wie sie.

„Sie oder dieser dänische Architekt. Überleg doch mal: Wer hätte einen Nutzen davon, wenn das Hotelprojekt von Blumberg und Jebsen gar nicht erst in die Ausschüsse kommt? Wenn dieses Hotel nicht gebaut wird, weil es den einen Investor nicht mehr gibt?" Anni lächelte.

„Natürlich Ole Sørensen. Wenn es kein Hotelprojekt gibt, ist er der Einzige, der Pläne für das Grundstück hat. Niemand steht ihm dann mehr im Weg." Anni hörte, wie Nele in die Hände klatschte.

„Es ist auf jeden Fall eine Möglichkeit, die wir in Betracht ziehen müssen."

„Wir?"

„Ja, das sagt man doch so in Ermittlerkreisen." Anni lachte, und Nele stimmte mit ein. „Gott, das ist so schräg."

„Vielleicht ist das alles aber auch nur Zufall", sagte Nele und klang, als würde sie selbst nicht daran glauben.

„Das müssen wir jetzt herausfinden." Anni ließ sich zufrieden zurück ins Sofa sinken. „Und wir fangen gleich morgen damit an."

17.
Von nix kommt nix

Als Anni zwei Tage später aus dem Auto stieg, versteckte sich die Sonne hinter einer dicken Wolkendecke. Zum Glück regnete es nicht, aber das trübe Wetter drückte dennoch ein wenig aufs Gemüt.

Ole Sørensen hatte sein Architekturbüro in Kollund, einem kleinen Ort auf der dänischen Seite der Flensburger Förde, selbstverständlich in bester Lage mit Meerblick und direktem Zugang zu einem schmalen Sandstrand, der sich vom Bootsanleger die Küste entlangschlängelte.

Es war nicht schwer gewesen, einen Termin bei ihm zu bekommen, was Anni überrascht hatte. Gestern Vormittag hatte sie in seinem Büro angerufen und um eine Beratung gebeten. Sie hatte behauptet, sie hätte ein altes Haus in Flensburg geerbt, das nun komplett saniert werden sollte. Die Notlüge lag ihr zwar ein wenig im Magen, aber sie hatte keine andere Möglichkeit gesehen, um mit dem dänischen Architekten ins Gespräch zu kommen.

Anni schloss die Tür ihres alten Minis, sah sich um und ging ein paar Schritte. Selbst bei dem grauen Himmel war zu erkennen, dass dies ein traumhaftes Fleckchen Erde war.

Sørensens Bürokomplex war ein typisches Bauhaus-Gebäude, geradlinig und funktional mit dem für den Stil charakteristischen Kubus als Baukörper, einem Flachdach, großen Fensterfronten und klaren Linien und Formen.

„Sehr hübsch“, murmelte Anni, während sie sich umsah.

Früher hatten an dem Anlegesteg die Butterdampfer festgemacht, mit denen die Petuhtanten von Flensburg aus in See gestochen waren. Doch das war lange vorbei. Zwar fuhren die Schiffe noch bis in die späten 1990er-Jahre regelmäßig zwischen Flensburg und Kollund, doch mit Öffnung der europäischen Grenzen und dem Wegfall des Duty-free-Einkaufs zwischen Deutschland und Dänemark wurden die sogenannten Butterfahrten uninteressanter. Immer mehr Fährlinien hatten ihren Verkehr eingestellt, und schließlich waren die Schiffe ganz von der Bildfläche verschwunden. Für viele Flensburger war dies ein schmerzlicher Verlust gewesen, dem sie teilweise auch heute noch nachtrauerten.

Anni schloss die Tür ihres Minis und checkte ihr Outfit in der glänzenden Oberfläche ihres Autos. Sie hatte es heute Morgen geschafft und ihre Haare weitgehend gezähmt, sodass sie in sanften Locken ihr Gesicht umschmeichelten. Anni drehte sich ein wenig nach links, zupfte sich den kleinen Ausschnitt des dunkelroten Etuikleides zurecht, das sie sich für diesen Termin von Nele geborgt hatte, und zog sich den Lippenstift nach. Perfekt! Sie sah tatsächlich seriös aus.

Anni drehte sich vom Wagen weg und machte ein paar Schritte in Richtung Bürokomplex. Hinter einem der Fenster erkannte sie eine Gestalt, die in ihre Richtung starrte. Beobachtete er – oder sie? – sie etwa? Oder genoss die Person lediglich die traumhafte Aussicht? Anni scherte sich nicht weiter darum, sondern drückte auf den Klingelknopf. Augenblicklich, als hätte man sie bereits erwartet, ertönte ein gleichmäßiges Summen, während sich die Eingangstür mit einem Klicken wie von Zauberhand öffnete.

Anni trat ein und sah sich um. Der puristische Bauhausstil setzte sich auch in der Inneneinrichtung fort. Schlicht und schnörkellos, aber durchaus gestalterisch. Manchmal war weniger eben doch mehr.

„Goddag." Eine große, schlanke Frau mit blonden, hochgesteckten Haaren stöckelte auf mörderisch hohen Pfennigabsätzen auf sie zu und begrüßte sie auf Dänisch. Das Foyer füllte sich mit einem schweren Parfümduft, der Anni in die Nase stieg. „Jeg er Ellen." Sie reichte ihr die Hand, und schüttelte sie kräftiger, als Anni erwartet hatte.

„Hej. Jeg er Anni." Anni erwiderte den Händedruck und lächelte.

„Ah. Sie sind das." Ellen lächelte und wechselte ins Deutsche. Sofort wirkte ihre Sprache und Haltung um einiges förmlicher. „Sie haben einen Termin bei Ole … Herrn Sørensen." Das scharfe S in ihrem dänischen Akzent glich einem Lispeln.

Anni nickte. „Ich bin ein wenig früh dran." Sie zeigte auf ihre Armbanduhr. „Aber ich kann gerne hier im Foyer warten, sollte Herr Sørensen noch nicht so weit sein."

Ellen schüttelte energisch den Kopf. „Wir lassen niemanden warten. Kommen Sie." Sie drehte sich um und ging voraus. Ihre Hüften schwangen ausladend von links nach rechts, während sie einen Fuß vor den anderen setzte.

Anni bewunderte sie dafür. Sie hätte auf so hohen Schuhen nicht einen Schritt geradeaus gehen können. Vor zwei Jahren hatte sie es einmal versucht – und war kläglich daran gescheitert. Andererseits war dies kein Laufsteg auf der Pariser Fashion Week, sondern lediglich ein stinknormaler Flur, auch wenn dieser an etlichen gläsernen Büros entlangführte.

Anni schielte nach links und nach rechts. Aber niemand nahm Notiz von ihnen.

Vor einer hellen Eichentür blieben sie stehen. Ellen hob die Hand und klopfte so zart, dass sich Anni fragte, ob man es auf der anderen Seite der Tür überhaupt hören konnte. Doch ihre Sorge war unbegründet. Kurz darauf ertönte ein leises „Ja. Kom ind".

Die Tür wirkte offenbar massiver, als sie eigentlich war. Oder aber Ole Sørensen besaß ein ausgesprochen gutes Gehör.

Ellen drückte die Türklinke herunter und trat ein, Anni folgte ihr mit etwas Abstand.

„Der Termin", sagte Ellen knapp, nickte Anni zu und verabschiedete sich aus dem Raum.

„Genau, genau." Ole Sørensen erhob sich so schwungvoll aus seinem Bürostuhl, dass ihm die schwarzumrandete Brille von der Nase rutschte. „Ups." Er nahm's mit Humor, lachte und knöpfte sich das Jackett zu. Immer noch lachend ging er um den Schreibtisch herum und reichte Anni zur Begrüßung die Hand.

„Ich bin Ole."

„Anni." Sie schüttelte seine Hand und sah ihn an. Er war drahtiger als auf den Bildern, die sie von ihm in der Zeitung gesehen hatte. Seine braungebrannte Glatze glänzte im Licht der Deckenstrahler, ebenso wie seine viel zu weißen Zähne, mit denen er sie intensiv anstrahlte.

Sie wich seinem stechenden Blick aus und schielte an ihm vorbei aus den bodentiefen Fenstern. Vor ihrem Auge erstreckte sich die Flensburger Förde, dahinter die deutsche Küste. Ole Sørensen hatte einen Eins-a-Blick auf das rote Schloss, die Marineschule in Mürwik, am Westufer der Förde.

„Was für ein Ausblick. Verzeihen Sie, ich kann gar nicht aufhören hinauszuschauen."

„Ach, Sie müssen sich dafür doch nicht entschuldigen, Anni! Dies ist der Grund, warum ich mein Büro hier auf diesem Grundstück gebaut habe. Es ist fantastisch." Er ließ ihre Hand los und drehte sich mit dem Gesicht zum Fenster. Dann breitete er die Arme aus, als wollte er sagen: „Dies alles gehört mir."

„Ja, das ist es." Sie stellte sich mit einem gewissen Abstand neben ihn. Auf dem Wasser waren leichte Wellen zu sehen, die dank des Westwindes aus der Förde hinauszogen.

„Aber Sie sind nicht wegen des Ausblicks gekommen, oder?" Ole Sørensen wandte sich wieder ihr zu und deutete in die rechte Ecke seines Büros, in der eine schwarze Ledersitzgruppe stand. „Setzen wir uns. Kaffee?"

„Gerne." Anni ging voraus und setzte sich an den Rand des kleineren der beiden Sofas, schlug die Beine übereinander und war bemüht, dabei so elegant wie möglich auszusehen, was in dem engen Kleid gar nicht so einfach war. Aber schließlich gelang es ihr, bevor Ole Sørensen sich wieder zu ihr umdrehte und mit einem Kaffee in der Hand auf sie zukam.

„Bitte." Er reichte ihr die Tasse, öffnete den unteren Knopf seines Jacketts wieder und setzte sich auf die Couch gegenüber.

„Also, was kann ich für Sie tun?" Der Smalltalk war offenbar vorbei.

Anni nippte an dem Kaffee, der für ihren Geschmack viel zu stark war, und räusperte sich. „Ich habe von meiner Tante eine alte Villa in Flensburg geerbt, die ich nun herrichten möchte. Kernsanieren heißt das, glaube ich."

Ole Sørensen nickte. „Und da brauchen Sie meine Dienste, weil …"

„Ich gehört habe, dass Sie der beste Architekt hier in der Gegend sind. Ich meine, Ihr Name ist in Flensburg bekannt." Sie zwinkerte ihm zu und lächelte.

„Sie schmeicheln mir, Anni." Ole Sørensen tupfte sich mit einem Taschentuch über die Glatze. Hatte ihn ihr Kompliment etwa ins Schwitzen gebracht? „Aber das war nicht die Antwort auf meine Frage."

„Sie haben mich durchschaut, Ole." Sie zeigte mit dem Zeigefinger auf ihn und lächelte so breit, dass es in ihren Wangen schmerzte. „Ich bin nicht wegen einer Villa hier, die umgebaut werden soll, sondern vielmehr, weil ich von Ihren Luxusimmobilien gehört habe, die Sie in Flensburg am Hafen bauen werden. Und um ehrlich zu sein, möchte ich eine der Ersten sein, die so eine Wohnung kauft."

Ole Sørensen sagte nichts und wischte sich ein weiteres Mal über die Glatze. Dieses Mal eine Spur hektischer als zuvor. Hatte sie ihn auf dem falschen Fuß erwischt?

„Ich weiß natürlich, dass Sie für die Vermietung und den Verkauf bestimmt einen Makler haben, aber ich wollte mein

Glück direkt bei Ihnen versuchen. Mein Gemüse kaufe ich auch direkt beim Bauern und nicht im Supermarkt, wenn Sie verstehen, was ich meine." Sie zwinkerte ihm ein weiteres Mal zu.

Ole Sørensen nickte. „Dazu müssten die Wohnungen allerdings erst einmal gebaut werden." Er klang bitter. Das Lächeln war aus seinem Gesicht gewichen. Für Anni ein Zeichen, dranzubleiben.

„Ja natürlich, aber der Verkauf läuft doch bestimmt schon, oder?"

„Um ehrlich zu sein, ist dieses Projekt auf Eis gelegt." Er stand auf und stellte sich mit dem Rücken zu ihr ans Fenster.

„Und ich hab schon befürchtet, dass alle Wohnungen bereits verkauft sind." Sie lachte viel zu laut und eindeutig übertrieben, was Ole Sørensen jedoch nicht zu bemerken schien. Er redete unbeeindruckt weiter.

„So wie es derzeit aussieht, können wir froh sein, wenn es überhaupt Wohnungen geben wird."

„Aber ..."

„Alles schien bereits in trockenen Tüchern zu sein. Das Grundstück hatten wir gefunden, die Finanzierung stand. Es fehlte nur noch das endgültige Ja der Stadtverwaltung. Alle schienen glücklich zu sein, und mir wurde versichert, dass ich mir keine Sorgen machen müsste. Bis – " Er stoppte, als würde er überlegen, ob er wirklich weiterreden und seinen ganzen Frust bei Anni, einer Frau, die er nicht kannte, abladen sollte.

„Bis?", hakte sie daher ein weiteres Mal nach.

Er winkte ab. „Offenbar gibt es nun doch Widerstand gegen das Projekt."

„Das klingt ja alles ganz furchtbar. Woher wissen Sie das denn?"

„Es wurde ein Eilantrag gegen das Projekt gestellt. Und wissen Sie, von wem?" Er drehte sich zu ihr um und sah sie an. Seine grünblauen Augen blitzten gefährlich. „Ach, es geht Sie ja gar nichts an."

„Nein, nein. Ich höre Ihnen gerne zu. Immerhin geht es um eine Investition, die ich plane. Da würde ich schon gerne wissen, woran ich bin. Nicht, dass ich etwas kaufe, was ich am Ende gar nicht bekommen werde", sagte Anni schnell.

Ole Sørensen nickte, als habe ihn das Argument überzeugt. „Glauben Sie mir, ich kenne dieses Gefühl, am Ende mit leeren Händen dazustehen. Tatsächlich hat die Stadtplanerin den Eilantrag gegen mein Bauvorhaben gestellt. Ich weiß aus zuverlässiger Quelle, dass sie ein anderes Projekt in der Hinterhand hat. Und dass dafür viel Geld geflossen ist."

Anni fiel die Kinnlade herunter, und sie hoffte, dass es nicht zu offensichtlich war. Das konnte doch nicht sein Ernst sein! „Sie meinen, Sie hat sich bestechen lassen? Das ist eine schwere Anschuldigung, di –"

„Ich belegen kann", sagte er in einem Ton, der keine Widerworte duldete.

„Okay."

„Wissen Sie, was der eigentliche Skandal an der Sache ist? Ich habe Lieselotte Bauer eine Menge Geld dafür gezahlt, dass sie mein Projekt unterstützt und voranbringt."

Anni nickte. Sie hätte wissen müssen, dass in der Politik nicht immer alles mit rechten Dingen zuging.

„Und jetzt kommt irgendein anderer Investor daher und bekommt das, wofür ich bezahlt habe."

„Das tut mir leid. Es muss schwer sein, wenn man aufs Kreuz gelegt wurde."

Ole Sørensen lachte, als sei der Teufel in ihn gefahren. „Ach, Anni. Karma is a bitch, und manche Dinge regeln sich im Leben oft von selbst. Glauben Sie mir, dieser Investor hat einen viel höheren Preis gezahlt als ich. Wenn Sie verstehen, was ich meine."

„Sein Leben", murmelte sie leise und starrte wie gebannt auf die Kaffeetasse vor sich. Musste Michael Blumberg deshalb sterben? Weil er Lieselotte Bauer ebenfalls bestochen und sie ihm deshalb versprochen hatte, sein Hotelprojekt durchzuboxen? Hatte Ole Sørensen diese Schmach nicht auf sich sitzen lassen können und ihn deshalb um die Ecke gebracht? War der Mann, der hier mit ihr in diesem Büro war, etwa ein Mörder?

„Wie bitte?" Ole Sørensen kam näher und blieb letztlich vor der Couch, auf der sie saß, stehen.

Sie traute sich kaum, ihn anzusehen, aber im Augenwinkel bemerkte sie, dass sich seine Augen zu schmalen Schlitzen verzogen hatten. „Was sagten Sie?" Die Kälte in seiner Stimme jagte ihr einen Schauer über den Rücken.

„Sie sprechen doch nicht etwa von Michael Blumberg, oder?" Sie sah zu ihm auf, um glaubhaft zu wirken. Als sie in sein Gesicht sah, wusste sie, dass sie versagt hatte. „Den Flensburger Großinvestor, den sie vor ein paar Tagen tot aufgefunden haben?"

„Sind Sie von der Presse?", fauchte er. Sein dänischer Akzent klang mit einem Mal gar nicht mehr niedlich, sondern eher frostig und scharf.

Anni schüttelte den Kopf. „Nein."

„Wer sind Sie dann?" Er stemmte die Hände in seine schmalen Hüften, offenbar, um sich größer zu machen, als er in Wirklichkeit war.

„Ich sagte doch schon, eine Investorin." Anni vergrub ihre Hände ineinander, um zu verbergen, wie sehr ihre Finger plötzlich zitterten. „Der Tod von Michael Blumberg ist in Flensburg seit Tagen Stadtgespräch. Es ist doch klar, dass ich bei Ihrer Geschichte eins und eins zusammenzähle." Sie reckte ihr Kinn in die Höhe.

Ole Sørensen schüttelte den Kopf. „Verzeihen Sie mir, es war nicht meine Absicht, Ihnen etwas zu unterstellen. Mir sind wohl ein wenig die Nerven durchgegangen."

„Verständlich, bei dem Verlust." Anni biss sich auf die Lippe und schielte nach rechts zur Tür. Irgendwie musste sie möglichst schnell aus diesem Büro kommen. Sie stand auf und löste sich von dem Sofa. Langsam ging sie in Richtung Tür. „Wer weiß, vielleicht haben Sie recht, und das Leben meint es doch noch gut mit Ihnen. Jetzt, wo Michael Blumberg tot ist, kann ich mir nicht vorstellen, dass an seinem Projekt festgehalten wird, oder?"

„So wie Sie das sagen, könnte man meinen, Sie glauben, dass ich mit seinem Tod etwas zu tun hätte." Er ging um das Sofa herum, überholte sie und stellte sich ihr in den Weg.

Anni schüttelte den Kopf. Jetzt nur nicht die Nerven verlieren. „Warum sollte ich das glauben? Im Leben gibt es manches Mal merkwürdige Zufälle." Sie versuchte, cool zu bleiben.

Ole Sørensen nickte zustimmend. „Ich hätte lieber in einer Ausschreibung gegen Blumberg verloren als …"

„Durch Bestechung?“ Anni biss sich auf die Lippe und hoffte, dass sie jetzt nicht zu viel gesagt hatte. Ole Sørensen sah sie mit großen, drohenden Augen an. „Keine Sorge. Ihr Geheimnis ist bei mir gut aufgehoben.“ Sie machte einen Schritt zur Seite und ging an ihm vorbei.

„Anni Gade, wer auch immer Sie sind.“

Anni hielt inne und legte die Hand auf die Türklinke. Wieso war es auf einmal so stickig in diesem Raum?

„Michael Blumbergs Tod hat mich genauso überrascht wie Sie. Ich bin nicht derjenige, den Sie suchen.“

Sie drehte sich zu ihm um und legte die Stirn in Falten. „Wie?“

„Niemand würde eine Wohnung direkt beim Architekten kaufen.“ Er verkniff sich ein Lachen. *Gott, wie peinlich!*

„Ja, es war ein dummer Plan.“ Sie entspannte sich etwas, jetzt wo sie wusste, dass von Ole Sørensen wohl keine Gefahr ausging. „Sie haben mir einen ganz schönen Schrecken eingejagt und Ihre Rolle wohl überzeugender gespielt als ich.“

Ole Sørensens Lachen verebbte. „Oh, es war keine Rolle.“

„Wie bitte?“ Anni entglitten alle Gesichtszüge. Jetzt verstand sie gar nichts mehr. Was für eine Show zog Sørensen hier ab?

„Ich bin schuldig und gestehe.“ Er hob beide Hände in die Höhe und legte den Kopf schräg. „Es war nicht gelogen, ich habe Lieselotte Bauer bestochen. Michael Blumberg hat es ebenfalls gemacht und meinen Preis überboten. Frau Bauer ist ziemlich deutlich geworden, als sie es mir mitgeteilt hat. Vielleicht suchen Sie gar keinen Mann, sondern eine Frau?“ Er nahm seine Brille ab und putzte sie mit einem Tuch, das er aus seiner Hosentasche zog.

„Sie sollten das der Polizei mitteilen." Anni machte ein ernstes Gesicht.

„Und mich selbst belasten?" Er schüttelte den Kopf. „Das würde meinen guten Ruf ruinieren …"

„Meine Mormor hat immer gesagt: Wenn man Mist baut, muss man auch dafür geradestehen."

„Eine kluge Großmutter hatten Sie. Ich werde es mir durch den Kopf gehen lassen." Er lächelte und öffnete die Tür. Kalte, erfrischende Luft strömte ihr durch den schnörkellosen Flur entgegen. Offenbar waren irgendwo mehrere Fenster geöffnet.

„Machen Sie das, bevor ich es tue. Es hat eine strafmildernde Wirkung, wenn Sie sich selbst anzeigen." Sie erwiderte das Lächeln und trat aus der Tür.

„Sie kennen sich aus?" Er folgte ihr in den Flur.

„Ich schaue gerne Krimis." Anni streckte ihm die Hand entgegen, um sich von ihm zu verabschieden.

Ole Sørensen ergriff sie und schüttelte sie kräftig. „Passen Sie auf sich auf, Anni."

Sie nickte, drehte sich um und wurde das Gefühl nicht los, dass Sørensens letzte Worte wie eine Drohung klangen.

18.
Besöök bi'n Meckerpott

„Du solltest damit zur Polizei gehen, das ist dir klar, oder?" Nele saß in der Hollywoodschaukel vor ihrem Tiny House und schaukelte leicht vor und zurück.

„Und was soll ich denen erzählen? Ich hab mit einem dänischen Architekten gesprochen, der mir erzählt hat, dass er die Stadtplanerin bestochen hat?" Frustriert kippte Anni den letzten Rest ihres Aperol Spritz herunter und verzog das Gesicht. „Warum trinke ich das überhaupt? Es ist mir viel zu bitter." Sie stellte das Weinglas auf den Tisch und schenkte sich puren Prosecco nach.

Nele zuckte mit den Achseln. „Also, ich mag's."

„Nein, ehrlich, Nele. Ich hab doch keinerlei Beweise."

„Korruption ist kein Kavaliersdelikt und gehört bestraft. So einfach ist das. Und was sollen wir mit einer Stadtplanerin, die sich bestechen lässt?" Nele stoppte, beugte sich zur Seite und hob ihren Laptop vom Boden auf. „Wollen wir der Presse einen anonymen Tipp geben? Wie hieß nochmal der Typ vom Radio, den du neulich im Rathaus getroffen hast?"

Anni überlegte. „Tim oder so ähnlich, warum?"

„Hab ihn gefunden. Timo Feddersen." Sie drehte den Bildschirm des Notebooks zu Anni, die daraufhin nickte.

„Ja, das ist er." Sie seufzte. „Was hast du vor?"

„Na, ihm eine E-Mail schreiben." Sofort begann Nele in die Tasten zu hauen, aber Anni stoppte sie.

„Spinnst du?" Energisch klappte sie den Deckel des Laptops zu. Nele konnte gerade noch rechtzeitig ihre Finger herausziehen.

„Spinnst *du?*" Sie pustete übertrieben gegen die Finger, als hätte sie sich an etwas viel zu Heißem verbrannt.

„Tut mir leid, aber auf jemanden wie den kann ich nun wirklich verzichten." Anni erinnerte sich ungern an die Begegnung mit Timo. Er war ihr irgendwie suspekt gewesen. „Am Ende möchte er doch noch ein Interview mit mir machen. Und darauf kann ich gut und gerne verzichten."

„Deine Eltern wären bestimmt stolz auf dich, wenn sie einen Artikel über dich in der Zeitung läsen." Nele zwinkerte ihr zu.

Anni lachte laut los. „Ja, aber nur, wenn ich den Nobelpreis in Medizin gewonnen habe und nicht, wie ich als Petuhtante Touristen durch Flensburg führe."

Jetzt lachte auch Nele. „Also, was machen wir jetzt?"

„Den Abend genießen und noch einen Prosecco trinken?" Anni lehnte sich zurück und prostete ihrer Freundin zu. Doch diese schenkte ihr nur einen ernsten Blick. „Na gut, gleich morgen Vormittag gehe ich zur Polizei und werde melden, dass bei Lieselotte Bauer der Verdacht der Korruption besteht", gab sich Anni letztlich geschlagen.

*

Anni mochte das Polizeirevier nicht besonders. Und das lag nicht daran, dass sie wieder einmal eine gefühlte Ewigkeit vor der Tür warten musste, bis sie hineingelassen wurde. Vielmehr lag es daran, dass der Ort in ihr ein Gefühl von Beklemmung hervorrief, das sie an ihre Schulzeit erinnerte.

Das Polizeirevier hatte etwas vom Büro des Direktors, in das sie in ihrer Jugend das eine oder andere Mal gerufen worden war, um Rede und Antwort zu stehen. Sieben Mal, um genau zu sein. Dabei hatte si – und darauf legte sie auch jetzt noch großen Wert – oft gar nicht selbst Schuld gehabt, sondern sich oder andere meist verteidigt. Zum Beispiel hatte sie den armen Søren – der ohnehin schon ein schweres Schicksal hatte, weil seine Mutter ihm in der Grundschule stets bayrische Lederhosen angezogen hatt – lediglich in Schutz genommen, als der dicke Bernd ihn mit dem Kopf vorweg ins Mädchenklo stecken wollte. Im Grunde genommen war es Sørens Glück gewesen, dass sie gerade anwesend war. Wer sonst hätte Bernd die Klobürste ins Gesicht gehauen, damit Søren fliehen konnte. Dass Bernd so ein Weichei war und anschließend heulend zum Direktor rannte und sich beschwerte, konnte sie ja nicht ahnen. Und es brachte sie noch heute auf die Palme, dass Bernd zwar austeilen, aber nicht einstecken konnte.

„Frau Gade." Die Stimme einer jungen Polizistin, etwa Ende zwanzig mit kurzen Haaren und einem Tattoo auf dem Unterarm, holte sie zurück ins Hier und Jetzt.

„Ja."

„Sie können jetzt reinkommen." Die Polizistin betätigte den Türöffner, trat um die Rezeption herum und führte Anni zum Fahrstuhl, den sie bereits von ihrem ersten Besuch auf dem Revier kannte. „Einfach einsteigen, und oben werden Sie dann in Empfang genommen." Sie öffnete die Tür des Aufzugs und betätigte den Knopf, der den Lift kurz darauf nach oben katapultierte. Wobei katapultieren das falsche Wort war. Der Fahrstuhl ruckelte heftig, ein Wunder, dass er nicht auf halber Strecke stecken blieb.

Oben angekommen, stemmte sich Anni gegen die Lifttür und lief direkt in die Arme von Kommissar Christiansen.

„Moin", grüßte er knapp, als er Anni sah. Er sah ein wenig aus, als wisse er nicht richtig, was er mit Anni anfangen sollte. Seine Stirn wies tiefe Falten auf, und die Ringe unter seinen Augen waren so dunkel, als hätte er mehrere Nächte am Stück durchgemacht.

„Sind Sie krank?", fragte Anni instinktiv. Jan Christiansen sah gar nicht gut aus.

„Nein, wieso?" Fragend sah er sie an. Offenbar hatte er sich seit Tagen nicht im Spiegel betrachtet und meinte immer noch, er sah aus wie eine Mischung aus Chris Hemsworth und Brad Pitt.

Anni ließ ihn in dem Glauben und sagte nichts weiter, sondern folgte ihm in sein Büro. „Ist Ihr Kollege gar nicht da?" Sie zeigte in den leeren Raum gegenüber, in dem lediglich ein verwaister Schreibtisch und ein leerer Stuhl standen.

„Hat einen Außentermin", murmelte Christiansen immer noch wenig gesprächig. „Setzen Sie sich." Er deutete auf einen Schwingstuhl vor seinem Schreibtisch, der seine besten Jahre bereits hinter sich hatte. Das schwarze Leder war an einigen Stellen verschlissen, und als sie sich setzte, gab die Schwingung so sehr nach, dass sie für einen Moment fürchtete, hintenüber zu fallen.

„Hups“, sagte sie und verkniff sich ein Lachen. Auch weil Jan Christiansen weiterhin keine Miene verzog. Sie räusperte sich und versuchte, auf dem wackeligen Stuhl die Balance zu halten.

„Wird's denn gehen?“ Jan Christiansen musterte sie ausgiebig.

Himmel, wie arrogant konnte man sein?

„Haben Sie sich das Video angesehen?“ Anni deutete auf den Leuchtturm-USB-Stick, der in einer durchsichtigen kleinen Plastiktüte auf Christiansens Schreibtisch lag.

„Ja.“

„Darf ich meinen Stick dann zurückhaben?“ Sie zeigte erneut darauf, aber Christiansen regte sich nicht.

„Nein.“

„Und warum nicht?“

„Beweismaterial.“

„Natürlich“, murmelte Anni und rollte innerlich mit den Augen. „Sie wissen aber schon, dass sie das Video auch digital auf den PC überspielen können, oder?“ Innerlich stellte sie sich bereits auf ein Donnerwetter ein, aber Jan Christiansen seufzte lediglich. Es war offensichtlich, dass er heute keinen guten Tag hatte. Er machte sich nicht mal die Mühe, seine miese Laune zu verstecken.

„Was kann ich für Sie tun?“, kam er direkt zum Punkt.

„Ich möchte eine Aussage machen.“ Anni dachte nach. „Oder ist es eher eine Anzeige?“

„Hm.“ Jan Christiansen holte ein Formular aus einer Schublade und griff zu dem Kugelschreiber, der neben einer schmutzigen Kaffeetasse lag. „Dann erzählen Sie mal.“

Anni holte tief Luft. „Es geht um Korruption.“

Jan Christiansen hob eine Augenbraue, während er etwas auf das Papier kritzelte, das Anni nicht erkennen konnte. „Geht's auch etwas genauer?“

„Genauer gesagt, habe ich den Verdacht, dass die Stadtplanerin Lieselotte Bauer sich hat bestechen lassen, um bestimmte Projekte im Stadtrat durchzudrücken.“

Es dauerte eine Weile, bis Jan Christiansen etwas sagte. Vermutlich brauchte er Zeit, um das, was Anni ihm erzählt hatte, zu verdauen. Schließlich legte er den Stift beiseite, faltete die Hände auf der Schreibtischunterlage und sah Anni an. „Und Ihr Verdacht beruht worauf?“

Himmel, klang er genervt.

„Reicht es Ihnen nicht, dass es diesen Verdacht gibt?“

Wenn er es nicht schon längst getan hatte, musste Jan Christiansen sie spätestens jetzt für vollkommen durchgedreht halten. Dass er keine Miene verzog und sie gleichzeitig mit seinen stechenden Augen anstarrte, unterstrich Annis Verdacht. Sie lächelte vorsichtig, unsicher, was sie als Nächstes sagen sollte.

Der Kommissar löste sich schließlich aus seiner Regungslosigkeit und räusperte sich kurz und heftig. „Frau Gade, wie stellen Sie sich das denn vor? Ich kann doch nicht einfach auf blauen Dunst hin zur Stadtverwaltung gehen und sagen, dass dort korrupte Mitarbeiter arbeiten. Ich brauche da schon mehr Informationen von Ihnen. Haben Sie Beweise für Ihre Behauptungen? Immerhin sind dies schwere Anschuldigungen." Er nahm den Kugelschreiber in die Hand und lehnte sich in seinem Bürostuhl zurück.

„Ich weiß auch, dass dies eine ernste Sache ist." Am liebsten hätte sie ein „Ich bin ja nicht blöd!" hinterhergeschoben, verkniff es sich aber. „Ich möchte meine Quelle nur nicht preisgeben." Anni lehnte sich ebenfalls zurück und verschränkte die Arme vor der Brust.

„Sie haben einen Informanten, der Ihnen die Korruption gesteckt hat?" Jan Christiansen fuhr sich mit der Hand über das stoppelige Kinn. Er musste sich seit Tagen nicht rasiert haben, denn der Dreitagebart, den er sonst trug, war um einiges länger geworden, seit sie sich das letzte Mal im Café begegnet waren.

Anni löste sich von seinem Anblick und knibbelte an ihrem Finger herum. Noch so eine Angewohnheit, die sie an die unangenehmen Direktoren-Verhöre in der Schulzeit erinnerte. „So in der Art."

„Warum?", fragte Jan.

„Warum was?" Sie konnte ihm nicht gänzlich folgen.

„Warum möchten Sie Ihre Quelle schützen? Werden Sie bedroht?" Er kniff die Augen zusammen und neigte den Kopf leicht zur Seite.

„Be–", sagte Anni, stoppte und dachte nach, als sich der Kloß in ihrem Hals zurückmeldete. „I-ich weiß nicht."

„Sie müssen doch wissen, ob man Ihnen droht." Jan stand so hastig auf, dass sein Stuhl mit hoher Geschwindigkeit gegen den Heizkörper hinter ihm knallte.

Anni zuckte zusammen. Sie dachte an das Gespräch mit Ole Sørensen und seine Bitte, auf sich aufzupassen, zurück. Bei jedem anderen Menschen hätte sie keine große Sache daraus gemacht, aber der Architekt hatte sie so mahnend angesehen.

„Anni?"

Sie sah auf. Jan Christiansen hatte sich direkt vor sie gestellt und lehnte mit den Oberschenkeln an der Schreibtischkante.

„Ja?"

„Wollen Sie mir nicht erzählen, was Ihnen wirklich auf der Seele liegt?" Seine Stimme war warm und einfühlsam, als hätte sein Gemüt eine Einhundertachtzig-Grad-Wende vollführt.

Sie schluckte und atmete tief ein. Schließlich nickte sie. „Ich war bei Ole Sørensen."

„Dieser dänische Architekt?", fragte Jan stirnrunzelnd.

„Ja. Er ist meine Quelle. Er hat Lieselotte Bauer bestochen, damit sie sich für sein Projekt einsetzt."

Der Kommissar nickte. „Okay, wir werden das prüfen. " Er stand auf, doch Anni hielt ihn am Unterarm fest.

„Das ist noch nicht alles."

Er stoppte und schaute irritiert auf ihre Hand auf seinem Arm. Ruckartig zog Anni sie fort. Er schmunzelte und lehnte sich zurück gegen die Tischkante. Die Arme vor der Brust verschränkt, sah er sie an. Seine Augen blitzten.

„Ich war bei Ole Sørensen, weil ich gehört habe, dass er und Michael Blumberg Interesse an ein und demselben Grundstück hatten." Anni sah Jan Christiansen an, und plötzlich war alles ganz leicht. Sie erzählte ihm bis ins kleinste Detail von ihrem Gespräch mit Ole Sørensen, schilderte seine Reaktion, als der Fall Blumberg zur Sprache gekommen war, und seine Beteuerungen, nichts mit Blumbergs Tod zu tun zu haben. Und sie berichtete von Sørensens Geständnis, die Stadtplanerin bestochen zu haben.

Als sie fertig war, atmete sie lange aus und legte ihre Arme links und rechts neben sich auf die Stuhllehne. Es war ein unglaublich befreiendes Gefühl, das auf der Stelle wieder verflog, als sie in Jan Christiansens Gesicht blickte.

„Habe ich Ihnen nicht gesagt, dass Sie sich aus *meinem* Fall raushalten sollen?" Er löste den Blick von ihr und wischte sich verzweifelt mit der Hand über die gebräunten Wangen.

Anni nickte.

„Was an dieser Aufforderung haben Sie nicht verstanden?"

„Si –", machte Anni einen Erklärungsversuch.

„Ich bin noch nicht fertig", unterbrach Jan Christiansen sie und hob den Zeigefinger. „Wieso machen Sie das? Warum bringen Sie sich in Gefahr? Wir wissen noch nicht einmal, mit was wir es hier genau zu tun haben. Und Sie meinen, Sie müssen Miss Marple spielen. In Ihren Augen mag die Vorstellung einer Hobbydetektivin vielleicht ganz romantisch sein. Aber dies hier ist kein Kriminalroman. Dies hier ist echt. Es ist das wahre Leben! Und da ermitteln die Profis und keine Amateure."

„Sind Sie jetzt fertig?" Anni kniff die Augen zusammen und formte ihre Lippen zu einem schmalen Strich. Sie hatte zwar mit einer Standpauke gerechnet, aber diese Überheblichkeit hätte Jan Christiansen sich sparen können. Auch wenn er in der Sache recht hatte. Niemandem war damit geholfen, dass er sie wie ein dummes Mädchen behandelte.

„Ja."

„Gut, dann möchte ich Ihnen sagen, dass Sie nur dank meiner Nachforschungen wissen, dass es ein Bindeglied zwischen Ole Sørensen und Michael Blumberg gab. Nämlich Lieselotte Bauer. Wenn ich Polizistin wäre, würde ich ihr mal genauer auf den Zahn fühlen. Vielleicht hat sie mehr mit dem Fall zu tun, als wir ahnen." Anni erhob sich.

„Tz. Wollen Sie mir nun auch noch erklären, wie ich meinen Job zu machen habe?" Jan stand ebenfalls auf und überragte Anni beinahe um einen Kopf. Er senkte den Blick. Auf seinen Lippen lag ein überhebliches Lächeln. Machte er sich etwa über sie lustig?

„Irgendwie müssen Sie in diesem Fall ja vorankommen." Sie trat einen Schritt beiseite, drehte sich um und ging.

19.
Wat toveel is, is toveel

„Irgendwie müssen Sie in diesem Fall ja vorankommen.“ Jan Christiansen stützte sich mit den Armen auf der Fensterbank ab, als er Anni durch das Fenster hindurch nachsah, und schnaubte.

Was. Bildete. Sie. Sich. Ein?

Er hatte eine natürliche Abneigung gegen alles und jeden, der sich ungefragt in seine Ermittlungen einmischte. Das war schon immer so gewesen. Schon in Hamburg hatte er am liebsten allein gearbeitet, wohl wissend, dass dies bei der Polizei natürlich nur schwer möglich war. Er war nie der klassische Teamplayer gewesen, der sich voll und ganz in den Dienst der anderen stellte und darauf wartete, dass man ihm Aufgaben zuteilte.

Viel lieber nahm er das Heft selbst in die Hand. Er übernahm Verantwortung, leitete die Ermittlungen und drückte sich auch vor den schwierigen Fällen nicht. Im Gegenteil. Wenn's brenzlig wurde, lief er zur Hochform auf.

Er hatte es nicht nötig, dass ihm jemand vorgab, wie er seinen Job machen sollte. Und ganz bestimmt nicht so eine dahergelaufene Touristenführerin. Er war gut in dem, was er tat. Das hatte man ihm von höchster Stelle immer wieder bestätigt.

„Was glaubt sie eigentlich, wer sie ist?", murmelte er und lehnte die Stirn gegen die kühle Fensterscheibe.

„Wer?" Hinter ihm erklang Biancas Stimme.

Er fuhr herum und traute seinen Augen kaum. Wie um alles in der Welt hatte es seine Ex-Frau zu ihm ins Büro geschafft? Offenbar waren die Anweisungen, die er seinen Kollegen unten am Einlass gegeben hatte, nicht eindeutig genug gewesen. Er musste da dringend nachbessern.

„Was machst du hier?" Von allen Menschen auf der Welt war sie diejenige, die er jetzt am wenigsten sehen wollte.

„Wenn der Prophet nicht zum Berg kommt ..." Bianca trat ein und setzte sich wie selbstverständlich auf den Stuhl, auf dem vor wenigen Minuten noch die verrückte Stadtführerin gesessen hatte. Sie schlug die Beine übereinander und lehnte sich provokativ zurück. „Dann muss der Berg eben zum Propheten kommen", vollendete sie ihren Satz mit einem breiten Grinsen auf den Lippen.

„Und diese Weisheit soll mir jetzt was sagen?" Im Gegensatz zu ihr setzte Jan sich nicht, sondern blieb an seinem Platz am Fenster stehen. Es war besser, wenn zwischen ihnen einige Meter Abstand waren.

„Du gehst seit Tagen nicht ans Telefon."

Er zuckte gleichgültig mit den Achseln. Wichtige Anrufe hatte er durchaus entgegengenommen.

„Ich hab dir unzählige Nachrichten auf die Mailbox gesprochen."

Das wusste er bereits, denn er hatte jede einzelne davon abgehört, woraufhin er nur noch sturer geworden war. Unberechtigte Vorwürfe machten ihn stur. Und das müsste sie eigentlich wissen.

Jan seufzte. Er ahnte, in welche Richtung dieses Gespräch gehen würde. Sie würde ihm, wie immer, die Hölle heißmachen. Ihm vorwerfen, dass er sich zu wenig um seine Tochter kümmert – was nicht stimmte! – , dass er ein schlechter Vater sei – was erst recht nicht stimmte! – und nichts anderes als seine Arbeit im Kopf hatt – was stimmte, denn etwas anderes war ihm ja auch nicht geblieben.

„Stella hat am Wochenende einen Auftritt von ihrer Hiphop-Truppe. Sie würde sich freuen, wenn du dabei bist." Bianca sagte es mit einer solchen Gleichgültigkeit, als sei es keine große Sache. Sie nahm ihre Brille von der spitzen Nase und putzte die Gläser mit dem Saum ihres dunkelblauen T-Shirts.

„Der Termin steht bereits in meinem Kalender. Wie du siehst, bin ich ein guter Vater." Er zeigte auf den roten Eintrag in seinem Tischkalender und grinste. „Warum bist du wirklich hier? Du hast mich noch nie auf der Arbeit besucht. Selbst als meine Mutter gestorben war, hast du lieber angerufen, statt aufs Revier zu kommen."

„Ich werde die Stadt verlassen", ließ sie die Bombe platzen.

„Wie bitte?" Hatte er sich verhört? „Du bist doch erst vor Kurzem hierhergezogen."

„Oh nein, nicht für immer. Nur für eine Weile. Ich habe ein Angebot bekommen, das ich nicht ablehnen kann." Sie lächelte nonchalant, während die Wut in seinem Bauch immer größer wurde. Was für ein Spiel spielte sie mit ihm?

„Ach, hat der Pate dich angerufen?“ Den Kommentar konnte er sich nicht verkneifen.

Bianca kniff ihre grünen Augen zusammen. Wenn Blicke töten könnten, würde er jetzt auf der Stelle umfallen. Er blieb stehen und konterte ihren bösen Blick mit einem breiten Grinsen.

„Ich werde zur Kur fahren.“

„Und Stella?“ Dies war das Einzige, was ihn interessierte.

„Ich nehme sie mit. Mutter-Kind-Kur … schon mal davon gehört?“ Sie setzte ihre Brille wieder auf und zwinkerte ihm zu. Ihre grünen Augen funkelten wie Smaragde im Sonnenlicht. Unglaublich, dass er sich einmal von ihnen angezogen gefühlt hatte.

Jan nickte. „Wie lange werdet ihr fort sein?“

Bianca hob ihre Hand und sah auf ihre knallrot lackierten Fingernägel. „Ach, ich denke, sechs Wochen.“

„Sechs Wochen für eine Kur?“ Er schüttelte den Kopf. Soweit er wusste, dauerte eine Mutter-Kind-Kur kaum länger als drei Wochen. Woher er das wusste? Nach den stressigen Monaten, die hinter ihm lagen, hatte er sich darüber informiert. Schließlich hatten auch Väter das Recht, eine Kur in Anspruch zu nehmen.

„Stimmt, Herr Kommissar.“ Bianca stand auf, ging um den Tisch herum und setzte sich vor ihn auf seinen Schreibtisch. Ihre langen Beine berührten gerade so den Boden. „Aber im Anschluss an die Kur sind Schulferien, und die werde ich mit Stella bei meinen Eltern in Italien verbringen.“

Daher wehte also der Wind. Sie wollte ihn um Erlaubnis bitten, die gesamten Herbstferien, die in diesem Jahr in

Schleswig-Holstein sogar drei Wochen dauerten, mit Stella allein verbringen zu dürfen. Gar nicht mal so dumm, Bianca, den Urlaub in Italien direkt im Anschluss an die Kur zu legen.

„Eineinhalb Wochen der Schulferien gehören mir“, sagte er knapp, die Hände vor der Brust verschränkt. So leicht würde er nicht nachgeben.

„Ich weiß, aber du würdest unserer Tochter doch nicht verbieten wollen, dass sie ihre Großeltern sieht, oder?“ Sie trat näher und legte ihre zarte Hand auf seinen durchtrainierten Unterarm. Bei ihrer Berührung zuckte er unweigerlich zusammen.

„Tu das nicht, Bianca.“ Er schüttelte ihre Hand ab und versuchte, durch sie hindurchzusehen.

„Was meinst du?“, fragte sie mit unschuldiger Stimme.

„Stella für dein Vergnügen vorschicken.“ Er machte einen Schritt zur Seite in Richtung Aktenschrank und lehnte sich dagegen. Es war gut, etwas Festes im Rücken zu spüren, an das er sich anlehnen konnte.

„Ich verstehe nicht …“

„Doch, das tust du. Ich weiß, dass du in Italien nicht nur deine Eltern besuchst, sondern auch den Mann, den du dort im vergangenen Jahr lieben gelernt hast. Alessandro, oder?“

„Woher …?“

Zu sehen, wie sie sich fragte, woher er diese Information hatte, bereitete ihm pures Vergnügen. Er beschloss trotzdem, sie nicht länger zappeln zu lassen. „Dein Vater hat sich verplappert, als er mir vor drei Wochen zum Geburtstag gratuliert hat.“ Er lachte bitter. „Giulio hat gemeint, dass er es großartig findet, wie erwachsen wir damit umgehen, es in deinem Leben einen neuen Mann gibt. Ich frage mich nur, warum du nicht gleich nach Italien gezogen bist, als du Hamburg verlassen hast."

„Jan, auch wenn du das denkst: Ich bin kein Unmensch. Ich würde dir Stella nie wegnehmen. Sie liebt dich abgöttisch, und ich möchte auf keinen Fall, dass sie ohne Vater aufwächst. Deshalb sind wir hier in Deutschland geblieben." Sie machte erneut ein, zwei Schritte auf ihn zu. Als sie sah, dass er zurückwich, blieb sie zu seiner Erleichterung stehen.

„Du hättest einfach in Hamburg bleiben können", sagte er knapp und schielte in den Flur, nachdem er dort ein Geräusch gehört hatte. Auf keinen Fall wollte er, dass Boysen zurückkehrte und dieses Gespräch hier mitbekam. Er lauschte, hörte aber nichts mehr. Trotzdem ging er zur Tür und schloss sie.

„Bitte nicht wieder dieses Thema, das haben wir doch schon einhundertmal besprochen. Ich brauchte eine Luftveränderung, das weißt du auch."

Er nickte und blieb stumm. Seine Hand lag noch immer auf der Türklinke. Sollte Boysen doch zurück sein und ohne anklopfen hereinkommen, könnte er so schneller reagieren.

„Also erlaubst du mir, Stella für sechs Wochen mitzunehmen?" Bianca klang versöhnlicher als zu Beginn des Gesprächs. Kein Wunder, jetzt war sie ja auch kurz davor, zu kriegen, was sie wollte.

Er würde es ihr nicht so leicht machen. Noch nicht. „Ich muss darüber nachdenken."

Bianca nickte. „Sicher. Gib mir nur bitte bald Bescheid, damit ich zusagen kann, ja?" Sie schenkte ihm ein Lächeln, das ihre Augen nicht erreichte. Er erwiderte es dennoch, auch weil er dankbar war, dass dieses Gespräch nicht im Streit geendet hatte.

„Ich denke, das bekommen wir hin. Ich gebe dir spätestens am Sonnabend Bescheid." Er öffnete die Tür und trat beiseite, damit sie hindurchgehen konnte.

Auf der anderen Seite des Flurs saß Hannes Boysen an seinem Schreibtisch. Er sah kurz auf, als Jan sich von Bianca verabschiedete, sagte aber nichts weiter. Und das war auch gut so.

*

Das Flensburger Rathaus zählte zwar nicht zu den schönsten, dafür aber mit einer Höhe von knapp fünfzig Metern zu den höchsten Gebäuden der Stadt.

Lieselotte Bauer hatte ihr Büro in der zwölften Etage des orangefarbenen Hochhauses mit bestem Blick über die Nordseite der Stadt, den Hafen und das angrenzende Dänemark.

„Bei gutem Wetter kann ich bis zu den Ochseninseln gucken", sagte die Stadtplanerin nach einer kurzen Begrüßung zu Jan und Boysen. Als sie bemerkte, dass Jan stutzte, zeigte sie mit dem Finger auf zwei kleine Erhebungen mitten in der Flensburger Förde. „Dort. Die beiden Inseln auf dänischer Seite."

„Ein fantastischer Ausblick. Ich war sogar mal auf dem Rathausdach", gab Boysen zurück.

„Ach, wirklich? Wie kam es dazu?" Sie setzte sich an ihren Schreibtisch und bedeutete den beiden Männern, ebenfalls Platz zu nehmen.

Boysen kratzte sich am Kopf. „Ach, das war ’ne traurige Geschichte damals. Selbstmord. Lassen Sie uns nicht darüber reden.“

Lieselotte Bauer nickte verständnisvoll und sichtlich betroffen. „Das war vor meiner Zeit hier, aber ich habe davon gehört. Sehr traurig.“ Sie schluckte und schien ihren Gedanken kurz freien Lauf zu lassen.

Jan gewährte ihr diese Pause. Er hatte es nicht eilig. Zu Hause wartete eh niemand auf ihn.

„Nun gut“, sagte sie, als sie sich wieder gefangen hatte. „Was führt Sie zu mir?“

Jan und Boysen tauschten kurze Blicke. Es war überraschend, wie gut sie beide bereits nach so kurzer Zeit harmonierten. Vermutlich, weil Boysen nicht darum kämpfte, die Alpharolle zu übernehmen. Vielmehr schien er zufrieden mit den Aufgaben zu sein, die Jan ihm zuteilte.

„Frau Bauer, es geht um das geplante Bauprojekt von Michael Blumberg“, begann Boysen die Befragung und versuchte dabei in seiner gewohnten Art, so salopp wie möglich zu klingen.

„Ich weiß nicht, was Sie meinen. Ein Bauprojekt? Von Michael Blumberg?“ Sie sah Boysen an, der ihren Blick erwiderte, aber nichts weiter sagte.

Stattdessen ergriff Jan das Wort. Ihm war nicht entgangen, dass die Stadtplanerin zusammengezuckt war, als Boysen den Namen Blumberg erwähnt hatte.

„Doch, Sie wissen, was wir meinen. Wir haben Erkenntnisse darüber erlangt, dass Michael Blumberg auf dem freien Grundstück am Hafen ein Hotel bauen wollte. Zusammen mit Erik Jebsen.“

Nachdem Bianca das Revier verlassen hatte, hatte er Boysen über Anni Gades Aussage informiert. Boysen war sofort hellhörig geworden und hatte sämtliche Zeitungsartikel zu Ole Sørensen und dem geplanten Bauvorhaben durchstöbert.

Letztlich hatte dann aber Boysen selbst den entscheidenden Ausschlag gegeben, Lieselotte Bauer unverzüglich zu befragen. Der Polizist hatte sich daran erinnert, dass Blumberg und Jebsen ihm vor geraumer Zeit nebenbei erzählt hatten, dass sie ein großes Projekt planten, welches allerdings noch ein wenig justiert werden müsste, damit es auch realisiert werden könnte. Damals hatte Boysen gedacht, es hätte sich um planerische oder finanzielle Aspekte gehandelt. Doch vielleicht war damit auch etwas anderes gemeint gewesen.

Lieselotte Bauer schluckte, außerdem wurde sie sichtlich nervöser. An ihrem Hals bildeten sich kleine rote Flecken, und ihre Augen wanderten umher. Das beste Zeichen dafür, dass sie nicht wusste, wie sie mit der Situation umgehen sollte.

„Wir haben auch erfahren, dass dieses Grundstück ursprünglich für den Bau von Luxusimmobilien vorgesehen war. Können Sie uns dazu etwas erzählen?“ Jan lehnte sich zurück und dehnte seine Nackenmuskeln. Der Stress der vergangenen Tage hatte ihn kaum zur Ruhe kommen lassen. Und wenn er dann doch für kurze Zeit eingeschlafen war, war es meist sitzend auf dem Sofa gewesen. Dementsprechend verspannt war er jetzt.

Die Stadtplanerin sah aus dem Fenster und seufzte. Anscheinend sah sie ein, dass sie verloren hatte. Als sie sich wieder zu ihnen umdrehte, hatten sich die roten Flecken an ihrem Hals nahezu verdreifacht. Trotzdem schwieg sie weiter.

„Darf ich Sie daran erinnern, dass Sie mit der Polizei sprechen?“ Boysen lehnte sich vor und schnappte sich einen Kugelschreiber von ihrem Schreibtisch. Er drehte ihn einige Mal ungeduldig zwischen Daumen und Zeigefinger. In seiner riesigen Hand hatte der Stift die Größe eines Zahnstochers.

Lieselotte Bauer nickte und fasste sich mit der rechten Hand an den Hals. „Also gut, es gibt … es gab zwei Bewerber für das Baugrundstück am Hafen“, sagte sie schließlich.

„Blumberg und Sørensen.“

„Ja. Sørensens Angebot kam zuerst. Es hat mich überzeugt, daher habe ich ihm versprochen, dass ich mich für dieses Projekt einsetzen werde.“ Sie atmete tief durch die Nase ein und ebenso lange durch den Mund wieder aus.

„Was ist dann passiert? Ich meine, Sørensens Projekt wurde bereits lang und breit in den Zeitungen besprochen. Es hieß, die Baugenehmigung sei nur noch eine Formalie. Wann ist Blumberg ins Spiel gekommen?“, hakte Boysen nach.

Die Stadtplanerin schloss die Augen und klopfte sich in einem leichten, gleichmäßigen Rhythmus mit den Fingern gegen das Schlüsselbein. Jan kannte diese Übung, hatte sie selbst früher gemacht, wenn es darum ging, in Stresssituationen einen kühlen Kopf zu bewahren.

„Er klopfte eines Tages an meine Bürotür und sagte, dass er sich für das Hafengrundstück interessiere. Ich erzählte ihm, dass dieses Grundstück bereits so gut wie verkauft sei. Er sagte mir, dass ich ihm nichts Neues erzählen würde. Und er fragte nach dem Preis.“

„Ihrem Preis? Oder dem Preis für das Grundstück?" Jan beugte sich vor, Lieselotte Bauers Klopfen aufs Schlüsselbein stoppte.

„Wie bitte?"

„Wie viel hat er Ihnen geboten, damit Sie den Verkauf des Grundstücks an Sørensen im Eilverfahren stoppen?", wurde Jan genauer.

„Fünfhunderttausend Euro", flüsterte sie.

„Ui", pfiff Boysen und nickte. „Das ist eine schöne Stange Geld, die Sie natürlich abgelehnt haben. Denn Sie sind ja eine ehrenwerte Frau im Staatsdienst, oder?"

Lieselotte Bauer schluchzte, beugte sich zur Seite und holte ein Taschentuch aus der oberen Schublade ihres Rollcontainers unter dem Schreibtisch. „Ich wünschte, ich hätte es getan, aber ... es war so verlockend. Und ich habe noch nie so viel Geld besessen. Es war wie ein Traum, auch wenn ich weiß, dass ich es nicht hätte nehmen dürfen."

Jan zeigte sich von ihrer Geschichte unbeeindruckt. Er hatte nicht einmal Mitleid. Wer sich selbst in die Scheiße ritt, musste diese auch ausbaden.

„Aber sie haben doch schon viel Geld besessen. Ole Sørensen hat Ihnen doch auch etwas gezahlt."

Lieselotte Bauer sah auf. Die Tränen, die sie vorhin vorgegeben hatte zu weinen, waren längst getrocknet. Stattdessen funkelten ihre Augen.

„Sørensen hat nicht annähernd so viel bezahlt wie Blumberg. Sitzt selbst auf einem Haufen Geld wie Dagobert Duck und ist nicht bereit, für seinen Traum etwas auszugeben. Nachdem Blumberg bei mir war, habe ich Sørensen ein faires Angebot gemacht. Ich hab ihm erzählt, dass sich der Preis erhöht hat und dass er zahlen muss, wenn er noch im Rennen bleiben möchte. Aber er hat sich geweigert. Der Rest ist Geschichte."

„Ja, das war wirklich fair von Ihnen." Jan Christiansen schnaubte und klatschte zwei, drei Mal in die Hände. „Glauben Sie wirklich selbst, was Sie da sagen?"

„Ich wollte mich finanziell absichern. Wenn mir jemand Geld für eine Leistung, die ich erbringe, bietet, warum soll ich das Geld dann nicht annehmen? Bin ich deshalb ein schlechter Mensch?"

„Darüber werden andere urteilen, das steht mir nicht zu." Jan stand auf und trat seitlich neben den Stuhl von Lieselotte Bauer. Irritiert sah sie ihn an.

„Was wird das denn jetzt?"

„Frau Bauer, ich muss Sie bitten mitzukommen."

„Verhaften Sie mich jetzt, oder was?" Sie lachte hysterisch.

„Ja."

20.
En lustigen Tofall

Den Kopf frei bekommen und einfach für eine kurze Zeit mal an nichts denken. Am besten konnte Anni das bei einem ausgiebigen Spaziergang am Meer. Doch dieses Mal wollte ihr das einfach nicht gelingen. Eine knappe halbe Stunde marschierte sie nun schon, hatte Ostseebad und Wassersleben hinter sich gelassen und war jetzt drauf und dran, über die Schusterkate, einen der kleinsten und urigsten Grenzübergänge in der Region, nach Dänemark rüberzulaufen.

In der Mitte der schmalen Holzbrücke, die Dänemark und Deutschland miteinander verband, blieb sie stehen – mit einem Bein in Dänemark und dem anderen in Deutschland.

Sie seufzte und lehnte sich mit den Ellenbogen auf das Brückengeländer.

„Was für ein aufgeblasener Hansel", schimpfte sie leise, damit es niemand der vorbeigehenden Spaziergänger mitbekam. Das Gespräch mit Kommissar Christiansen spukte ihr immer noch im Kopf herum. Wie er sie angesehen hatte. Als hätte sie nicht mehr alle Tassen im Schrank. Wahrscheinlich dachte er das auch. „Was meint er eigentlich, wer er ist?"

Sie stampfte mit dem Fuß auf, sodass die Holzbohlen knarrten.

Dabei hatte sie es nur gut gemeint! Und als Dank hatte er sich über sie lustig gemacht. Zumindest hatte es sich für sie so angefühlt. *Blödmann!*

Sie stampfte ein weiteres Mal auf den Boden. Wieder knirschte und knarrte es unter ihrem Tritt, und dieses Mal spürte sie sogar leichte Schwingungen.

„Huch, was machen Sie denn da? Die ganze Brücke wackelt ja.“ Anni drehte sich um. Hinter ihr standen Helga und Edda, die beiden Golden Girls aus ihrer Stadtführung in der vergangenen Woche. Sie hatten sich untergehakt, wobei sich die zierliche Helga deutlich fester an Edda krallte.

„Nun reiß nicht so an mir herum, und bohr deine Fingernägel nicht so in meinen Arm. Das tut weh.“ Edda versuchte, sich aus den Fängen ihrer Freundin zu befreien. Es gelang ihr mit mäßigem Erfolg, aber immerhin so weit, dass Helga sich nun nicht mehr beiden Händen an sie, sondern mit der einen Hand auch an das Brückengeländer klammerte.

„Du meine Güte, diese Brücke ist alles andere als stabil“, jammerte Helga und hielt sich fest, als würde es gleich ein Erdbeben geben. Ehrlich, man konnte sich auch anstellen! Ganz abgesehen davon, dass die Brücke nicht sehr hoch war. Wenn man sich bückte und die Hand nach unten ausstreckte, konnte man sogar das Wasser berühren. Und außerordentlich tief war die Förde in diesem Bereich auch nicht. Wahrscheinlich konnte man sogar stehen, wenn man hineinfiel.

„Sie kommen mir bekannt vor." Edda hatte sich zu Anni gedreht und betrachtete sie kritisch mit zusammengekniffenen Augen, als könnte sie die junge Frau dadurch besser erkennen. „Schau doch mal, Helga." Sie drehte sich zu ihrer Freundin, die das Geländer immer noch fest umschlossen hielt, und zeigte auf Anni.

„Keine Ahnung", meinte Helga schmollend. „Können wir von dieser Brücke nicht einfach herunter?"

„Nun warte doch mal." Edda nutzte Helgas Moment der Verwirrung, ließ ihre Hand los und machte ein paar Schritte auf Anni zu.

Ein wenig kam sie sich vor wie ein Tier im Zoo, so sehr starrte Edda sie an. Nele hatte ihr einmal gesagt, dass es wissenschaftlich erwiesen war, dass Menschen im Alter ihre Hemmungen verlieren. Bislang hatte Anni das nicht so recht glauben wollen, aber jetzt, wo Edda sie so betrachtete …

„Sie haben recht, wir kennen uns", sagte Anni, um Edda zu erlösen. „Ich bin Anni." Sie lächelte, aber Edda schien auf dem Schlauch zu stehen und sah sie weiter mit einem großen Fragezeichen im Gesicht an. „Die Petuhtante."

Erst jetzt fiel der Groschen. „Ja, natürlich! Himmel, ich hab Sie kaum erkannt, jetzt wo Sie in Ihren Alltagsklamotten unterwegs sind." Sie begann herzlich zu lachen. „Helga, schau mal, die Petuhtante."

„Wer?" Helga sah auf und löste sich widerwillig vom Geländer. Dann bewegte sie sich vorsichtig auf Anni und Edda zu. „Ach ja, jetzt erkenne ich Sie. Wie schön." Sie reichte ihr strahlend die Hand und schüttelte sie kräftig. „Sie müssen entschuldigen, aber …" Helga scannte Annis Outfit.

„Sie müssen sich nicht entschuldigen. Sie sind nicht die Ersten, denen das passiert." Anni winkte ab. Es hatte durchaus seine Vorteile, verkleidet Stadtführungen zu machen. „Wie geht's Ihnen? Genießen Sie Ihren Urlaub?"

Helga nickte eifrig. „Ja, es ist herrlich hier oben. Die Luft ist so frisch, und mit dem Wetter haben wir auch Glück gehabt. Endlich ist es nicht mehr so schwül wie in der ersten Woche." Sie zwinkerte Anni zu. Wahrscheinlich waren Helga und Edda die ersten Touristen, die sie traf, die sich über Aprilwetter im Sommer freuten.

„Das freut mich. Wie lange bleiben Sie noch hier oben?"

„Heute ist unser letzter Tag. Morgen geht's mit der Bahn zurück nach Hause. Hoffentlich geht da alles gut." Edda stemmte die Hand in die Hüfte und seufzte. „Schon bei der Hinfahrt hat die Bahn vergessen, unser Gepäck, das wir aufgegeben hatten, abzuholen. Hoffentlich klappt es dieses Mal besser."

„Hoffentlich kommen wir ohne Verspätung und Zugausfälle durch", meinte Helga, und beide nickten einstimmig.

„Ach, das wird schon alles gut werden", versuchte Anni die beiden Golden Girls zu beruhigen.

„Aber geht's Ihnen denn gut? Sie sahen vorhin aus, als seien Sie furchtbar wütend auf etwas oder jemanden gewesen." Edda legte Anni die Hand auf den Arm.

„Edda, das geht uns nichts an", flüsterte Helga.

„Ach, schon gut. Ja, ich habe mich ziemlich über jemanden geärgert. Aber die Wut ist nun verflogen."

„Dann hat das Stampfen doch etwas genützt." Edda zwinkerte Anni über den Rand ihrer Sonnenbrille hinweg zu.

Anni nickte. In der Tat hatte sich ihre Wut in Luft aufgelöst, seit sie dieses Gespräch mit den Golden Girls führte. Da kam ihr eine Idee.

„Sagen Sie, bei der Stadtführung neulich, da haben Sie doch auch viele Fotos gemacht, oder?"

Edda und Helga sahen sich etwas verunsichert an, erwiderten aber nach einem kurzen Zögern: „Ja."

„Haben Sie auch Fotos im Neptunhof gemacht? Oder auf dem Weg dorthin?"

„War das dieser kleine entzückende Hof, den wir zuletzt besucht haben?"

„Ja, genau."

Edda holte ihr Mobiltelefon aus der Handtasche, entsperrte das Display und scrollte sich durch die Fotos, die sie in ihrem Urlaub gemacht hatte. „Hm, nicht sehr viele, da es ja auch so geregnet hat und schon ziemlich dunkel war."

Anni nickte. „Dürfte ich trotzdem mal sehen?" Sie wusste nicht, ob sie damit eine Grenze überschritt, und wollte Edda und Helga auf keinen Fall zu nahe treten, aber vielleicht hatten sie etwas fotografiert, was die Webcam nicht aufgenommen hatte. Einen Versuch war's wert.

„Ja, natürlich, wenn Sie mögen." Edda reichte ihr das Mobiltelefon. „Ich hab allerdings nur zwei Fotos gemacht."

Anni nahm das Handy und betrachtete die Fotos. Viel war wirklich nicht darauf zu erkennen, was auch daran lag, dass das Bild ziemlich verwackelt war. Vermutlich hatte Edda während der Aufnahme geschwankt.

„Sie sind leider ein wenig unscharf", entschuldigte sich Edda.

„Das liegt nur daran, dass diese unmögliche Frau dich angerempelt hat, als du die Aufnahme gemacht hast." Helga klang aufgebracht.

„Eine Frau hat Sie angerempelt?" Anni wurde hellhörig.

„Ja, stimmt, ich hatte es schon ganz vergessen. Sie und die anderen waren schon vorgegangen, und ich wollte noch den schönen Eingang zum Hof fotografieren, als ich auf einmal geschubst wurde. Just in dem Moment, in dem ich abgedrückt habe." Edda schüttelte den Kopf, als sie sich daran erinnerte.

„Und Sie sagen, das war eine Frau?"

Helga nickte.

„Sind Sie sicher?", hakte Anni noch einmal nach.

„Ja. Diese Frau vergesse ich bestimmt nicht. Ich habe mich noch gefragt, ob es erlaubt ist, mit einem Wagen in die Fußgängerzone zu fahren, als sich auch schon die Autotür öffnete und die Frau herausgelaufen kam. Wie eine Furie ist sie durch das Tor gestürmt und hat dabei Edda so sehr angerempelt, dass sie zur Seite geschubst worden ist."

Edda rieb sich den Arm, an dem sie die Frau getroffen hatte. „Ich hab sogar einen blauen Fleck an der Stelle, an der sie mich getroffen hat. Nicht mal entschuldigt hat sie sich, sondern sie ist einfach weitergelaufen."

„Wie wir dann auch, schließlich mussten wir die Gruppe wieder einholen."

Anni nickte. Sie erinnerte sich daran, dass Helga und Edda erst etwas später wieder zu ihnen gestoßen waren. Anni hatte schon befürchtet, die beiden wären nach Hause gegangen, ohne sich vorher zu verabschieden.

„Können Sie die Frau beschreiben?"

Edda schüttelte den Kopf. „Nein, es ging alles so schnell, und es war schon dunkel."

„Sie hatte eine Kapuze auf dem Kopf und trug einen dunklen Regenmantel."

„Ja, und sie hatte so einen bestimmten Gang, und ihre Absätze klackerten auf dem Steinpflaster."

„Stimmt." Helga lachte. „Wir haben uns noch gefragt, wie man auf so hohen Absätzen so schnell laufen kann."

„Hohe Absätze sagen Sie?"

Helga nickte, hob ihre Hand und zeigte mit Daumen und Zeigefinger die ungefähre Länge der Absätze an. „Bestimmt zehn Zentimeter."

„Das ist sehr hoch." Anni überlegte.

„Und sie hatte ein furchtbar schweres Parfüm aufgetragen, das einem selbst an der frischen Luft Kopfschmerzen bereitete. Offenbar hatte sie viel zu viel von dem Duft benutzt, denn er hing ihr noch eine ganze Weile nach." Edda wedelte sich mit der Hand vor der Nase herum.

„Ansonsten können wir uns leider an nichts erinnern." Helga lächelte entschuldigend, aber ihre Augen blitzten neugierig. „Wofür brauchen Sie denn diese ganzen Informationen?"

„Ach, nicht so wichtig." Anni winkte ab und versuchte, das alles herunterzuspielen. Auf keinen Fall wollte sie Edda und Helga dort mit reinziehen.

„Sie sehen aber nicht aus, als sei alles in Ordnung. Sie sind ganz blass um die Nase herum geworden, als wir die Sache mit dem Parfüm erwähnt haben." Edda schaute besorgt zu ihr herüber.

„Das liegt nur daran, dass ich schwere Parfüms nicht mag. Mir wird davon immer ein wenig übel."

„Das kann ich sehr gut verstehen. Mir geht's ganz ähnlich." Helga streichelte Anni sanft über den Rücken, als wolle sie sie aufmuntern.

Just in dem Moment, in dem Anni überlegte, wie sie sich am besten schnell von den beiden Golden Girls verabschieden konnte, klingelte ihr Handy. Sie nahm es aus der Hosentasche und sah aufs Display.

„Tut mir leid, ich muss da rangehen", sagte sie und zeigte auf das Handy in ihrer Hand. „War schön, Sie wiedergesehen zu haben. Kommen Sie gut nach Hause." Sie reichte Edda und Helga die Hand und lächelte.

„Auf Wiedersehen", sagten die beiden älteren Damen beinahe synchron und gingen weiter.

Anni drehte sich mit dem Rücken zum Wasser und nahm ab.

„Hej Mo."

„Moin Anni. Sorry, dass ich erst jetzt anrufe." Moritz' Stimme klang reuevoll.

„Schon gut. Bei dir ist bestimmt eine Menge los." Anni beschloss, sich nicht anmerken zu lassen, dass es sie gekränkt hatte, dass Moritz sich nach dem Leichenfund auf dem Brauereigelände nicht mehr bei ihr gemeldet hatte.

„Das kann man wohl sagen. Wir haben fast jeden Tag die Polizei bei uns in der Firma. Irgendwas wollen sie immer sehen: Videoaufnahmen, die Bücher, Vaters PC und Notebook ... Letzteres haben sie sogar mitgenommen." Jetzt klang er beinahe verzweifelt.

„Das tut mir leid."

„Muss es nicht. Die ermitteln ja nicht umsonst."

Anni nickte. „Wie geht's denn deinem Vater?"

Stille.

„Mo?" Hatte sie etwas Falsches gesagt?

„Ich weiß nicht. Manches Mal hab ich das Gefühl, er verschweigt mir etwas. Es gibt Momente, da sieht er mich so komisch an. Als ob er mir etwas sagen möchte und im letzten Moment dann aber doch einen Rückzieher macht."

„Vielleicht kehrt seine Erinnerung stückweise zurück, sodass es nur Bruchstücke sind, auf die er sich keinen Reim machen kann", überlegte Anni.

„Das hab ich auch schon gedacht. Aber warum sagt er das den Ärzten dann nicht? Warum behauptet er immer noch, er kann sich an nichts erinnern?"

„Wahrscheinlich möchte er sich erst sicher sein. Er führt im Moment doch bestimmt viele Gespräche mit der Polizei. Vielleicht weiß er nicht, ob er sich an die Dinge wirklich erinnern kann, weil er sie erlebt hat, oder ob es nur Dinge sind, die man ihm erzählt hat." Anni atmete tief ein und aus. Diese Ungewissheit musste schrecklich für Erik Jebsen sein. Und auch für Moritz und seine Mutter war es nicht leicht. „Weiß man schon, wann er entlassen wird?"

„Keine Ahnung. Körperlich fehlt ihm ja nichts. Sie überlegen daher, ihn in die Reha oder so zu schicken. Obwohl meine Mutter der Auffassung ist, dass er sich am besten zu Hause erholen wird."

Anni erinnerte sich, dass ihr Vater das auch immer behauptete. In seinen eigenen vier Wänden würde man am besten regenerieren können. Anni behauptete das Gegenteil: In ihrem Elternhaus würde sie auf Dauer wohl eher krank werden.

*

Anni lag nun schon seit bald zwei Stunden in ihrem Bett und konnte nicht schlafen. Das Telefonat mit Moritz und das Gespräch mit den beiden Golden Girls am Nachmittag hatten sie zu sehr aufgewühlt. Auch Hugo schien die Unruhe zu bemerken. Statt in seinem Körbchen zu liegen und zu schlafen, watschelte er schon seit einer Stunde ununterbrochen schnatternd durch die Wohnung.

Als es ihr zu bunt wurde, stand Anni auf, schlurfte ins Wohnzimmer und kuschelte sich mit ihrer flauschigen Wolldecke auf die Couch.

Die Person im Hof, die sie auf dem Video gesehen hatte, war eine Frau gewesen. Anni hatte daran keinen Zweifel mehr. Aber wer war es gewesen? Wen hatten Blumberg und Jebsen so spätabends noch getroffen? Mit wem waren sie freiwillig mitgegangen, bevor sie von der Bildfläche verschwanden? Gab es überhaupt einen Zusammenhang oder war alles nur reiner Zufall gewesen?

Das Gedankenkarussell in ihrem Kopf wollte einfach nicht stillstehen. Es drehte sich immer weiter, immer schneller.

Als ihr Herz in der Brust zu rasen begann, beschloss sie zu handeln. Sie beugte sich nach vorne, nahm den

Laptop vom Couchtisch, lehnte sich wieder zurück und öffnete ihn.

„Schwerer Duft … hohe Absätze", murmelte sie, rief die Internetseite der Flensburger Stadtverwaltung auf und betrachtete das Porträt von Lieselotte Bauer. Die Stadtplanerin sah sie breit grinsend an, die dicken Lippen knallrot geschminkt, die kurzen Haare adrett gegelt.

„Schweres Parfüm", wiederholte sie leise. Anni erinnerte sich daran, dass der Duft von Lieselotte Bauers Parfüm noch einige Minuten lang im Ratssaal gehangen hatte, obwohl sie längst gegangen war. War sie die Frau gewesen, die Edda angerempelt und mit Blumberg und Jebsen wenig später verschwunden war? Hatten die drei sich getroffen, um die Details des Hotelprojekts zu besprechen? Und war dann vielleicht etwas aus dem Ruder gelaufen? Vielleicht hatte Blumberg doch nicht zahlen wollen, und die Bauer hatte sich an ihm gerächt.

Aber war sie körperlich dazu überhaupt fähig? Lieselotte Bauer war eher zierlich, und doch hatte sie einen kräftigen Händedruck, vermutlich vom Krafttraining, denn wenn man sie genau ansah, hatte man unter ihrer Bluse Muskeln erkennen können.

Sie seufzte, verließ die Seite der Stadtverwaltung und surfte weiter durchs Internet, als ihre Zeitungs-App sich bei ihr meldete. Sie schloss den Laptop und zückte ihr Handy, dessen Display hell erleuchtet war.

Korruption im Rathaus:
Stadtplanerin Bauer festgenommen

Anni konnte kaum glauben, was dort auf dem Display stand. Sie öffnete die Push-Nachricht und gelangte binnen Sekunden auf den dazugehörigen Zeitungsartikel. Sie begann zu lesen:

Flensburg. Es geht um Korruption, zwei Bauprojekte, bekannte Geschäftsmänner und viel Geld. Die Stadt Flensburg muss sich mit einem der größten Skandale ihrer Geschichte befassen, nachdem Stadtplanerin Lieselotte Bauer am Nachmittag festgenommen wurde. Es besteht der Verdacht der Korruption, hieß es aus Ermittlerkreisen.

Doch was ist passiert?

Im Mittelpunkt der Ermittlungen stehen zwei Bauprojekte, von dem eines bereits der Öffentlichkeit bekannt ist: die Luxusimmobilien des dänischen Architekten Ole Sørensen. Ein anderes, weitaus weniger bekanntes Projekt ist ein angebliches Bauvorhaben des verstorbenen Geschäftsmannes Michael Blumberg und des Brauereibesitzers Erik Jebsen.

Beide Bauvorhaben waren für ein und dasselbe Grundstück vorgesehen, das ebenfalls kein unbekanntes in der Flensburger Öffentlichkeit ist: Es geht um das seit Jahren brachliegende Grundstück am Hafen.

„Wir können im Moment aus ermittlungstechnischen Gründen nur so viel sagen, dass Lieselotte Bauer unter Korruptionsverdacht steht. In einer Befragung der Stadtplanerin hat sich dieser Anfangsverdacht erhärtet, sodass wir uns gezwungen sahen, sie festzusetzen. Zumal Fluchtgefahr nicht ausgeschlossen werden kann", sagte Kommissar Jan Christiansen in einem ersten Statement gegenüber der Presse.

Wie hoch die Summen sind, die geflossen sind, dazu machte Christiansen keine Angaben. Es dürfte sich aber um viel Geld handeln.

Ebenfalls keine Angaben machte die Polizei dazu, ob der Korruptionsfall im Zusammenhang mit dem zwischenzeitlichen Verschwinden von Erik Jebsen und dem Tod von Michael Blumberg steht. Nur so viel ließ die Polizei am Rande verlauten: Im Fall Blumberg schließe man einen Unfall aus. Die Ermittlungen laufen derzeit zu Totschlag.

Also doch! In Anni machte sich ein Gefühl der Genugtuung breit, das sie so noch nicht kannte. Es war unbeschreiblich, irgendwie fantastisch und vollkommen surreal.

Sie lehnte sich weiter zurück in die weichen Kissen des Sofas und konnte sich ein Grinsen nicht verkneifen.

Hatte ihr Tipp tatsächlich dazu geführt, dass der größte Korruptionsskandal in der Geschichte der Flensburger Stadtverwaltung aufgedeckt werden konnte?

Wäre es nicht so spät gewesen, hätte sie glatt mit einem Sekt darauf angestoßen. Aber angesichts der Tatsache, dass es mitten in der Nacht war und sie mit einem Glas Sekt intus garantiert nicht mehr schlafen konnte, beließ sie es dabei. Sie war so schon aufgedreht genug.

Trotzdem checkte sie die Uhr auf ihrem Handy. Es war Viertel vor zwei. Ob sie es riskieren und Nele anrufen sollte? Wenn jemand um diese Zeit noch wach war, dann sie. Es kam nicht selten vor, dass sie sich die Nächte mit dem Abhören des Polizeifunks um die Ohren schlug, in der Hoffnung auf den perfekten Fotoeinsatz.

Sie strich ein paar Mal mit dem Daumen über das Display ihres Mobiltelefons.

„Soll ich? Soll ich nicht?"

Schließlich entschied sie sich dafür, Nele eine Nachricht zu schicken.

Es dauerte keine Minute, da klingelte ihr Handy.

„Ist ja nicht dein Ernst. Da ist ja Wahnsinn!" Auf dem Display hüpfte Nele auf und ab und schien noch aufgeregter zu sein als Anni selbst. Sie erkannte schemenhaft die Umrisse des Tiny Houses, und ein paar Mal berührte Nele beim Hüpfen mit ihrem Kopf die Pendelleuchte, die schräg über der winzigen Essecke von der Decke hing.

„Ich war auch ganz aus dem Häuschen, als ich es gelesen habe." Anni jubelte ebenfalls, obgleich sie darauf verzichtete, in die Luft zu springen.

„Und dabei warst du so niedergeschlagen nach dem Gespräch mit diesem aufgeblasenen Polizisten." Nele ließ das Hüpfen sein und setzte sich auf den Tisch der Essecke. „Aber irgendwie scheint er sich das, was du ihm gesagt hast, dann doch zu Herzen genommen haben."

„Wahrscheinlich fühlte er sich in seinem Ego gekränkt und musste der Sache daher auf der Stelle auf den Grund gehen." Anni lachte bei dem Gedanken daran, dass Jan Christiansen sich sicher wahnsinnig darüber ärgerte, dass der entscheidende Tipp zu diesem riesigen Skandal ausgerechnet von der Frau kam, die er für vollkommen bescheuert hielt.

„Wie auch immer. Er sollte sich bei dir für den Tipp bedanken. Immerhin steht sein Name jetzt in allen Zeitungen. Er ist derjenige, der den Fall ans Licht gebracht hat. Du wirst hingegen gar nicht erwähnt." Nele nippte an einem Wasserglas. „Das ist ungerecht."

„Ich kann damit sehr gut leben. Mich drängt es nicht ins Rampenlicht, schon vergessen?" Sie gähnte und streckte sich in alle Richtungen.

Hugo kam schnatternd ins Wohnzimmer, hüpfte auf das Sofa und setzte sich zu ihr auf den Schoß. Sie streichelte ihm sanft über das blau, grau und grün glänzende Gefieder, während er sich einkuschelte und schließlich einschlief.

„Du, ich glaube, ich bin da noch auf etwas gestoßen", sagte sie schließlich.

„Du machst Witze."

Anni schüttelte den Kopf. „Ich glaube, Lieselotte Bauer ist die Frau in dem Video gewesen. Du weißt doch, die dritte Person, die wir nicht erkennen konnten."

Nele verschluckte sich an ihrem Wasser und hustete einige Male kräftig. „Wie kommst du darauf?"

Anni erzählte ihr von der Begegnung mit den beiden Golden Girls und Eddas Zusammenstoß mit dieser mysteriösen Frau.

„Die Beschreibung der beiden passt haargenau auf Lieselotte Bauer. Sie trägt High Heels, ihr Parfüm stinkt zum Himmel, und …"

„... und sie ist eine Frau. Wie soll sie sich denn gegen zwei Männer behaupten?", fiel Nele ihr ins Wort. „Und was hätte sie für ein Motiv, Blumberg und Jebsen zu entführen und Blumberg sogar zu töten? Sie hat doch alles bekommen, was sie wollte."

„Und wenn nicht? Wenn sie die Zahlung nicht erhalten oder Blumberg einen Rückzieher gemacht hat? Es wäre nicht das erste Mal, dass jemandem aus Wut die Nerven durchgehen und es Tote gibt."

„Puh ... der Fall ist ganz schön heikel." Nele stellte ihr Wasserglas auf den Tisch und verschwand einen kurzen Augenblick aus dem Display.

„Bist du noch da?" Irrsinnigerweise schaute Anni um das Handy in ihrer Hand herum, als habe sich Nele dahinter versteckt.

„Ja." Nele tauchte wieder auf, in ihrer Hand hielt sie ihre Funkausrüstung.

„Was hast du vor?"

„Ich komme jetzt zu dir. Lass uns zusammen ein wenig horchen, und vielleicht finden wir dann etwas mehr heraus."

„Jetzt? Es ist mitten in der Nacht."

„Und?" Nele zuckte mit den Achseln. „Musst du morgen früh etwa arbeiten?"

Anni schüttelte den Kopf. „Nein, aber ..." Sie überlegte kurz, wusste aber, dass bei Neles entschlossenem Blick jeder Widerspruch zwecklos war. „Gut, ich kann eh nicht schlafen."

„Super. Bis gleich." Nele legte auf, das Display wurde wieder schwarz.

Anni seufzte und umfasste Hugo behutsam. Vorsichtig hob sie ihn hoch, stand auf und setzt den kleinen Erpel in seinen Korb.

In der Küche schaltete Anni das Licht an, stellte zwei Gläser auf den Tisch und öffnete den Kühlschrank.

„Sieht aus, als würdest du heute Nacht doch noch geköpft werden", sagte sie zu der Sektflasche im Getränkefach, nahm sie heraus und öffnete sie.

21.
Se kann't nich laten

Der Wind wehte ihm heftig ins Gesicht, als Jan Christiansen vor dem Polizeirevier aus dem Auto stieg. Er fühlte sich gut, ausgeruht und absolut bereit dazu, den Tag anzupacken. Zum ersten Mal seit Tagen hatte er vergangene Nacht gut geschlafen. Zwar war er erst spät ins Bett gekommen, doch dann hatte er sieben Stunden am Stück durchgeratzt. Er konnte sich nicht erinnern, wann dies zuletzt der Fall gewesen war.

Voller Tatendrang öffnete er die Eingangstür des Reviers, grüßte die Kollegen und sprintete die Stufen zu seinem Büro hinauf. Als er oben ankam, war er minimal außer Atem. Das Training der vergangenen Wochen machte sich bereits bemerkbar. Er konnte zufrieden sein. Und zwar nicht nur mit seiner zurückgekehrten Kondition, sondern auch mit seiner Arbeit.

Boysen und er hatten den größten Korruptionsskandal der Flensburger Stadtgeschichte aufgedeckt. Es war sein erster großer Fall, den er in dieser Stadt und der neuen Umgebung gelöst hatte. Das fühlte sich unglaublich gut an.

Einziger Wermutstropfen war: Er war nicht selbst dafür verantwortlich, dass die Korruption ans Licht gekommen war. Weder er noch Boysen waren dem Verbrechen auf die Spur gekommen, ja, sie hatten nicht im Entferntesten eine Ahnung davon gehabt und wären wohl auch nie darüber gestolpert, hätte diese Stadtführerin nicht eigenhändig herumgeschnüffelt.

Nie im Leben hätte er geglaubt, dass an ihrer Geschichte etwas dran war. Und er hätte bestimmt auch nicht in diese Richtung ermittelt, hätte Boysen nicht darauf bestanden. Zurück blieb die Erkenntnis, dass ihn seine Menschenkenntnis zum ersten Mal seit Langem im Stich gelassen hatte.

Und jetzt musste er der Stadtführerin auch noch dankbar sein, was ihn, zugegeben, wurmte.

In der Kaffeeküche holte er sich eine Tasse Kaffee und ließ sich von den Kollegen Hermann und Stevens auf die Schulter klopfen und beglückwünschen. Sein schlechtes Gewissen gegenüber der Stadtführerin verschwand. Wer war schon Anni Gade?

Im Gehen trank er einen Schluck Kaffee, fühlte sich beflügelt vom Koffein und hüpfte beinahe die letzten Meter bis zu seinem Büro, als ihn eine Frauenstimme innehalten ließ. Was zum Teufel?

„Ah, da bist du ja. Moin." Boysen begrüßte ihn überschwänglich, als er seinen Kopf durch die offen stehende Tür steckte. „Wir haben Besuch." Er zeigte auf die rothaarige Frau vor ihm auf dem Schreibtischstuhl, die sich augenblicklich zu ihm umdrehte.

„Moin, Herr Kommissar." Anni Gade grüßte freundlich, wenn auch nicht halb so euphorisch, wie Boysen es gerade getan hatte. Ihren Arm hatte sie lässig über die Rückenlehne des Stuhls gelegt, die Beine übereinandergeschlagen.

„Moin", antwortete er knapp und trat ein. Er ging auf die andere Seite des Schreibtischs, zu seinem Lieblingsplatz an der Fensterbank, spürte die Sonne im Rücken und stellte den Kaffeebecher auf den Fenstersims. „Was machen Sie hier?"

Bevor Anni Gade etwas antworten konnte, übernahm Boysen das Reden. „Sie hat eine Entdeckung gemacht."

„Noch eine?", murmelte Jan und hob eine Augenbraue. Langsam wurde sie wirklich lästig.

„Ja, noch eine. Sie ist wirklich Gold wert." Boysen lachte und klatschte sich auf den Oberschenkel. „Haben Sie schon mal überlegt, zur Polizei zu gehen?"

Bei Boysens Bemerkung verschluckte sich Jan an seinem Kaffee. Er streckte sich nach vorne und konnte so gerade noch verhindern, dass er sein weißes Leinenhemd bekleckerte. „Mist!", schimpfte er.

Anni lachte, als könnte sie ihm ansehen, dass er von der Idee nicht begeistert war. War seine Reaktion so offensichtlich gewesen?

„Keine Angst, Herr Christiansen, den Job als Polizistin kann ich mir nicht vorstellen."

„Dann bin ich ja beruhigt", entfuhr es ihm, und er bereute es nicht mal, es gesagt zu haben.

Sie erwiderte nichts, sondern widmete sich wieder dem Gespräch, das sie und Boysen geführt hatten.

„Meinen Sie, sie könnte auch dort ihre Finger mit im Spiel haben?", fragte sie und würdigte ihn keines Blickes. Als wäre er Luft. Was ihm ganz recht war.

„Darf ich fragen, worüber hier gesprochen wird?“, fragte er dennoch. Schließlich war es sein Fall, und er wollte wissen, wenn es diesbezüglich Neuigkeiten gab.

Boysen nickte. „Frau Gade hat herausgefunden, dass die dritte Person, die man in dem Video sieht, eine Frau war.“

Er sah Anni an und legte den Kopf schräg. „Und wie haben Sie das nun wieder angestellt?“ Wieso konnte sie nicht einfach das machen, worum er sie gebeten hatte, nämlich sich aus dem Fall raushalten?

„Das war rein zufällig. Ich schwöre, ich habe nicht eigenständig ermittelt oder so.“ Sie hob die eine Hand in die Höhe, als müsse sie vor Gericht einen Eid ablegen.

„Hm“, grummelte er.

Boysen rollte mit den Augen. „Erzählen Sie nur, meine Liebe. Achten Sie gar nicht auf ihn.“ Er zeigte mit dem Kopf in Jans Richtung und winkte ab.

Wieder lachte Anni, wenn auch nicht mehr ganz so laut, sondern eher verlegen. Vielleicht schüchterte er sie ein?

„Ich war an der Schusterkate und habe zufällig zwei ältere Damen getroffen, die an besagtem Abend mit mir in dem Hof zur Stadtführung waren.“

Sie erzählte und erzählte und das teilweise in einer solchen Geschwindigkeit, dass er Schwierigkeiten hatte, ihr zu folgen. Immer wieder sprang sie zwischen den Inhalten hin und her, und es dauerte eine gefühlte Ewigkeit, bis sie endlich auf den Punkt kam.

„Kurzum: Die Person auf dem Video war eine Frau“, beendete sie schließlich ihren minutenlangen Monolog.

Boysen strahlte ein weiteres Mal über das ganze Gesicht und schien ganz und gar angetan von Anni Gade zu sein.

Jan räusperte sich. „Und wer soll diese Frau sein? Haben das Ihre Golden Girls auch verraten?"

„Nein, aber ich habe eine Vermutung. Und wie Sie wissen, liege ich mit meinen Vermutungen meist richtig." Sie zwinkerte ihm provokant zu. Wenn sie wüsste, auf welch dünnem Eis sie sich gerade bewegte.

„Jetzt machen Sie es aber spannend." Die Ironie in seiner Stimme war nicht zu überhören. Er nahm seinen Becher und trank daraus.

„Lieselotte Bauer."

Er verschluckte sich ein weiteres Mal an seinem Kaffee. Hatte sie das eben wirklich gesagt?

„Bitte?", fragte er leicht röchelnd.

„Die Stadtplanerin. Sie könnte es gewesen sein, denn sie entspricht genau der Frau, die Edda und Helga beschrieben haben. Hohe Schuhe, schweres Parfüm."

„Es gibt viele Frauen, die sich ihre Füße durch viel zu hohe Schuhe kaputtmachen. Fragen Sie mal einen Orthopäden danach. Der könnte Ihnen Geschichten erzählen, sage ich Ihnen." Jan griff zum Taschentuch und wischte sich die Spritzer Kaffee von der Hand.

„Und das Parfüm?"

„Ich möchte jetzt keine Vorurteile verbreiten, daher sage ich dazu nichts, aber glauben Sie mir, es gibt auch eine Menge Frauen, die mit der richtigen Dosierung von Parfüm nicht umgehen können." Er verzog den Mund zu einem Grinsen, das sie erwiderte.

„Es gibt übrigens Männer, die das gleiche Problem haben." Ihr Blick wanderte von ihm zu Boysen und wieder zurück zu ihm und war dabei so stechend, dass er unwillkürlich anfing zu schnüffeln. Meinte sie etwa ihn? Hatte er in seiner Euphorie heute Morgen zu dick aufgetragen?

Ihm missfiel, dass Anni ihn mit einer gewissen Genugtuung in der Mimik dabei beobachtete.

„Was sagst du zu der Theorie?" Boysen, der ebenfalls kurz an sich gerochen hatte, ergriff das Wort. „Da könnte was dran sein."

Er zuckte mit den Achseln. „Ich denke, das sollten wir nicht vor ihr besprechen." Er deutete mit dem Kopf in Annis Richtung. Es gab Dinge, die gingen sie wirklich nichts an. Und alles, was die Ermittlungen betraf, zählte eindeutig dazu.

Boysen nickte, als erinnerte er sich ebenfalls daran.

„Danke, Frau Gade, wir werden Ihrem Hinweis nachgehen", sagte er ein wenig zu förmlich für Jans Geschmack. Er wusste genau, dass er es nur tat, um ihm eins auszuwischen.

„Okay." Anni verstand ebenfalls, fuhr sich mit der Zunge über die Lippen und stand auf. Sie nahm ihren Rucksack – ob sie darin wohl wieder ihr Kostüm versteckt hatte? – und verabschiedete sich.

„Machen Sie es gut, und scheuen Sie sich nicht, uns weitere Hinweise zu geben, sollten Sie zufällig mal wieder darüber stolpern. Sie sind hier herzlich willkommen. *Jederzeit.*" Boysen sah provozierend zu Jan herüber, doch den kümmerte das nicht. Er wusste, dass er nichts falsch machte, sondern genau nach Vorschrift handelte. Die Besprechung von Ermittlungsergebnissen hatte vor Zeugen nichts zu suchen. *Basta!*

„Welche Laus ist dir denn über die Leber gelaufen?“, fragte Boysen, nachdem Anni verschwunden war. „Was hast du nur gegen dieses Mädchen? Sie ist doch sehr nett, und ihre Tipps haben uns weitergebracht.“

„Sie mischt sich in Dinge ein, die sie nichts angehen“, sagte Jan knapp. Er löste sich von der Fensterbank und ging in die Mitte des Büros. „Was gibt's Neues von der Bauer?“

„Nichts. Wir sollten sie nach einem Alibi fragen, was meinst du?“

Er nickte nachdenklich. „Ja, wir sollten sie noch einmal befragen. Allerdings glaube ich nicht, dass sie die Frau ist, die wir suchen. Ich denke, wir müssen in eine ganz andere Richtung ermitteln. Und ich hab da auch schon eine Idee.“ Er gab der Tür mit dem Fuß einen Stoß, sodass sie krachend ins Schloss fiel. Er war sich nicht sicher, ob Anni Gade vorhin auch wirklich in den Lift gestiegen war. Zumindest hatte er das charakteristische Quietschen des Lifts nicht gehört. Aber sie konnte natürlich auch die Treppe genommen haben.

Auf jeden Fall wollte er nicht, dass sie mitbekam, was er zu sagen hatte.

*

Lieselotte Bauer sah aus, als habe sie die Nacht in einem Wellnesshotel und nicht in einer Zelle verbracht. Ihre kurzen blonden Haare waren gegelt, die Lippen weiterhin knallrot geschminkt, und unter ihren Augen war kein einziger Schatten zu erkennen.

Entweder musste sie gute Gene haben oder …

„Permanent Make-up", sagte sie, als könne sie seine Gedanken lesen. Hatte er so offensichtlich gestarrt, als er den Verhörraum betreten hatte? „Tinas kleines Kosmetikstübchen. Ich kann's nur empfehlen, sollten Sie Ihrer Frau ein Geschenk machen wollen."

Sein Blick wanderte hinüber zu ihrem Anwalt, der jedoch nur mit den Schultern zuckte. „Ich hab keine Frau", sagte er und setzte sich. Ihm war nicht entgangen, dass Lieselotte Bauer zuvor auf seine Hand geschaut hatte, auf der sich immer noch der blasse Abdruck seines Eherings befand.

„Geschieden?"

Er nickte knapp. „Genug mit dem Smalltalk. Kommen wir zur Sache." Er beugte sich vor und schaltete das Aufnahmegerät an. „Verhör Lieselotte Bauer, 23. August", sagte er ins Mikrofon, während Boysen den Raum betrat und sich neben ihn setzte. „Anwesende Ermittler Jan Christiansen und Hannes Boysen."

Er ließ den Knopf der Aufnahme los und faltete die Hände auf dem Tisch. „Frau Bauer, erzählen Sie uns bitte, in welchem Verhältnis Sie und Michael Blumberg standen."

Die Stadtplanerin sah ihn fragend an. Hatte sie ihn nicht verstanden?

„In welchem Verhältnis?" Sie lachte. „Nun, er wollte ein Grundstück von der Stadt kaufen und hat mich gebeten, ihn bei seinem Projekt zu unterstützen. Ich weiß nicht, als was würden Sie es bezeichnen? Geschäftspartner?" Sie lehnte sich zurück, drehte sich seitlich und legte die eine Hand über die Stuhllehne.

„Geschäftspartner“, wiederholte Jan und machte sich Notizen. „Haben Sie sich auch privat getroffen?“

„Worauf wollen Sie hinaus?“, zischte Lieselotte Bauer.

„Ich möchte wissen, ob Sie und Michael Blumberg sich auch außerhalb des Rathauses zu Gesprächen getroffen haben“, fragte Jan ausführlicher.

Die Antwort kam prompt. „Nein. Wir haben lediglich in meinem Büro im Rathaus miteinander zu tun gehabt.“

„Es ist also ausgeschlossen, dass Sie und Michael Blumberg sich zum Beispiel in einem Restaurant oder in einer Bar getroffen haben?“

Lieselotte Bauer nickte. „Ja, das ist ausgeschlossen.“

„Wo waren Sie in der Nacht vom 10. auf den 11. August?“

Als würde sie ihren Kalender im Kopf durchgehen, wippte Lieselotte Bauer mit ihrem Kopf leicht auf und ab. „Das ist leicht. Zu dem Zeitpunkt war ich auf Mallorca – oder, nein, Barcelona muss es gewesen sein. Mein Mann und ich haben eine Kreuzfahrt gemacht. Einmal quer durchs Mittelmeer. Das hatten wir uns nach der anstrengenden ersten Jahreshälfte verdient.“

„Wir werden das prüfen.“ Boysen stand auf und verließ den Raum.

„Machen Sie das nur. Ich habe mit dem Tod von Michael Blumberg nichts zu tun. Genauso wenig wie mit dem Verschwinden von Erik Jebsen. Welchen Nutzen hätte ich davon gehabt? Blumberg hat mir das Geld gezahlt, ich war glücklich, Sørensen hatte sich damit abgefunden, dass er verloren hat. Welchen Grund hätte ich gehabt, ihn zu töten?“

„Sagen Sie es mir“, Jan sah auf die Uhr. Hoffentlich ging die Überprüfung ihres Alibis schnell.

„Ich bitte Sie, das ist lächerlich, und Sie wissen das. Dort draußen läuft irgendwo ein Mörder herum, und Sie verschwenden hier Ihre Zeit mit mir?“ Sie gähnte provokant und räkelte sich auf ihrem Stuhl.

„Wir müssen jede Möglichkeit in Betracht ziehen – und gegebenenfalls ausschließen.“

„Ich verstehe das ja.“ Sie lehnte sich nach vorne und legte ihre zierlichen Hände auf den Tisch. „Ich weiß, dass ich Mist gebaut habe. Und ich weiß auch, dass Korruption kein Kavaliersdelikt ist. Aber, kommen Sie … Mord? Sehen Sie sich meine Hände an. Glauben Sie wirklich, diese Hände könnten jemanden töten?“ Sie sah ihn an, die Selbstsicherheit war aus ihrem Blick gewichen.

„Glauben Sie mir, Frau Bauer, ich habe schon ganz andere Hände gesehen, die zu viel Schlimmerem fähig waren. Es sind nicht die Hände, die einen Menschen zum Mörder machen. Es ist der Geist.“ Er klopfte sich mit dem Zeigefinger gegen die Stirn, um seine Worte mit dieser Geste zu untermauern.

Boysen kehrte zurück und reichte Jan einen Zettel. Er las ihn flüchtig durch, der Inhalt war keine Überraschung. Lieselotte Bauer war zum Zeitpunkt des Mordes auf Kreuzfahrt im Mittelmeer gewesen. Irrtum ausgeschlossen.

22.
Nur nich Dummtüch schnacken

„Hab ich doch gesagt, dass Lieselotte Bauer mit dem Mord an Blumberg und dem Verschwinden von Jebsen nichts zu tun hat.“ Zugegeben, selbst in seinen Ohren klangen seine Worte ein wenig zu selbstgefällig, aber was sollte er machen? Es war ihm nun mal wichtig zu betonen, dass es nicht seine Idee gewesen war, die korrupte Stadtplanerin dazu zu befragen. Das ganze Verhör war lächerlich gewesen, und auch Boysen wusste das. Aber vielleicht war ihm das eine Lehre, und er gab künftig den Vermutungen von selbsternannten Hobbyermittlern nicht allzu viel Gewicht.

„Ja ja, schon gut.“ Boysen rollte mit den Augen und stöhnte, während er seinen massigen Körper zurück ins Auto wuchtete. Der Passat ächzte unter seinem Gewicht und ging in die Knie. Sein Kollege sollte dringend etwas für seine Fitness tun. „Ich fand die Vermutungen von Frau Gade nur logisch. Es hätte durchaus sein können, dass die Bauer auch dort ihre Finger mit im Spiel hatte“, versuchte sich Boysen zu rechtfertigen. „Warum warst du so sicher, dass sie nicht diejenige ist, die wir suchen?“

Jan zuckte mit den Achseln. Er konnte jetzt sagen, dass er über eine gute Menschenkenntnis verfügte, was er durchaus tat, aber in diesem Fall war es nicht ausschlaggebend dafür gewesen. Vielmehr waren es die schlichten Fakten, die gegen Lieselotte Bauer gesprochen hatten.

„Das fehlende Motiv zum Beispiel. Was hätte es ihr gebracht, Blumberg aus dem Weg zu räumen, Jebsen aber am Leben zu lassen?“ Er sah zu Boysen herüber, der den Wagen startete und auf die Straße lenkte.

„Weil Jebsen nur ein kleiner Fisch ist?“

„Außerdem hat Blumberg die Bauer geschmiert. Er hat gezahlt, sie hat davon profitiert. Es hätte alles einfach keinen Sinn gemacht.“

Sie fuhren den holprigen Südergraben hinunter, dessen Kopfsteinpflaster an vielen Stellen tiefe Löcher aufwies und nur notdürftig geflickt worden war. Darum sollte sich die Stadtverwaltung mal kümmern, dachte er, während er aufpassen musste, bei dem Schaukeln nicht mit dem Kopf an die Wagendecke zu knallen.

„Und jetzt?“ Boysen hielt länger als nötig an einem Stoppschild und sah zu ihm herüber. „Fangen wir wieder von vorne an?“

„Oder wir statten Frau Jebsen einen weiteren Besuch ab.“ Er hob eine Augenbraue. „Vielleicht sollten wir ihr nochmal auf den Zahn fühlen.“

Boysen runzelte die Stirn. „Wenn du meinst, dass das einen Sinn ergibt ...“ Er drückte das Gaspedal durch und lenkte den Wagen nach links.

„Wir werden sehen.“

Manuela Jebsen war noch blasser als bei ihrem letzten Besuch. Sie wirkte zerbrechlich, und ihre Haut war beinahe durchsichtig. Wenn man sie so sah, konnte man sich ernstlich Sorgen um sie machen.

„Moin." Jan grüßte freundlich, als sie die Tür öffnete, und zeigte seinen Ausweis, so wie er es immer machte, wenn er sich zu einer Befragung einlud. Es war reine Gewohnheit. „Wir haben noch ein paar Fragen an Sie."

Manuela Jebsen nickte wortlos und trat zur Seite, um die beiden Kommissare eintreten zu lassen. Boysen und er schoben sich in den Flur und warteten, bis Frau Jebsen die Tür geschlossen hatte. Dann folgten sie ihr durch den Flur ins lichtdurchflutete Wohnzimmer.

„Setzen Sie sich doch." Sie deutete auf die Sofagarnitur und nahm selbst in einem der beiden Sessel Platz.

„Wie geht es Ihnen?" Boysen sah besorgt aus. Auf seiner Stirn zeichneten sich dicke, tiefe Falten ab, und seine Mundwinkel hingen herab. Der für ihn so charakteristische sarkastische Klang seiner Stimme war verschwunden. Stattdessen klang er … ja, mitfühlend. Diese Seite hätte er ihm gar nicht zugetraut.

Manuela Jebsen zuckte mit den Achseln. Ihre Lippen waren nur ein schmaler Strich. „Es ist, als würde ich in einer Schneekugel sitzen und der Welt von dort zuschauen. Ich nehme alles nur noch gedämpft wahr, als sei um mich herum nichts als Watte. Es ist alles so surreal. Jeden Morgen stehe ich auf und frage mich: Ist das wirklich passiert?" Sie hob ihren Kopf und sah in Richtung der Kommissare, doch ihr Blick war leer, beinahe so, als würde er durch sie hindurchgehen.

„Verständlich. Das alles muss ein großer Schock für dich und Moritz sein." Wieder war es Boysen, der das Wort ergriff. Jan entschied, sich vorerst nicht einzumischen. Er fühlte sich sehr wohl in der Rolle des Beobachters, so blieb ihm mehr Zeit, sich ein Bild von allem zu machen und die Dinge zu analysieren.

„Moritz hält sich wacker, auch wenn er zu viel arbeitet, um sich abzulenken. Es ist seine Art, mit dem Schmerz und dem Schock, der unsere Familie und die Firma getroffen hat, umzugehen. Bloß nicht stehen bleiben und nachdenken." Sie hielt sich tapfer, zwang sich zu einem Lächeln. Und als sie von ihrem Sohn erzählte, mischte sich ein Hauch Stolz in ihre Stimme.

„Und Erik?"

„Tz … Erik." Sie stand auf und stellte sich an die bodentiefen Fenster, die den Blick zur Terrasse und dem großen, parkähnlichen Garten freigaben. Gedankenversunken strich sie sich mit der Hand über die nackten Oberarme. „Er kann sich weiterhin an nichts erinnern", sagte sie schließlich mit bitterer Stimme, ohne sich zu den beiden Männern umzudrehen.

„Glaubst du ihm?"

Es war die alles entscheidende Frage, die Boysen stellte. Und er stellte sie so beiläufig, als würde er nach dem Wetter fragen. Jan zog den Hut davor. Offenbar hatte er seinen Kollegen in manchen Belangen bislang unterschätzt.

„Habe ich eine Wahl?" Manuela Jebsen drehte sich um. Der Zweifel in ihren Worten war nicht zu überhören und ließ Jan hellhörig werden.

„Man hat immer eine Wahl." Boysen lehnte sich vor und nahm ein Karamellbonbon aus der Schale vor sich auf dem Couchtisch. Als hätte er alle Zeit der Welt, packte er das Bonbon aus und steckte es sich in den Mund. „Die habe ich schon als Kind geliebt." Er schloss die Augen und ließ sich das Bonbon auf der Zunge zergehen.

Manuela Jebsen lächelte und drehte sich wieder mit dem Gesicht zum Garten. Zu blöd, dass er jetzt ihr Gesicht nicht sehen konnte. Er konnte es lediglich schemenhaft durch die Spiegelung in der Fensterscheibe sehen.

„Seit zwei Wochen kann ich nachts kaum noch schlafen. Stundenlang liege ich wach und frage mich, was geschehen ist und wie es so weit kommen konnte. In meinem Kopf hört es einfach nicht auf zu rattern. Eine Frage jagt die nächste: Was hat er angestellt? Wurde Erik verschleppt? Warum wurde er freigelassen? Warum musste Michael Blumberg sterben? Warum bei uns im Getreidespeicher?" Sie stoppte und holte tief Luft, um sie kurz darauf lange und hektisch wieder aus ihren Lungen zu entlassen. „Doch das Schlimmste ist, dass ich nicht weiß, ob er sich diese Fragen auch stellt."

Boysen kniff die Augen zusammen, wandte den Blick von ihr ab und sah zu Jan herüber. Wortlos gestikulierte er ihm, ob er die Befragung übernehmen wollte. Jan schüttelte den Kopf.

Boysen nickte kaum merklich. „Wie meinst du das?"

„Ich bin jeden Tag bei Erik im Krankenhaus. Und er sitzt einfach nur da, sieht durch mich hindurch und macht Smalltalk. Es ist, als wolle er einfach zur Tagesordnung übergehen. Als habe er sich damit abgefunden, dass er sein Gedächtnis verloren hat." Sie drehte sich zu ihnen um. Ihre Augen waren gerötet. „Doch müsste es nicht genau andersherum sein? Müsste er nicht jeden Tag, jede Stunde, jede Minute hinterfragen, was passiert ist? Wie er ins Krankenhaus gekommen ist? Wer er ist?" Sie ging zum Bücherregal hinüber und drückte auf einen goldenen Knopf, sodass sich ein Teil der Wand öffnete und eine Minibar zum Vorschein kam. Sie nahm eine Flasche Cognac heraus, schenkte sich ein und dehnte ihre Nackenmuskeln. Dann nippte sie an dem Glas und schloss die Augen. „Der Erik, den ich gekannt habe, würde wahnsinnig werden. Es ging ihm immer darum, die Kontrolle zu haben. Er gab die Richtung vor, in die wir gingen. Er machte die Ansagen, was wir als Nächstes tun würden. Er hatte die Zügel in der Hand. Erik konnte ja nicht mal Taxi oder Bus fahren, weil er dann nicht selbst am Steuer sitzen konnte und darauf angewiesen war, sich irgendwo hinfahren zu lassen. Und dieser Mann soll nun einfach so akzeptiert haben, dass sein ganzes Leben aus seinem Gedächtnis gelöscht wurde?" Ihr Blick wanderte von Boysen zu Jan und wieder zurück. Sie nahm einen weiteren Schluck vom Cognac und drehte das Glas zwischen Daumen und Zeigefinger gegen das Licht. Die Flüssigkeit glänzte wie flüssiger Bernstein in der Sonne.

„Du fragst mich, ob ich ihm glaube?", sagte sie mit einem Mal mit völlig veränderter, frostiger Stimme. „Die Antwort ist: Nein!"

*

„Jetzt sag bloß, der Ausgang dieses Gesprächs hat dich auch nicht überrascht." Boysen sah zweifelnd zu ihm herüber.

Jan kratzte sich am Hinterkopf und überlegte, wie ehrlich er sein sollte, um Boysens Ego nicht zu kränken. Der Ausgang der Unterhaltung hatte ihn keinesfalls überrascht, sondern lediglich in dem bestätigt, was er bereits seit Langem vermutete. Erik Jebsen war nicht ehrlich. Weder zur Polizei noch zu seiner Familie, vielleicht nicht einmal zu sich selbst. Die Frage war nur: Warum?

„Spar dir die Antwort, ich sehe es in deinem Blick." Boysen winkte ab und bog auf den Parkplatz vor dem Polizeirevier. „Verrätst du mir auch, woher du das wusstest?"

„Ich wusste es nicht. Es war vielmehr ein Gefühl, eine Vermutung, die sich nun bestätigt hat", antwortete Jan so diplomatisch wie möglich.

„Aha", machte Boysen schmallippig. „Auf mich machst du nicht den Eindruck, als würdest du auf dein Bauchgefühl hören." Er legte den Kopf schräg und neigte sich in seine Richtung.

Jan wich zurück und lehnte sich mit der Schulter an die Wagenscheibe. „Ich hab in Hamburg öfter mit traumatisierten Opfern zu tun gehabt. Die wenigsten haben über einen so langen Zeitraum diese extremen Gedächtnislücken gehabt. Was natürlich nicht heißt, dass es das nicht gibt", schob er hinterher.

„Du meinst also, Erik Jebsen lügt", brachte es Boysen nüchtern auf den Punkt.

Jan nickte. „Die Frage ist nur, warum?"

„Tja, gute Frage. Warum gaukelt jemand aller Welt vor, er habe sein Gedächtnis verloren? Vielleicht möchte er einen Neuanfang?" Boysen hielt inne und driftete ab. „Möchte das nicht jeder mal? Einfach neu anfangen, ohne zu wissen, was man vorher gemacht hat? Seine Vergangenheit hinter sich lassen, sein, wer man sein möchte."

„Aber würde man dafür nicht auch die Stadt verlassen? Wenn neu anfangen, dann an einem anderen Ort, an dem man niemanden kennt." Jan schloss die Augen, ließ es für eine Sekunde zu, sich an diesen Sehnsuchtsort zu träumen.

„So wie du?" Boysens riss ihn fort.

„Themawechsel", antwortete Jan knapp. Er hatte sich schon vor Jahren geschworen, den Kollegen nichts aus seinem Privatleben zu erzählen. Und er würde jetzt ganz bestimmt nicht davon anfangen.

Boysen verstand und nickte. „Vielleicht wird Erik unter Druck gesetzt."

„Wäre eine Möglichkeit." Jan gähnte und sah auf die Uhr. Eigentlich hatte er längst Feierabend. Die vielen Nächte, die er nicht geschlafen hatte, machten sich immer noch bemerkbar.

„Wir sollten ihm morgen nochmal auf den Zahn fühlen." Jan öffnete die Tür und stieg aus. „Schönen Feierabend." Er klopfte mit der flachen Hand auf das Autodach, drehte sich um und ging.

23.
Pass op!

Anni bummelte halbherzig neben Nele über den Holm. Hier und da blieb sie stehen, nahm ein T-Shirt oder eine Bluse vom Kleiderständer und hängte alles nach einer kurzen Begutachtung wieder zurück. Irgendwie war sie heute nicht in Shoppinglaune, was auch Nele nicht entging.

„Was ist denn mit dir los? Du machst vielleicht ein Gesicht." Nele stupste sie seitlich in die Rippen und zog eine Grimasse, die Anni wohl aufmuntern sollte. Es gelang ihr nicht.

„Ich weiß auch nicht. Ich hab keinen Kopf dafür." Vor der Buchhandlung blieb sie stehen und studierte die Auslage. „Autor*innen aus der Region", stand in großen Buchstaben auf einem Schieferschild, das einen großen Teil der oberen Fensterecke einnahm. Darunter stapelte sich ein Haufen Bücher. Eine Autorin aus Nordfriesland hatte eine neue Romanreihe auf den Markt gebracht, und gerade war der erste Teil erschienen, der hier an der Flensburger Förde spielte. Außerdem gab es mehrere Krimis und Thriller und noch mehr Liebesromane.

„Bücher shoppen kannst du auch ein anderes Mal. Heute geht's um Fashion." Nele zog an ihrem Arm. „Komm schon!

Ich dachte, du brauchst ein Outfit für die Silberhochzeit deiner Eltern."

Anni seufzte. „War ja klar, dass du mich daran erinnern musstest."

Nele blieb stehen und drehte sich zu ihr um. „Erst die Pflicht und dann das Vergnügen. Ich kenn da diese süße kleine Boutique, von der ich dir erzählt habe. Lass uns doch mal dort hingehen. Und zum Abschluss gönnen wir uns ein großes Stück Torte im Lütte Teepott." Nele zwinkerte ihr zu, und Anni gab sich geschlagen. Sie folgte ihr, wenn auch immer noch widerwillig. „Wusste ich's doch. Bestechung hat immer schon geholfen."

„Bestechung? Tz. Ich nenne es eher die Aussicht auf eine Belohnung." Anni nahm eine Wasserflasche aus ihrer Tasche und trank.

„Nenn es, wie du willst. Im Grunde ist es doch das Gleiche." Nele lachte und lief auf ein Schuhgeschäft zu, in dem bunte High Heels im Schaufenster standen.

Anni schloss zu ihr auf und stellte sich neben sie. Nele drehte den Kopf. „Wollen wir sie mal anprobieren? Nur so zum Spaß?"

Anni schüttelte den Kopf, auch auf die Gefahr hin, Spielverderberin zu sein. „Auf keinen Fall. Wenn ich mir die Hacken breche, kann ich meinen Job nicht mehr ausüben." Sie zeigte auf ihre flachen Ballerinas. „Die hier sind mir lieber."

„Schade." Nele zuckte mit den Schultern und lehnte sich mit der Stirn gegen die Fensterscheibe. Anni tat es ihr nach, um einen Blick ins Innere des Ladens zu erhaschen.

„Ach", sagte sie plötzlich, als sie darin jemanden erkannte, der ihr schon einmal über den Weg gelaufen war.

In der Mitte des Ladens, zwischen zwei langen Schuhregalen, stand Ellen, Ole Sørensens Sekretärin. Es überraschte sie nicht, sie hier in diesem Laden zu sehen, denn sie erinnerte sich daran, dass Ellen auch bei ihrem Besuch in Kollund auf sehr hohen Absätzen unterwegs gewesen war.

„Moment mal", murmelte Anni, löste sich von der Scheibe und ging in Richtung Eingang.

Nele blieb einen kurzen Moment verdattert zurück, folgte Anni dann aber. Kurz vor der Ladeneingangstür fasste sie Anni am Arm. „Was hast du vor? Möchtest du die Schuhe jetzt doch anprobieren?"

Anni drehte sich zu ihr und legte sich den Zeigefinger auf den Mund. „Dort drin ist Ole Sørensens Sekretärin", flüsterte sie so leise wie nur möglich.

„Und?"

„Du weißt doch, dass die Golden Girls von einer Frau mit hohen Absätzen und einem schweren Parfüm gesprochen haben. Das trifft auch auf Ellen zu." Sie zeigte auf die grazile Frau, die sich inzwischen auf einen Hocker gesetzt hatte und ein Paar neongelbe Pumps anprobierte.

Langsam fiel bei Nele der Groschen. „Du meinst, sie könnte die Frau sein, die …" Weiter sprach sie nicht, denn zwei weitere Frauen drängten sich an Anni und ihr vorbei und betraten den Laden.

Anni nickte. „Es wäre möglich."

Neles Augen leuchteten. „Gut, dann lass uns reingehen."

Der schwere Moschus-Vanille-Duft von Ellens Parfüm lag im Raum, sobald Anni und Nele die Boutique betreten hatten.

Nele nieste auf der Stelle gleich mehrmals, was Ellens Aufmerksamkeit erlangte.

„Prosit", sagte sie, ohne aufzusehen.

„Danke", murmelte Nele, während Anni sie hinter ein Regal zog.

„Wir müssen doch inkognito bleiben." Vorwurfsvoll sah sie Nele an und schüttelte den Kopf.

„Was kann ich denn dafür, wenn sich ausgerechnet jetzt meine Allergie meldet? Gott, wie kann man nur den ganzen Tag mit so einem Duft herumlaufen und selbst keine Kopfschmerzen bekommen?" Nele wedelte mit der flachen Hand vor ihrer Nase herum. „Lange halte ich es in dem Laden nicht aus. Das ist ja schrecklich."

„Psst", raunte Anni und legte Nele den Finger auf den Mund. Dabei ließ sie Ellen, die auf der anderen Seite des Regals ein weiteres Paar, dieses Mal pinkfarbene High Heels, probierte, nicht aus den Augen.

„Ja, ja." Nele rollte mit den Augen. „Und was machen wir jetzt? Wie ist dein Plan?"

Gute Frage. So weit hatte Anni gar nicht gedacht. „Ich hab keinen Plan", gestand sie flüsternd.

„Wie, du hast keinen?", fragte Nele entgeistert und fasste sich mit der Hand an die Stirn. „Dann ist es ja vollkommen wertlos, dass wir überhaupt in dieses Geschäft gegangen sind."

„Das würde ich nicht unbedingt sagen. Schau mal." Anni zeigte auf Ellen, die mit zwei Paar Schuhen in der Hand in Richtung Kasse ging.

Anni folgte ihr so unauffällig wie möglich und konnte gerade noch hinter ein Schuhkarussell hüpfen, als Ellen sich plötzlich umdrehte. Wieder nieste Nele, doch dieses Mal versteckte sie sich nicht, sondern preschte an Anni vorbei und ebenfalls in Richtung Kasse. Im Vorbeigehen schnappte sie sich ein Paar Schuhe in einer viel zu kleinen Größe, wie Anni sogar von ihrem Posten aus sehen konnte, und stellte sich hinter Ellen in die Schlange.

Es dauerte eine Weile, bis die Dänin an der Reihe war. Sie legte die Schuhe auf den Tisch und holte ein weiteres Paar aus einem Stoffbeutel hervor.

„Was kann ich für Sie tun?“, fragte die Kassiererin und verzog beim Anblick der schwarzen Pumps das Gesicht. „Oje, wie ist denn das passiert?“ Sie hob einen der schwarzen Stöckelschuhe an, sodass auch Anni diesen besser sehen konnte. An dem Schuh fehlte ein Absatz.

„Ich bin neulich Abend mit dem Absatz im Kopfsteinpflaster stecken geblieben. Dabei ist er abgebrochen“, erzählte Ellen. „Das war ziemlich schmerzhaft.“ Sie zeigte auf ein großes Pflaster, das mittig auf ihrem Knie klebte.

„Und jetzt möchten Sie die Schuhe …?“, fragte die Kassiererin vorsichtig.

„Ich möchte sie gerne reparieren lassen, wenn das geht. Ich habe vorne am Eingang gelesen, dass Sie auch Schuhmacher-Dienste anbieten.“ Sie drehte sich zur Seite und zeigte in Richtung Eingangstür. Dabei lächelte sie Nele, die immer noch hinter ihr in der Schlange stand, zu.

„Aber natürlich.“ Die Verkäuferin checkte den Schuh noch einmal gründlich. „Da es sich um einen geraden Abriss des Absatzes handelt, dürfte die Reparatur kein Problem sein. Zumal Sie den Absatz ja gleich mitgeliefert haben.“

Sie legte beides in einen Korb, gab etwas in die Kasse ein und druckte einen Zettel aus. „In zwei Tagen sollte alles fertig sein. Möchten Sie die anderen Schuhe gleich mitnehmen? Oder später?“

Ellen entschied sich dafür, die Schuhe sofort mitzunehmen. Sie bezahlte, verabschiedete sich und schob sich an Nele vorbei, als sie das Geschäft verließ.

„Was kann ich für Sie tun?“, fragte die Kassiererin, als Nele an der Reihe war.

„Oh, gar nichts. Ich hab gerade gesehen, die Schuhe sind mir viel zu klein.“ Entschuldigend lächelte Nele und drehte sich um. Auf dem Weg zu Anni legte sie die Schuhe zurück ins Regal.

„Und?“

„Was und?“ Anni ließ die Mundwinkel hängen. Die eben gewonnenen Kenntnisse sorgten bei ihr für Niedergeschlagenheit.

„Ist Ellen die mysteriöse Frau, die dein Golden Girl geschubst hat?“ Neles Augen waren vor Aufregung weit aufgerissen.

Anni schüttelte den Kopf. „Nein.“

„Wie kannst du dir da so sicher sein?“ Die Enttäuschung in Neles Stimme war nicht zu überhören.

„Als ich in Kollund war, hatte Ellen diese Schuhe noch an. Und ein Pflaster hatte sie auch noch nicht auf ihrem Knie. Der Unfall muss also wirklich ganz frisch gewesen sein. So, wie sie gesagt hat.“

Nele neigte sich in ihre Richtung. „Aber sie könnte es doch trotzdem gewesen sein. Schweres Parfüm, hohe Schuhe …“

„Und welchen Grund hätte Ole Sørensens Sekretärin? Ich meine, sie ist noch zierlicher als Frau Bauer."

„Wir sollten sie trotzdem im Auge behalten." Nele wollte anscheinend nicht so leicht aufgeben.

„Machen wir, aber jetzt kaufen wir erstmal was Schönes zum Anziehen für mich." Anni hakte sich bei Nele ein und schob sie sanft in Richtung Ausgang. „Und ich möchte ja nicht drängeln, aber ich hab nachher noch eine Führung, und durch unser Detektivspiel sind wir ein wenig knapp in der Zeit." Sie zeigte auf ihre silbrig glänzende Armbanduhr.

Nele lachte. „Schon klar, Anni. Ich hab verstanden."

*

Vier Stunden später, ein Abendkleid und ein paar Schuhe reicher und dadurch mit deutlich weniger Geld auf dem Konto, schlenderte Anni mit ihrer Gruppe durch die obere Große Straße. Nach dem ausgiebigen Shopping-Marathon mit Nele hatte sie es vor einer knappen Dreiviertelstunde gerade noch rechtzeitig geschafft, sich für die Führung umzuziehen. Zum Glück hatte sie weitsichtig geplant, als sie heute Vormittag aus Freienwill losgefahren war, und ihr Kostüm in ihrem Spind in der Touristinfo deponiert.

Es war eine buntgemischte Truppe aus Männern und Frauen in allen Altersklassen, die Anni heute durch Flensburgs Innenstadt führte. Die Stimmung war gut und beinahe ausgelassen, was auch daran lag, dass sie in Flensburgs ältestem Rumhaus in der Marienstraße einen Zwischenstopp eingelegt hatten und um eine Kostprobe nicht herumgekommen waren.

Sehr zum Leidwesen von Anni, denn Rum zählte nicht wirklich zu ihren Lieblingsgetränken. Es sei denn, er war als Rumtopf mit Früchten angelegt und wurde an kalten Winternachmittagen zu Vanilleeis serviert. Manches Mal, aber auch nur, wenn es gar nichts anderes zu trinken gab, trank sie Rum auch mit Cola. Aber das war wirklich die Ausnahme.

Heute aber war sie über ihren Schatten gesprungen und hatte mit ihrer Gruppe im Rumhaus und der dazugehörigen Hökerei an einer Blindverkostung von vier Rumsorten teilgenommen. Und auch wenn sie lediglich an den kleinen Gläsern genippt hatte, meinte sie ein warmes Feuer in ihrem Bauch zu spüren, das der Rum darin entfacht hatte.

„Mir hat der Senior am besten gefallen. Ich hab mir gleich vier Flaschen nach Hause bestellt. So einen Rum bekommen wir bei uns in Bayern nicht. Schön intensiv, kräftig würzig und mit einer deutlichen Holznote. Lecker." Gustl Moosmayer hatte sich bei der Blindverkostung als Rumkenner und -liebhaber erwiesen und war vollkommen in seinem Element gewesen. Bei der Verköstigung war er kaum zu stoppen gewesen und hatte die ganze Zeit etwas von „komplexen Aromen in der Kopfnote, getrockneten Früchten, Vanille und Tabak" gefaselt.

Anni hatte ihm bewundernd dabei zugesehen. Es beeindruckte sie, wie viel Leidenschaft jemand für etwas so simples wie Rum aufbringen konnte.

Gustl Moosmayer hatte seine Frau Hilde im Arm und ging mit ihr neben Anni her. Beim Anblick der historischen, teils buntgestrichenen Häuser in der Marienstraße geriet er ins Schwärmen.

„Wie haben die Menschen früher das alles nur gebaut? Mit den wenigen Mitteln, die sie hatten, ohne große Maschinen und mit purer Handkraft. Es ist beeindruckend.“ Vor einem Fachwerkhaus blieb er stehen und sah in Richtung Dachgiebel. „Es ist gut, dass es Menschen gibt, die diese Häuser sanieren und instand halten. Sie sind unverzichtbar in unseren Stadtbildern.“

Anni stellte sich neben ihn und wartete, bis der Rest der Gruppe sich um sie herum versammelt hatte.

„Viele der historischen Häuser, die wir hier sehen, sind teilweise jahrzehntelang vor sich hin gegammelt und zerfallen. Erst in den vergangenen Jahren haben sich Käufer und Investoren gefunden, die die Häuser kernsaniert haben, ohne dabei der historischen Grundsubstanz zu schaden“, erklärte sie und freute sich darüber, dass sich auf dieser Führung so eifrige Zuhörer befanden. „Wir werden jetzt diese Straße bis nach oben gehen, dann ein Stück am Krankenhaus entlang und dann die Toosbüystraße, die einstige Prachtstraße Flensburgs, wieder hinunter in Richtung Hafen laufen.“ Sie zeigte ans Ende der steil nach oben steigenden Straße und lächelte.

„Und ich dachte immer, Norddeutschland sei platt wie eine Flunder.“ Hilde Moosmayer wischte sich den Schweiß von der Stirn.

„Große Teile von Schleswig-Holsteins Norden sind dies auch. Flensburg allerdings ist sehr hügelig. Das haben wir der Eiszeit zu verdanken. Durch den Gletscher, der nach der Eiszeit zur Flensburger Förde geschmolzen ist, haben sich die Landmassen zusammengeschoben, und die Hügel und

Berge sind entstanden.“ Sie neigte sich zur Seite in Hildes Richtung und flüsterte: „Aber keine Angst, wir haben es gleich geschafft.“

„Hätte ich das gewusst, hätte ich meine Wanderstöcke eingepackt.“ Hilde Moosmayer lachte und erntete Applaus von einigen anderen Frauen, die ebenfalls mit der Steigung der Straße zu kämpfen hatten.

Sie gingen noch etwa dreihundert Meter, dann hatten sie das Ende der Marienstraße erreicht. Anni blieb erneut stehen und zeigte auf ein großes rotes Backsteingebäude links von ihnen.

„Das ist das Alte Gymnasium, eines von insgesamt vier reinen Gymnasien in der Stadt. Die Geschichte dieser Schule reicht über vierhundertfünfzig Jahre zurück.“

„War das Ihre Schule?“, wollte Gustl Moosmayer wissen.

Anni lachte. „Nein, ich bin auf eine dänische Schule hier in Flensburg gegangen. Die Duborg-Skole. Wir können sie nachher sehen, wenn wir zurück am Hafen sind. Oder wir machen einen kleinen Umweg von zehn Minuten. Dann kann ich sie Ihnen auch so zeigen.“

„Eine dänische Schule. Sehr interessant“, murmelte Gustl mit einem stark bayrischen Akzent. „Gibt es viele dänische Schulen hier in der Gegend?“

Anni nickte abermals. „Die dänische Minderheit hier in Südschleswig, wie dieser Landesteil auch bezeichnet wird, unterhält insgesamt fünfzig Schulen, die von rund fünftausendachthundert Schülern besucht werden.“

„Bemerkenswert.“ Gustl Moosmayer nickte seiner Frau zu, die auf dem Rand eines Blumenkübels Platz genommen hatte und sich Luft zufächelte. Als er sie ansah, nickte sie lächelnd und stand auf.

„Gönnen wir uns eine kleine Verschnaufpause, ja?"

Annis Frage folgte ein eifriges Nicken der Gäste, die sich augenblicklich auf dem kleinen Platz verteilten. Hilde Moosmayer setzte sich zurück auf den Rand des Blumenkübels, zwei weitere Frauen in ihrem Alter gesellten sich zu ihr. Andere hatten eine halbverrostete Parkbank ins Visier genommen und quetschten sich zu fünft darauf. Alle sahen zufrieden und glücklich aus.

Anni selbst machte ein paar Schritte und genoss es, einen Moment nicht reden zu müssen.

Während sie sich einige Meter von der Gruppe entfernte, ohne diese aus den Augen zu lassen, flog ihr ein wohlbekannter Duft in die Nase. Ein schweres Parfüm, das sie heute schon einmal wahrgenommen hatte. Ein intensiver Duft nach Moschus und Vanille, der einen bei überdosierter Verwendung zum Niesen brachte. So wie jetzt.

„Hatschi!" Das Niesen war so überraschend gekommen, dass sie es nicht mehr geschafft hatte, die Armbeuge davorzuhalten. Zum Glück hatte keiner ihrer Gäste etwas mitbekommen. Keiner außer Gustl Moosmayer, der ihr ein herzlichen „Gesundheit" zurief.

Anni nickte dankend, holte ein Taschentuch aus ihrem Beutel und putzte sich die Nase. Suchend sah sie sich um. Woher kam der intensive Duft? Sie hielt weiter nach Ole Sørensens Sekretärin Ausschau, konnte sie aber nirgends entdecken. Also wandte sie sich wieder ihrer Gruppe zu.

„Szo, dann wollen wir mal szehen und kommen weiter", sagte sie und klatschte in die Hände.

Keine Minute später hatten sich alle wieder um sie herum versammelt, und sie konnte die Führung fortsetzen. Von der Marienstraße gingen sie weiter die Knutstraße entlang, vorbei am Diako-Krankenhaus, hinter dessen Mauern irgendwo Erik Jebsen lag und gegen seinen Gedächtnisverlust kämpfte. Beim Gedanken an ihn und seine Geschichte lief Anni ein kalter Schauer über den Rücken.

Sie hatte es gerade geschafft, den trüben Gedanken zu verdrängen, da wehte ihr der schwere Moschusduft ein weiteres Mal um die Nase. Da der Wind von vorne kam und ihr direkt ins Gesicht wehte, musste auch die Frau, zu der dieser Duft gehörte, sich unmittelbar vor ihr befinden. Sie sah nach vorne und kniff die Augen zusammen, um besser erkennen zu können, wer sich dort vorne tummelte. Ein älterer Mann mit Gehstock humpelte über die Straße in Richtung Bushaltestelle, und eine Mutter mit Kleinkind sammelte Spielzeug auf, das dieses fallen gelassen hatte.

Ihr Blick wanderte weiter in Richtung Krankenhauseingang auf der anderen Straßenseite, wo gerade eine großgewachsene Blondine mit langen, welligen Haaren im Drehkreuz des Eingangs verschwand. War das? Nein, unmöglich!

Anni schüttelte den Kopf. Wahrscheinlich hatten die vergangenen Tage ihren Augen zugesetzt, und sie konnte nicht mehr richtig gucken. Bei Stress passierte ihr das immer mal wieder, dass die Bilder vor ihren Augen verschwammen. Obwohl …

Sie hatte diese Frau gerade eben klar und deutlich gesehen. Es war ausgeschlossen, dass ihre Augen ihr in dieser Hinsicht einen Streich gespielt hatten. Und alle Tassen im Schrank hatte sie auch noch. So viel stand fest!

Mit einem Mal war Anni hin- und hergerissen zwischen dem, was sie tun wollte, und dem, was sie tun musste. Am liebsten wäre sie über die Straße gelaufen und ins Krankenhaus hineinmarschiert, um ihren Verdacht bestätigt zu sehen. Aber was wäre dann mit ihrer Gruppe hier passiert? Sie konnte ihre Gäste doch nicht einfach hier auf der Straße stehen lassen?

Anni drehte sich um.

„Geht's Ihnen gut? Sie sehen aus, als hätten Sie einen Geist gesehen." Hilde Moosmayer kam zu Anni und legte ihr besorgt die Hand auf den Unterarm.

„Ehrlich gesagt, so fühle ich mich auch", gestand Anni, ohne weiter darauf einzugehen. Sie schüttelte sich kurz und kräftig und lächelte Hilde dann an. „Geht schon wieder."

„Ich kenne dieses Gefühl, Menschen an einem Ort zu sehen, die dort auf den ersten Blick einfach nicht hingehören. Es irritiert einen, aber meistens gibt es für alles eine ganz logische Erklärung." Hilde streichelte Anni ein weiteres Mal über den Unterarm und ließ sie dann los.

„Danke." Anni atmete tief ein. „Wollen wir jetzt zum Hafen?"

Als alle nickten, setzte sie sich in Bewegung. Sie hatte beschlossen, die Führung so schnell wie möglich zu beenden und dann zum Krankenhaus zurückzugehen. Denn diejenige, die sie vor wenigen Minuten hatte hineingehen sehen, war keine geringere gewesen als Simone Blumberg.

24.
Dat givt dat doch nich

Als Anni eine knappe halbe Stunde später das Krankenhaus betrat, war das Foyer menschenleer. Nur hinter der Rezeption saß eine große Frau mit ausladender dunkler Föhnfrisur und las in einer Zeitschrift. Mit festem Schritt ging sie auf sie zu und blieb vor dem Tresen stehen.

„Ja, bitte“, sagte die dralle Brünette, ohne zu Anni aufzusehen.

„Ich möchte zu Erik Jebsen. Können Sie mir sagen, wo er liegt?“ Anni sprach leise, beinahe flüsternd. Auf keinen Fall wollte sie, dass jemand mitbekam, wen genau sie besuchen wollte. So war es ihr einfach lieber.

„Moment, ich sehe nach.“ Die Frau ließ ihre Frauenzeitschrift fallen, auf der Florian Silbereisen und Beatrice Egli einmal mehr eine Hochzeit angedichtet wurde, während Kronprinzessin Victoria trotz Wechseljahren das dritte Kind erwartete. Du lieber Himmel, wer ließ sich nur immer diesen Quatsch einfallen! Innerlich rollte Anni mit den Augen.

„Jebsen mit P oder mit B?“, fragte die Empfangsmitarbeiterin, während sie sich durch das System scrollte. So lange wie das dauerte, konnte sie noch nicht lange hier arbeiten, dachte Anni.

„Mit B.“

Die Brünette nickte und suchte weiter. „Ah, hier“, sagte sie schließlich und wandte sich Anni zu. „Er liegt in der Neurologie, Zimmer 24.“

„Und das ist wo?“ Anni sah sich nach einem Wegweiser um, wurde aber nicht fündig.

„Sie folgen jetzt erstmal den blauen Punkten auf dem Boden bis zum Aufzug, dann wählen sie Neurologie und steigen entsprechend aus. Auf der Station kann man Ihnen dann weiterhelfen.“ Die Frau zeigte auf die blauen Punkte auf dem Boden, die man gerade noch mit viel gutem Willen erkennen konnte.

„Danke.“ Anni nickte, verabschiedete sich und schloss sich einer Großfamilie an, die ebenfalls in Richtung der Aufzüge ging. Umgeben von Menschen fühlte sie sich aus irgendeinem Grund gerade sicherer. Wahrscheinlich, weil die Möglichkeit, erkannt zu werden, so deutlich geringer war.

Die Luft auf der Neurologie-Station war stickig. Es war eine Art Mischung aus abgestandener Luft, dem Geruch von Menschen und Desinfektionsmittel und – Moschus-Vanille. Augenblicklich stellten sich Anni die Nackenhaare auf. Hatte sie mit ihrer Vermutung etwa doch richtiggelegen?

Vorsichtig ging sie den Flur in Richtung Schwesternzimmer entlang und zählte die Zimmernummern links und rechts von sich. Den Zahlen nach musste sich Zimmer 24 am Ende des Ganges befinden. Sie reckte den Kopf und erkannte das Zimmer an dem Stuhl, der davorstand. Er war leer. Hatte der Kommissar nicht erwähnt, dass das Zimmer polizeilich bewacht wurde?

Sie sah sich um, konnte aber keinen Polizisten auf dem Gang erkennen. Also ging sie weiter. Aus dem Schwesternzimmer hörte sie Stimmen. Zwei Frauen- und eine Männerstimme, die sich angeregt zu unterhalten schienen. Vielleicht hatte der Polizist sich zur Kaffeepause zurückgezogen. Anni konnte es ihm nicht verdenken. Es musste sterbenslangweilig sein, den ganzen Tag über auf einem Stuhl vor einem Krankenhauszimmer zu sitzen und darauf zu warten, dass etwas passierte.

„Wo wollen Sie denn hin?"

Anni hatte das Schwesternzimmer mit den verschlossenen Jalousien gerade passiert, als sie von einer Krankenschwester gestoppt wurde. Sie blieb stehen und schloss die Augen. Spätestens jetzt war es an der Zeit, sich eine Ausrede einfallen zu lassen. Sie konnte ja schlecht sagen, sie wolle Erik Jebsen besuchen. Einen Mann, den sie nur ein paar Mal getroffen hatte.

„Ich." Anni blieb stehen und drehte sich langsam um. „Ich bin auf der Suche nach dem Zimmer von Frau Petersen."

Die Krankenschwester, eine Frau mit kurzen grauen Haaren und einer Nickelbrille auf der Nase, kam auf sie zu. „Frau Petersen?"

Anni nickte.

„Sind Sie sicher, dass Sie auf der richtigen Station sind?" Die Krankenschwester blieb vor Anni stehen und stemmte die Hände in die breiten Hüften. „Eine Frau Petersen haben wir hier nicht."

„Nicht?" Anni merkte, wie sie rot wurde. Jetzt musste sie sich wirklich etwas einfallen lassen. „Das ist merkwürdig, denn – "

Weiter kam sie nicht, denn just in dem Moment, in dem Anni zur Notlüge ansetzen wollte, öffnete sich hinter ihr die Tür von Erik Jebsens Zimmer, und heraus trat Simone Blumberg. Mit einem breiten Lächeln auf den Lippen und zart geröteten Wangen.

„Entschuldigen Sie!" Die resolute Krankenschwester ließ von Anni ab und ging schnurstracks auf Simone Blumberg zu. Anni nutzte die Gelegenheit, sprang zur Seite und versteckte sich hinter einem überdimensional großen Ficus in der Kaffeeecke für Besucher.

„Darf ich fragen, wer Sie sind?" Die Krankenschwester baute sich vor Simone Blumberg auf, die sich ganz offensichtlich unbemerkt in Erik Jebsens Zimmer geschlichen hatte.

„Ich bin Susanne Jebsen. Die Schwester von Erik."

Lüge! Anni hielt sich erschrocken die Hand vor den Mund. Simone Blumberg hatte der Krankenschwester, ohne rot zu werden, ins Gesicht gelogen. Das gab's doch nicht!

„Seine Schwester?" Die Krankenschwester betrachtete Simone Blumberg ausgiebig. „Sie sehen gar nicht aus wie seine Schwester."

Aus ihrem Versteck heraus konnte Anni beobachten, wie die Farbe aus Simone Blumbergs Gesicht wich. Einen Moment lang sah es so aus, als wisse sie nicht, wie sie auf die

Bemerkung der Krankenschwester reagieren sollte. Dann schien sie sich jedoch zu fangen.

„Wir haben verschiedene Väter. Erik ist älter als ich, und meine Mutter hat nach der Scheidung von ihrem ersten Mann nochmal geheiratet, und ... aus dieser zweiten Ehe stamme ich." Sie machte einen Schritt zu Seite, um sich an der Krankenschwester vorbeizuschieben, doch diese blieb skeptisch.

„Er hat nie gesagt, dass er eine Schwester hat", murmelte sie.

„Das kann er ja wohl auch schlecht, wo er doch sein Gedächtnis verloren hat. Und überhaupt, ich wüsste gerne, was Sie das alles angeht." Jetzt stemmte Simone Blumberg die Hände in die Hüfte, bereit, eine Szene zu machen.

„Mir ist's egal, solange Sie sich anmelden." Die Krankenpflegerin hob beide Hände und machte eine abwinkende Geste. „Sie haben sich doch angemeldet, oder?"

Simone Blumberg nickte eifrig. „Ja, natürlich." Sie drehte sich um und zeigte auf den leeren Stuhl, wo eigentlich ein Polizist hätte sitzen sollen. „Ich weiß auch nicht, wo der Mann im Moment ist. Aber als ich vorhin angekommen bin, war er noch da. Ich musste mich in eine Liste eintragen."

Die Krankenschwester guckte zwar weiter grimmig, nickte dann aber und ließ Simone Blumberg in Richtung Aufzug passieren. Dann drehte sie sich suchend um.

„Wo ist denn jetzt die Dame, die Frau Petersen gesucht hat?", hörte Anni sie in ihrem Versteck fragen.

Sie entschied sich, noch einen Moment darin zu verweilen und dann durch das Treppenhaus nach unten zu gehen.

Die Tür zum Treppenhaus lag genau auf der gegenüberliegenden Seite der Besucherecke.

Die Krankenschwester schaute noch einmal nach links und rechts und zuckte dann mit den Achseln. Sie drehte sich um und verschwand im Schwesternzimmer.

„Ich werde mal diesen Kommissar Christiansen anrufen. Ich glaube, wir hatten hier eine Besucherin, die nicht auf die Station gehörte", hörte Anni sie sagen. Und für einen Moment dachte sie, die Krankenschwester hätte Simone Blumberg durchschaut. Doch dann sprach die Frau weiter:

„Hier war eine Frau, die sich nach einer Frau Petersen erkundigt hat. Doch die liegt hier nicht. Es könnte jemand gewesen sein, der zu diesem Fall gehört. Vielleicht 'ne Journalistin oder so." Die Tür zum Schwesternzimmer wurde geschlossen, und die Stimme der Krankenschwester verblasste.

Mist! Es wurde Zeit, dass sie hier wegkam.

*

„Simone Blumberg war bei Erik Jebsen im Krankenhaus?" Nele saß im Schneidersitz auf ihrer geliebten Hollywoodschaukel und schaute sie ungläubig an.

„Ja, das ist ein Ding, was?" Anni schenkte sich etwas Prosecco nach und nahm einen ordentlichen Schluck. Nach dieser Aufregung hatte sie sich das redlich verdient.

„Wie bist du aus dem Krankenhaus herausgekommen?", fragte Nele neugierig. „Ich kann mir sehr gut vorstellen, wie du da hinter einer Palme hockst und heimlich lauschst." Nele lachte.

„Hinter einem Ficus", korrigierte Anni sie und lachte ebenfalls. „So lustig war das gar nicht. Ich hab echt Schiss gehabt, dass ich entdeckt werde. Kaum auszudenken, was passiert wäre, wäre ich dem Christiansen in die Arme gelaufen."

„Er hätte dich glatt in Gewahrsam genommen." Nele prustete los.

„Lach nicht. Ich würde diesem arroganten Kerl das sogar zutrauen." Sie verdrehte die Augen. „Ich bin schließlich übers Treppenhaus raus und dann durch den Seiteneingang. Ich wusste ja nicht, ob der Christiansen bereits auf dem Weg war." Sie machte eine Pause und schaute zur Sonne, deren äußerer Rand bereits die Baumwipfel berührte.

Nele wurde ernst. „Du weißt schon, dass es Simone Blumberg nicht zur Verdächtigen macht, nur weil sie Erik Jebsen im Krankenhaus besucht."

Auch Annis Lachen versiegte. „Natürlich macht es sie nicht verdächtig. Ich meine, Erik Jebsen und Michael Blumberg waren Geschäftspartner, und wahrscheinlich sind beide vom gleichen Täter entführt worden. Nein, es macht sie nicht zur Verdächtigen, dass sie den Geschäftspartner ihres verstorbenen Mannes im Krankenhaus besucht."

„Höre ich da ein Aber?"

„Ja, denn es macht sie verdächtig, dass sie gelogen hat. Sie ist nicht Eriks Schwester. Er ist Einzelkind, genau wie Moritz. Wir haben da mal vor einiger Zeit drüber gesprochen, als ich mich bei ihm über meine Schwester beschwert habe."

„Die Frage ist also, warum hat sie gelogen?" Nele stellte ihr Glas auf den kleinen Tisch und begann zu schaukeln.

„Und warum saß kein Polizist vor Erik Jebsens Zimmertür, als sie das Zimmer wieder verlassen hat?“, ergänzte Anni. „Ich meine, eine Kaffeepause? Im Ernst? Wenn jemand die Tür die ganze Zeit über bewachen soll und seinen Job ernst nimmt, dann geht man doch nicht in die Pause, ohne sich zu verabschieden, oder? In meinen Augen wäre es seine Pflicht gewesen, das Pflegepersonal zu informieren.“

Nele schüttelte den Kopf. „Das klingt alles höchst merkwürdig.“ Sie wippte sanft hin und her, den einen Fuß auf der Funkausrüstung neben sich, den anderen angezogen. „Und was willst du jetzt tun?“

Gute Frage! Anni zuckte mit den Schultern. „Vielleicht kann Moritz helfen? Ich meine, vielleicht weiß er, ob Simone Blumberg und sein Vater befreundet waren. Ich frag ihn gleich mal.“

Sie zückte ihr Mobiltelefon, wurde aber von Nele gestoppt.

„Mach bloß nicht die Pferde wild. Am Ende ist da gar nichts dran, und Moritz macht sich umsonst Sorgen. Das wäre nicht fair. Er hat schon genug, um das er sich im Moment kümmern muss.“

Anni nickte und steckte das Handy zurück in ihre Tasche. Sie lehnte sich zurück in ihren Loungesessel und sah, wie die Sonne immer mehr von den Bäumen verschluckt wurde. Nicht mehr lange, dann würde es ganz dunkel sein.

„Und wenn ich …“, sagte sie halb zu sich und halb zu Nele. „Ja?“

„Wenn ich zu Simone Blumberg ins Café gehe? Ich würde bestimmt keinen Verdacht erregen, da ich ja sonst auch einmal die Woche da bin, oder so. Ich könnte mit ihr eine kulinarische Stadtführung planen. Mir wird schon was einfallen.“ Anni war auf einmal Feuer und Flamme für ihren Plan.

„Und wie willst du das Gespräch auf Erik Jebsen lenken?“ Nele blieb skeptisch.

„Keine Ahnung, mir wird schon was einfallen. Und wenn nicht, dann frag ich sie einfach.“

„Das tust du nicht.“

Anni zwinkerte Nele mit einem breiten Grinsen auf den Lippen zu. „Abwarten.“

25.
Klei mi an de Fööt

Als Anni am nächsten Morgen die Tür zu Simone Blumbergs Café aufstemmte, brummte ihr der Schädel. Der letzte Prosecco, den Nele und sie gestern Abend getrunken hatten, war eindeutig zu viel gewesen. Hinter ihrer Stirn hämmerte es, als hätten kleine Männchen in ihrem Kopf beschlossen, ein Klettergerüst zusammenzuzimmern. *Tømmermand* – Zimmermann nannten die Dänen das, was in Deutschland als Kater bezeichnet wurde. Und Anni fand, es gab keinen besseren Ausdruck dafür.

Sie schob sich durch die halbgeöffnete Eingangstür, und das Klingeln des kleinen Glöckchens über der Tür schrillte in ihren Ohren. Lärmempfindlich war sie heute Morgen also auch noch. *Na toll!*

Simone Blumberg trat aus der Küche. „Oh, guten Morgen“, sagte sie, als sie Anni erblickte, und wischte sich die Hände an der Schürze ab, die sie sich um die Hüfte gebunden hatte. „So früh warst du ja noch nie hier.“ Sie schenkte ihr ein aufrichtiges Lächeln, das Anni erwiderte.

„Ich hab vergessen einzukaufen, und da fiel mir ein, dass ich zwar deine traumhaften Kuchen kenne, aber vom Frühstück noch nie gekostet habe." Sie trat nun vollends ein und schloss die Tür hinter sich.

Im Café waren bereits zwei Tische besetzt, an denen jeweils zwei Frauen saßen und Kaffee tranken. Auf den Tischen standen Etageren, die mit Croissants und Früchten beladen waren. Es duftete herrlich nach frischgebrühtem Café und – Vanille.

„Außerdem dachte ich, wir könnten vielleicht über eine neue Idee reden, die ich gerade entwickele. Natürlich nur, wenn du Zeit dafür hast." Anni zog ihre dünne Strickjacke aus und legte sie sich um die Schultern.

„Gerne. In etwa einer halben Stunde kommt meine Ablösung. Dann habe ich Zeit für dich. Passt das?" Simone Blumberg deutete auf einen kleinen runden Tisch an der Fensterseite des Cafés, auf dem Anni bereits vor ein paar Tagen gesessen hatte. „Setz dich doch schon mal, ich bringe dir gleich die Karte."

Anni nickte ihr zu und setzte sich an den freien Tisch. Draußen füllte sich die Fußgängerzone nur langsam mit Leben. Kein Wunder, es war ja auch noch früh am Tag, und die meisten Geschäfte öffneten erst in einer Stunde. Die Glocken von St. Marien schlugen neun Mal, als Anni die Karte aufschlug und sich durch das Frühstücksangebot las.

Die Auswahl war riesig, allein vom Lesen knurrte ihr der Magen. Es las sich wie ein Roman, und Anni hatte die Wahl zwischen dem „süßen Pariser" mit Croissants, Obst, Marmelade und Nuss-Nougat-Creme, dem „herzhaften Seefahrer" mit Eiern, Speck, Brötchen und hausgemachtem

Heringssalat oder dem „gesunden Liebhaber“, was sich als Overnight Oats mit Blaubeeren, Himbeeren, Erdbeeren und Chiasamen herausstellte.

Sie entschied sich letztlich für „Weder Fisch noch Fleisch“, ein kleines Frühstück mit süßen und herzhaften Bestandteilen, sowie einen großen Milchkaffee.

Zufrieden lehnte sie sich zurück und ließ ihren gestrigen Besuch im Krankenhaus noch einmal Revue passieren. Auch wenn sie mittlerweile eine Nacht darüber geschlafen hatte, konnte sie das, was sie beobachtet hatte, immer noch nicht richtig einordnen. Was hatte Simone Blumberg in Erik Jebsens Zimmer gewollt? War alles ganz harmlos gewesen, und sie wollte ihm lediglich einen Besuch abstatten? Oder steckte mehr dahinter?

„Du wirkst aber gedankenversunken. Alles in Ordnung bei dir?“ Simone Blumberg brachte den Milchkaffee mit extraviel Milchschaum an Annis Tisch und verharrte dort einen Moment.

„Ich bin noch gar nicht richtig wach. Der Abend war sehr lang gestern, wenn du verstehst, was ich meine.“ Sie nahm den Becher mit Kaffee entgegen und nippte daran. Prompt bildete sich auf ihrer Oberlippe ein Milchschaumbart, den sie gekonnt mit einer Serviette abwischte.

„An diese Nächte kann ich mich auch noch gut erinnern.“ Simone Blumberg verdrehte verträumt die Augen, und Anni fragte sich, ob sie wohl das Gleiche im Sinn hatte oder an etwas anderes dachte, aber sie traute sich nicht, weiter nachzufragen. „Dein Frühstück kommt gleich.“ Simone Blumberg drehte sich um und verschwand wieder in der Küche.

Anni sah ihr nach. Auf sie machte sie nicht den Eindruck einer trauernden Witwe. Okay, niemand wusste, wie es gerade in Simone aussah, und vielleicht war sie eine Meisterin darin, ihre wahren Gefühle zu verstecken, und, ja, Anni wusste, dass jeder Mensch anders trauerte. Einige versteckten sich tagelang unter Kissen, andere heulten sich die Augen aus dem Leib, und wiederum andere stürzten sich in die Arbeit, um ja nicht an den schmerzhaften Verlust denken zu müssen.

Und trotzdem. Irgendetwas an Simone Blumbergs Auftreten sagte ihr, dass diese Frau nicht trauerte. Sie wirkte nicht traurig, im Gegenteil. Sie schien beschwingt zu sein …

Just in diesem Moment klingelte das Telefon hinter dem Tresen. Sie beugte sich vor, als Simone Blumberg aus der Küche kam und abnahm.

„Du rufst mich im Café an? Das ist ja was ganz Neues", hörte Anni sie sagen.

Ihre Neugier war geweckt. Um besser hören zu können, wechselte Anni erneut ihre Position und lehnte sich nun seitlich in Richtung der kleinen Trennwand, die den Gastraum des Cafés vom Barbereich trennte. Doch es nützte nichts. Anni konnte kaum etwas hören. Kaum etwas außer:

„Ja, ich fand es auch schön, dass wir uns gestern kurz gesehen haben. Und ja, es war leichtsinnig. Es kommt nicht wieder vor. Aber ich hatte so große Sehnsucht nach dir."

Das genügte Anni. Ganz klar, Simone Blumberg war verliebt. Eine andere Erklärung gab es nicht. Und sie war nicht in irgendjemanden verliebt, sondern in Erik Jebsen. Für Anni bestand daran kein Zweifel.

Simone Blumberg legte auf und verschwand wieder in der Küche. Anni entspannte sich und setzte sich auf ihren ursprünglichen Platz zurück.

Sie nahm ihr Mobiltelefon und tippte eine Nachricht an Nele. Kurz darauf tauchte Simone Blumberg wieder auf, in der einen Hand eine Etagere mit vielen kleinen Köstlichkeiten, in der anderen Hand einen Latte macchiato.

„So, Anna ist jetzt da. Wenn's in Ordnung für dich ist, leiste ich dir beim Frühstücken Gesellschaft." Wie selbstverständlich zog sie den Stuhl zurück und setzte sich auf die gegenüberliegende Seite des Tisches.

„Na klar. Zusammen schmeckt es eh viel besser." Anni bestaunte die Etagere, das frische Obst in der zweiten Etage, verschiedene Wurst- und Käsesorten in der unteren und die Brötchen on top. „Das sieht fantastisch aus."

„Freut mich, dass es dir gefällt." Simone nippte an ihrem Latte und nahm sich ein Croissant, das sie in ein Schälchen mit Erdbeermarmelade tauchte. Genüsslich schob sie es sich in den Mund, biss ab und kaute darauf herum. „Croissants isst man am besten so. Das hab ich in Paris gelernt." Sie zwinkerte Anni zu und nahm einen weiteren Bissen.

Anni nahm sich eines der großen Vollkornbrötchen, schnitt es auf und beschmierte es mit Frischkäse. „Du warst in Paris?", fragte sie und versuchte, so beiläufig wie möglich zu klingen.

Simone nickte. „Ja, schon mehrmals. Das erste Mal als Austauschschülerin und dann immer wieder. Zuletzt an Ostern."

„Mit deinem Mann?"

Simones Lächeln gefror für einen Augenblick, dann fing sie sich wieder. „Nein, nicht mit Michael. Städtetrips waren nichts für ihn. Für ihn gehörten zu einem Urlaub ein Strand oder mindestens ein Pool, Sonne satt und Ruhe. Das kann auf die Dauer ganz schön langweilig sein." Sie zog eine Schnute.

„Strandurlaub ist doch toll." Anni hatte nichts dagegen einzuwenden.

„Ja, aber nicht nur. Ich brauche die Abwechslung, muss das Leben um mich herum pulsieren spüren. Alles andere ist nichts für mich." Sie nahm sich eine Kiwi und begann diese zu löffeln.

„Die Mischung macht's wohl, was?" Annis Vollkornbrötchen schmeckte großartig. Knusprig und kernig, und man merkte ihm an, dass es mit Liebe gebacken worden war. Sie schloss für einen Moment genießerisch die Augen.

„Gut, oder? Ich habe das Rezept von einem Bäcker in Esbjerg bekommen. Er hat sein Geschäft aufgegeben und wollte, dass seine Rezepte weiterleben. Da habe ich sie ihm abgekauft. Eine der besten Investitionen, die ich gemacht habe."

Anni war nicht entgangen, dass Simone Blumberg sie das gesamte Frühstück über kaum aus den Augen ließ. Hatte sie mitbekommen, dass Anni sie gestern im Krankenhaus gesehen hatte? Oder wollte sie einfach nur wissen, wie ihr das Frühstück schmeckte?

„Hervorragend", sagte Anni schmatzend und mit halbvollem Mund. „Das bringt mich zu meiner Idee." Sie aß auf und legte das Messer einmal quer über den Teller.

„Du machst mich neugierig." Simone Blumberg lehnte sich zurück, schielte nach draußen und trank von ihrem Latte. „Also, ich höre."

Anni nahm ihrerseits einen Schluck Milchkaffee, steckte sich eine Weintraube in den Mund und kaute darauf herum. Sie schluckte sie herunter und sah Simone an. „Ich überlege, kulinarische Stadtführungen anzubieten. Als Petuhtante. Und dein Café wäre ideal dafür. Petuhtanten sind auch gerne für Kaffee und Kuchen eingekehrt." Sie zwinkerte Simone Blumberg zu und sah gleich, dass sie sie bereits für diese Idee begeistert hatte.

„Das klingt toll! Wir könnten das ganz groß aufziehen." Simone Blumberg klatschte in die Hände, kramte einen Stift aus der Hosentasche und begann auf einem Stück Serviette etwas zu kritzeln. Als sie fertig war, reichte sie es Anni.

„Was ist das?" Anni sah die Serviette und die Kritzelei darauf an.

„Ein Vertrag." Simone lachte.

„Glaub mir, ich würde auf der Stelle einen Vertrag mit dir machen, aber letztlich entscheidet Gunnar, ob wir kulinarische Petuhtanten-Führungen zur neuen Saison ins Programm mit aufnehmen oder nicht. Aber wenn wir beide uns einig sind, glaube ich, dass die Chancen dafür gut stehen." Anni faltete die Serviette zu ihrer normalen Größe zusammen. „Darf ich die hier schon mal mitnehmen?"

Simone Blumberg nickte. „Du musst sogar. Und zeig sie gerne Gunnar. Dies ist ein Angebot, zu dem er nicht nein sagen kann."

Anni lächelte sanft und nahm ein paar Blaubeeren vom mittleren Teller der Etagere. Entschuldigend sah sie Simone an. „Du musst mich für vollkommen unsensibel halten, dass ich hier mit einem neuen Konzept auftauche und nicht einmal frage, wie es dir geht."

Simone winkte ab. „Mir ist es ganz recht so. Am liebsten möchte ich, dass alles ganz normal weiterläuft. Als sei nichts geschehen.“ Sie biss sich auf die Lippe.

„Aber es wird dich irgendwann von innen auffressen, wenn du die Trauer und den Schmerz über den Verlust deines Mannes nicht zulässt.“ Anni legte ihre Hand auf Simones, doch diese zog sie weg.

„Wer sagt, dass ich trauern muss?“

Die Frage erwischte Anni auf dem falschen Fuß. Verlegen zuckte sie mit den Achseln.

„Alle meinen, weil ich meinen Mann verloren habe, muss ich traurig sein und mich zu Hause verkriechen. Aber das bin ich nicht. Ich bin noch nie diejenige gewesen, die sich zu Hause einschließt und niemanden an sich heranlässt. Ich muss mich ablenken, brauche Menschen um mich herum, damit ich mich selbst noch lebendig fühle.“ Simone Blumberg sah zu Anni herüber. In ihren Augen war keine Träne zu sehen, und trotzdem schniefte sie.

„Weißt du, ich hab immer geglaubt, dass ich mir die Augen ausheulen werde, wenn ich Michael einmal verliere. Aber seit ich die Gewissheit habe, dass er tot ist, spüre ich rein gar nichts. Es ist, als würde es mir überhaupt nichts bedeuten. Ich bin einfach nur leer.“

Anni nickte mitfühlend. „Weiß man schon …“, fragte sie vorsichtig.

„Nein. Die Polizei sucht und befragt, aber wenn du mich fragst, haben die nicht besonders viel Ahnung von dem, was sie tun. Ich meine, vielleicht sitzt Michaels Mörder direkt vor ihrer Nase, und sie sehen es einfach nicht.“ Sie lachte bitter.

„Und Erik Jebsen?“

Simone Blumberg hob ihren Blick. „Was soll mit ihm sein?“, fragte sie ein wenig zu hastig.

„Weiß man, warum er überlebt hat?“ Anni wusste, dass es plump und vielleicht ein wenig zu sehr nach Harry Potter klang. Aber wie hätte sie es anders ausdrücken sollen?

„Nein, aber die Polizei hat mir versichert, dass sie ihn rund um die Uhr überwachen lässt.“ Simone sah auf ihre Armbanduhr, schob den Stuhl zurück und stand auf. Anni hatte den Eindruck, dass sie es plötzlich ziemlich eilig hatte.

„Musst du schon gehen?“ Anni sah sie an.

„Mir fällt ein, dass ich noch einen Termin beim Bestatter habe. Ich hoffe, wir können ein Datum für die Trauerfeier festmachen, damit wir es endlich hinter uns bringen können.“ Sie ging am Tisch vorbei und verabschiedete sich von Anni. „Das Frühstück geht auf mich. Und vergiss nicht, Gunnar den Vertrag zu zeigen. Ich bin zu allen Schandtaten bereit.“ Sie winkte und verschwand.

*

„Zwei Männer verschwinden, einer taucht kurz darauf wieder auf – ohne Gedächtnis –, wenige Tage später wird die Leiche des anderen Mannes gefunden. Und eine Ehefrau, die nicht trauert, dafür aber den anderen Geschäftsmann im Krankenhaus besucht …“

Anni lag im Garten von Frau Lorenzens Haus auf einer Sonnenliege, die Beine ausgestreckt, die Augen hinter einer großen Sonnenbrille versteckt. Gedanklich ging sie gerade noch einmal alles durch, was sie in den vergangenen Stunden erfahren hatte, und versuchte, die einzelnen Puzzlestücke zusammenzufügen. Das konnte doch nicht so schwer sein. Sie war sicher, dass sie der Lösung bereits zum Greifen nah war!

Plötzlich verdunkelte sich der Himmel. Sie öffnete die Augen und blickte in das Gesicht von Kommissar Christiansen. Was zum Teufel machte der denn hier?

„Moin", sagte er trocken, ohne einen Hauch von Nettigkeit in der Stimme, dafür aber mit der gewohnten Arroganz, mit der er ihr bereits die vergangenen Male begegnet war.

„Moin." Anni setzte sich auf und beglückwünschte sich, dass sie sich heute nicht im Bikini in den Garten gelegt hatte. „Tauchen Sie immer einfach so in den Gärten alleinlebender Frauen auf?" Sie griff seitlich nach ihrer Strickjacke und zog sie sich über das dünne Top, das sie trug.

„Waren Sie das gestern Abend im Krankenhaus?" Er kam ohne große Umschweife zur Sache.

„Woher haben Sie überhaupt meine Adresse?" Sie stand von der Sonnenliege auf und machte ein paar Schritte durch den Garten. Jan Christiansen folgte ihr mit gewissem Abstand, als sei er sich nicht sicher, was genau sie vorhatte.

Um ehrlich zu sein, wusste sie das selbst nicht einmal. Nie im Leben hätte sie damit gerechnet, von der Polizei Besuch zu bekommen. Sie schielte zum Haus und sah Maria-Sofia Lorenzens grau gelockten Haarschopf über die Plissees im Wohnzimmer lugen. War ja klar, dass sie ihre Neugier nicht im Zaum halten konnte. Sie konnte darauf wetten, dass der Besuch der Kripo bei Anni schon bald Dorfgespräch war.

„Ich arbeite bei der Kripo, schon vergessen?" Jan lachte schräg, wohl auch, um ihr zu demonstrieren, wie absurd ihre Frage gewesen war.

Schönen Dank auch!

„Also, waren Sie das im Krankenhaus?", wiederholte er seine Frage von vorhin.

„Ich – ", machte Anni einen Anfang, aber Jan unterbrach sie.

„Überlegen Sie jetzt bitte genau, was Sie sagen." Sein stechender Blick ruhte auf ihr und verpasste ihr eine Gänsehaut, die sich gewaschen hatte.

Anni schluckte. Lügen konnte sie jetzt wohl nicht.

„Ja."

„Wie? Ja?" Er sah sie verdutzt an, als habe er mit ihrer Ehrlichkeit nicht gerechnet.

„Ja, ich war da. Warum?" Sie nahm eine ihrer roten Locken und spielte unschuldig damit, drehte sie um ihren Finger und ließ sie wieder los, sodass sie wie ein Korkenzieher auf und ab hüpfte.

„Das frage ich Sie. Was haben Sie dort gemacht?" Er blieb stehen, sah ebenfalls zum Wohnzimmer, woraufhin der graue Lockenschopf auf Tauchstation ging. „Neugierige Vermieterin?" Er schmunzelte.

„Ja." Anni schmunzelte ebenfalls. „Steht Ihnen übrigens gut." Sie deutete auf das Lächeln, das sich für eine Millisekunde in seinem Gesicht gezeigt hatte.

„Was?" Er strich über seine Wange, als habe er dort einen Fleck oder eine Fliege sitzen.

„Das Lächeln. Sie sollten viel öfter nicht so grimmig sein." Sie ging zur Sitzbank, die sie auf der Wildblumenwiese aufgestellt hatte, und setzte sich.

„Ich bin nicht grimmig, ich arbeite." Er setzte sich ohne einen weiteren Kommentar neben sie.

„Ich habe Simone Blumberg ins Krankenhaus gehen sehen und wollte wissen, wen sie besucht."

Jan nickte. „Und, wen hat sie besucht?"

Sie drehte sich zu ihm und legte den Kopf schräg. „Das wissen Sie doch schon längst."

„Ich würde es aber gerne von Ihnen hören." Er streckte die Beine aus und verschränkte die Arme hinter dem Kopf.

Anni seufzte. „Ist das ein Verhör?"

Er nickte.

Sie seufzte abermals. „Sie hat Erik Jebsen besucht."

Jan Christiansen blinzelte. „Und wann haben Sie vorgehabt, mir das zu erzählen?"

„Gar nicht."

Er sah sie an und setzte sich gerade hin. „Gar nicht?"

Anni nickte. „Ganz genau. Ich bin doch nur eine dahergelaufene Hobbyermittlerin, der man nichts glauben kann. Schon vergessen?" Sie zwinkerte ihm zu, woraufhin er seinerseits zu seufzen begann.

„Sie nehmen das doch nicht persönlich, oder?" Er hob eine Augenbraue.

„Doch. Genau wie Ihr Hupen damals." Sie lehnte sich zurück und verschränkte die Arme vor der Brust.

„Wie oft soll ich mich denn noch dafür entschuldigen?"

„Ach, einmal würde schon reichen." Sie setzte sich ihre Sonnenbrille wieder auf und schaute nach vorne. Die Wildkräuter waren in den vergangenen Wochen herrlich gewachsen. Unfassbar, dass aus diesen kleinen Samen mal solche Schönheiten wurden. Zudem duftete es herrlich nach Lavendel und Thymian, Rosmarin und Dill, und das Summen der Bienen hatte eine durch und durch beruhigende Wirkung.

„Es tut mir leid. Wirklich", sagte Jan Christiansen schließlich.

„Entschuldigung angenommen."

Es raschelte im Kirschlorbeer hinter ihnen. Erschrocken drehte sich der Kommissar um. Hugo kam aus dem Gebüsch gewatschelt, schnatterte aufgeregt, so wie er es immer machte, wenn er von einem seiner Ausflüge zurückkehrte, und ließ sich vor Annis Füßen auf dem Rasen nieder.

„Was ist das?" Jan Christiansen rieb sich die Augen.

„Das, Herr Kommissar, ist Hugo."

Eine Weile saßen sie nebeneinander, ohne dass jemand sprach. Hugo war eingeschlafen, und Anni fragte sich, warum Jan Christiansen wirklich zu ihr nach Freienwill gekommen war. Er hätte sie auch vorladen können. Außerdem war er allein gekommen. Wollte er seinen alten Kollegen nicht dabeihaben? Oder schmiedete er einen Plan, von dem der ander – wie hieß er noch gleich? Ach ja, Boysen – nichts mitbekommen sollte?

Was war Jan Christiansen für ein Mensch? Was für ein Polizist? Er machte auf sie nicht den Eindruck eines Teamplayers. Was wahrscheinlich auch der Grund war, warum er ohne Boysen in ihrem Garten aufgetaucht war.

„Ich glaube, Simone Blumberg und Erik Jebsen haben eine Affäre", platzte es schließlich aus ihr heraus, ohne dass sie es wollte. Eigentlich hatte sie nur laut gedacht und Jan Christiansen dabei komplett vergessen.

Er sagte zunächst nichts, sondern schien das, was sie gesagt hatte, auf sich wirken zu lassen. Oder war er eingeschlafen? Er rührte sich nicht, und hinter der dunklen Sonnenbrille, die er sich vorhin aufgesetzt hatte, konnte sie seine Augen nicht erkennen. Waren sie geschlossen? Oder starrte er sie gerade in diesem Moment an?

„Hallo?" Sie setzte ihrerseits die Sonnenbrille ab und schob sie sich ins Haar, während sie mit der Hand vor seinem Gesicht herumwedelte.

„Ganz schön blöd, wenn man die Augen des anderen nicht sehen kann, oder?" Er grinste wie ein Honigkuchenpferd, als freute er sich diebisch darüber, ihr eine Lektion erteilt zu haben.

„Sie haben gewonnen."

„Es geht doch gar nicht ums Gewinnen, sondern vielmehr darum, endlich diesen verdammten Fall zu lösen." Er nahm seine Sonnenbrille ab und steckte sie sich in die Brusttasche seines weißen Leinenhemds. „Also, haben Sie Beweise dafür, dass die beiden eine Affäre haben?"

Anni kratzte sich am Hinterkopf. „Na ja, Beweise würde ich das nicht direkt nennen. Ich denke, es sind eher Indizien." Sie stoppte, unsicher, wie viel sie dem Kommissar erzählen konnte, ohne dass er wieder ausflippte. Aber letztlich war es an der Zeit, die Karten auf den Tisch zu legen. „Ich war heute Morgen bei Simone Blumberg im Café. Sie hat einen

Anruf bekommen, über den sie zunächst sehr erstaunt war. Und dann hat sie sehr verliebt gelächelt und gesäuselt, dass sie wisse, wie gefährlich und leichtsinnig ihr Besuch war, aber dass sie vor Sehnsucht beinahe gestorben sei und – "

Jan Christiansen hob die Hand. „Sie haben also wieder mal meine Arbeit gemacht." Er runzelte die Stirn und seufzte.

„Sie waren ja nicht da, und ich wollte ein wenig vorfühlen. So von Frau zu Frau, quasi."

„Aha. Von Frau zu Frau … na toll." Er stand auf und verschränkte die Arme vor der Brust, während er einmal um die Sitzbank herumging. „Wissen Sie was, Anni?"

Sie sah ihn kopfschüttelnd an und wappnete sich für die Standpauke, die nun folgen würde.

„Das haben Sie sehr gut gemacht."

Wie bitte? Hatte sie sich eben verhört?

„War das ein Lob?"

Er nickte. „Ich habe schon länger den Verdacht, dass Simone Blumberg und Erik Jebsen sich näherstehen, als sie uns weismachen wollen."

„Ach."

„Dies ist auch einer der Gründe, warum ich das Zimmer von Erik Jebsen so lange habe bewachen lassen. Ich wusste, wenn die beiden eine Affäre haben, wird Simone Blumberg früher oder später bei Erik Jebsen auftauchen. Wir mussten nur lange genug warten und darauf hoffen, dass Erik Jebsen nicht vorher entlassen wird."

„Und sein Gedächtnisverlust?"

„Den hat es nie gegeben. Ich war mir lange Zeit nicht sicher, aber durch meine täglichen Besuche bei Jebsen fiel es ihm zunehmend schwerer, die Fassade aufrechtzuerhalten. Er hat sich in Widersprüche verstrickt, übrigens nicht nur gegenüber der Polizei, sondern auch gegenüber seiner Familie. Als Boysen und ich kürzlich mit seiner Frau Manuela gesprochen haben und diese bestätigt hat, dass sie ebenfalls nicht an den Gedächtnisschwund ihres Mannes glaubt, war der Fall für mich klar."

„Aber wo war die Wache vor Erik Jebsens Zimmer gestern? Als ich auf der Station war, saß niemand auf dem Stuhl."

„Konnte er auch nicht, denn er war zu diesem Zeitpunkt auf der Toilette."

„Was? Ohne sich abzumelden? Niemand wusste davon."

„Sagen wir mal, es musste schnell gehen, denn in dem Cupcake, den Simone Blumberg dem Polizisten geschenkt hatt – und den dieser Idiot auch noch gegessen hat – , war ein Mittel mit durchschlagender Wirkung." Er zwinkerte ihr zu, und Anni verstand.

Die Erkenntnis, dass Simone Blumberg eine Frau mit zwei Gesichtern war, traf Anni wie ein Schlag und sorgte dafür, dass sich ihr Magen zuschnürte.

Monatelang hatte sie in ihrem Café Kuchen gegessen, war mit ihren Touristengruppen dort eingekehrt und hatte gute Unterhaltungen mit ihr geführt. Zuletzt erst heute Morgen, obwohl Simone Blumbergs makellose Fassade dort bereits Risse bekommen hatte. Dennoch: Sie war eine nette Frau. Aber eben auch durchtrieben, jemand, der es faustdick hinter den Ohren hatte.

„Und jetzt?" Sie sah Jan Christiansen an, der inmitten der Wildkräuter stand. „Kommen Sie da bitte raus? Sie treten ja alles kaputt."

Erst jetzt schien er zu sehen, wo er eigentlich hingegangen war. Er hüpfte einmal quer über die Wiese und versuchte dabei, so wenig Schaden wie möglich anzurichten. „Sorry." Der Kommissar hob entschuldigend seine Hand.

„Also, wie geht's jetzt weiter? Selbst wenn Erik und Simone eine Affäre haben, ist das noch lange kein Beweis, dass sie Michael Blumberg auf dem Gewissen haben."

„Und deshalb kommen jetzt Sie ins Spiel." Er setzte sich zurück zu ihr auf die Bank, die Hände in den Hosentaschen vergraben.

„Ich?" Anni runzelte die Stirn.

„Ich hätte nie gedacht, dass ich das mal sagen würde, aber …" Er zögerte. „I-ich brauche Ihre Hilfe."

26.
Wat'n Aggewars

Anni hasste es, zu spät zu kommen, auch wenn sie dieses Mal wirklich nichts dafür konnte. Das Gespräch mit Jan Christiansen hatte sich noch eine knappe Stunde hingezogen. Er hatte so viele Fragen gestellt, dass ihr zwischendurch gehörig der Kopf geschwirrt hatte, und währenddessen hatte sie ganz vergessen, dass sie verabredet war. Als er endlich gegangen war, hatte sie gerade noch eine halbe Stunde gehabt, um zu duschen, sich die Haare zu machen und sich umzuziehen.

Mit quietschenden Reifen parkte sie ihren Mini unter dem großen Kastanienbaum vor dem Haus ihrer Eltern. Drinnen brannte bereits Kerzenlicht, und Anni konnte das Donnerwetter, das sie erwartete, schon jetzt hören.

Ohne zu zögern, stieg sie aus, schloss die Autotür ab und ging zum Haus. Die Luft roch modrig feucht, vielleicht sogar schon ein wenig herbstlich, wie immer um diese Jahreszeit, wenn sich das Wetter nicht entscheiden konnte, ob noch Sommer oder schon Herbst war.

„Da bist du ja endlich." Ihre Mutter stand oben am Treppenaufgang, eine Flasche Wein in der einen Hand und einen

Flaschenöffner in der anderen. „Dein Vater ist schon ganz ungeduldig."

„Wie immer, wenn ich zu spät komme." Anni rollte mit den Augen, umarmte ihre Mutter und hauchte ihr einen Kuss auf die Wange. Sie sah gut aus, besser und rosiger als die vergangenen Male, als sie sich gesehen hatten. Vermutlich erzielten die Yogakurse, die sie belegte, bei ihr doch eine Wirkung.

„Komm." Sie ging voraus durch den spärlich beleuchteten Flur ins Esszimmer, wo die Familie bereits beisammensaß.

„Tut mir leid, dass ich zu spät bin, aber ich musste noch eine Aussage bei der Polizei machen", sagte sie, verteilte Luftküsse und setzte sich auf ihren Stammplatz zwischen ihrem Vater und ihrer Schwester.

„Eine Aussage bei der Polizei? Hattest du einen Unfall?" Arne-Christian Gade sah auf. „Oder hast du was angestellt?"

War ja klar, dass er wieder nur das Schlechteste von seiner Tochter erwartete.

„Weder noch. Es geht um den Tod von Michael Blumberg", begann Anni zu erzählen, vorsichtig darauf bedacht, den Anwesenden nicht zu viel zu verraten. Sie beließ es bei den puren Fakten, erzählte, dass sie den Streit der beiden Männer beobachtet hatte und dadurch wohl eine der wenigen war, die Blumberg und Jebsen zuletzt zusammen gesehen hatte.

„Das ist ja spannend." Christin schenkte sich ein Glas Rotwein ein, während ihre Mutter ihr Basmatireis und ein rotes Linsencurry auf den Teller füllte. „Und kriegst du jetzt eine Prämie, weil du die Aussage gemacht hast?"

„Ich bitte dich, Kind", herrschte Annis Vater sie an. „Das ist doch keine Verlosung, bei der man einen Preis gewinnen kann. Deine Schwester hat etwas beobachtet und hat ihre Bürgerpflicht getan, und eine Aussage gemacht. Dafür kann sie doch nichts einfordern." Er starrte auf den Teller mit Linsencurry und Reis vor sich und seufzte. „Heute vegetarisch?"

Ute, Annis Mutter, nickte. „Wir müssen nicht jeden Tag Fleisch essen. Das ist nicht gut für uns." Sie lächelte, nahm Annis Teller und begann aufzufüllen.

„Bitte für mich nur eine Kleinigkeit. Ich kann mir ja immer noch nachnehmen."

„Wie du möchtest." Ute füllte eine kleine Portion auf den Teller und reichte ihn Anni. „Guten Appetit."

Anni verfolgte mit großer Spannung, wie sich jeder am Tisch davor drückte, den ersten Löffel zu nehmen. Wie immer, wenn ihre Mutter thailändisch kochte. Also machte sie den Anfang, und zu ihrer Überraschung war das Essen dieses Mal weder versalzen noch zu scharf. Es war durchaus genießbar, wenn nicht gar eine Spur lecker.

„Hm. Das ist gut", sagte sie und nahm einen weiteren Löffel. „Schmeckt sehr gut."

Christin sah sie an, als habe sie ein Einhorn durch die Straße galoppieren sehen. „Meinst du das ernst?"

Sie beugte sich seitlich zu ihr und flüsterte: „Ja, du solltest es probieren." Anni aß weiter und registrierte mit Freude, wie erleichtert ihre Mutter war, dass sie dieses Mal das Richtige gekocht hatte.

Auch ihrem Vater schien es zu schmecken. Zumindest beschwerte er sich nicht – auch nicht mehr über das fehlende Fleisch – , was Anni als Fortschritt zu den vergangenen Treffen wertete.

Vielleicht aber war er inzwischen auch nur abgestumpft. Zumindest gab er keinen Ton mehr von sich, bis er aufgegessen hatte und der Tisch abgeräumt wurde.

„Dieser Fall Jebsen … wird Zeit, dass er gelöst wird", sagte er mit grimmiger Miene. „Dieser Mann hat viel Ärger über viele Leute gebracht."

„Wie meinst du das, Papa?" Anni rückte näher an ihn heran.

„Ach, nichts", grummelte er und zog seine Hand fort, als Anni diese berühren wollte. Sie seufzte, versuchte aber, sich nicht weiter darüber zu ärgern. Diese Art der Zurückweisung hatte sie in den vergangenen Jahren des Öfteren erfahren. Es schmerzte längst nicht mehr so stark wie am Anfang. Auch wenn es natürlich immer noch wehtat.

„Worüber redet Ihr?" Ute kam zurück ins Wohnzimmer, in der Hand ein Tablett mit Dessertgläsern, die bis zum oberen Rand gefüllt waren.

„Ach." Arne-Christian winkte ab, nahm sich ein Glas vom Tablett und begann es auszulöffeln, noch bevor die anderen überhaupt eins bekommen hatten.

„Wir haben über Erik Jebsen gesprochen." Anni genoss die kühle Mousse au Chocolat und ließ sich die Creme auf der Zunge zergehen. Wie lange hatte sie das nicht mehr gegessen?

„Ach, über diesen Mann sollte man kein Wort mehr verlieren, wenn ihr mich fragt." Ute stellte ihr Dessertglas mit einem Rumms auf den Tisch.

„Warum?" Was hatten ihre Eltern denn nur?

„Warum musst du alles hinterfragen? Kannst du dich nicht ein einziges Mal mit einer Antwort zufriedengeben?" Annis

Vater stellte sein leeres Glas auf den Tisch und legte den Löffel daneben auf die Serviette.

„Warum kannst *du* mir nicht einfach eine vernünftige Antwort geben? Dann höre ich vielleicht auf nachzufragen." Anni kniff die Augen zusammen und sah ihren Vater an. Seine Sturheit brachte sie wirklich auf die Palme.

„Weil Erik Jebsen ein Verbrecher ist." Arne-Christian wurde laut. „Gibst du dich mit dieser Antwort zufrieden?"

„Warum ist er ein Verbrecher?" Es war, zum Glück, Christin, die das Wort ergriff und Anni die Frage aus dem Mund nahm.

„Hat man vor euch Mädchen denn niemals seine Ruhe? Habt ihr euch etwa abgesprochen?" Arne-Christian schüttelte entnervt den Kopf und trommelte mit den Fingern auf den Tisch.

Anni warf ihrer Schwester einen verschwörerischen Blick zu, den diese prompt erwiderte.

„Also, raus mit der Sprache. Was hat Erik Jebsen angestellt, dass du ihn als Verbrecher bezeichnest?", forderte Christin ihren Vater auf, während sie ihre Mousse auslöffelte und ihn dabei fixierte.

„Er hat viele Menschen um ihr hart verdientes Geld gebracht. Das ist passiert." Annis Vater hörte auf, mit den Fingern auf das weiße Tischtuch zu trommeln, und stöhnte stattdessen so laut, dass Anni fürchtete, er habe Schmerzen.

„Alles okay?", fragte sie besorgt. Ihr Vater nickte.

„Er hat auch uns zu einer Investition überredet, die von Anfang an zum Scheitern verurteilt war", sagte Arne-Christian leise.

„Dabei hat das Projekt wirklich vielversprechend geklungen. Und es hätte sehr gut in die heutige Zeit gepasst", schaltete sich jetzt auch ihre Mutter ein. Sie hatte das Glas beiseitegestellt und nippte an einem Schlehenlikör, den sie sich zum Dessert genehmigt hatte.

„Jetzt reicht es. Könntet ihr bitte Klartext mit uns reden? Zu eurer Erinnerung: Christin und ich sind erwachsen. Wir können die Wahrheit vertragen." Anni nahm ihr Wasserglas und genehmigte sich einen Schluck.

„Die Kinder haben recht, Arne. Wir sollten den beiden sagen, was passiert ist." Ute, wie immer die Vernünftigere und weniger Verbohrte ihrer beiden Elternteile, sah ihren Mann mit weichem Blick an.

„Nun gut." Arne-Christian räusperte sich laut und holte tief Luft. „Wir haben in ein Projekt investiert, das es uns ermöglicht hätte, an Solarparks beteiligt zu werden. Wir haben Anteile gekauft, doch diese Parks sind nie gebaut worden. Erik Jebsen hat das Geld, das er dafür erhalten hat, veruntreut." Er haute mit der flachen Hand auf den Tisch, sodass alle, die daran saßen, zusammenzuckten.

„Das sind schwere Anschuldigungen, Papa. Habt ihr dafür Beweise?" Christin schluckte, ebenso wie Anni. Ihre Eltern hatten zuvor nie in Dinge investiert, bei denen sie nicht zu einhundert Prozent sicher waren, dass sie auch Kapital daraus schlagen würden. Dass sie dieses Mal offenbar betrogen worden waren, nagte verständlicherweise an ihnen.

„Die Parks hätten längst gebaut werden sollen. Aber nichts ist passiert. Stattdessen hieß es, dass Jebsen mit diesem Blumberg an neuen Projekten arbeitete. Wir haben uns natürlich an Erik gewandt, sind aber immer wieder vertröstet worden. Als Gipfel der Frechheit ist er dann auch noch für ein paar

Tage untergetaucht. Und gerade an dem Tag, an dem wir mit den anderen Betroffenen bei einem Anwalt waren, taucht er wieder auf und behauptet, er habe sein Gedächtnis verloren." Ihr Vater raste vor Wut. Sein Gesicht war ganz rot, an einigen Stellen sogar lila, und Anni machte sich nun wirklich Sorgen um seinen Gesundheitszustand.

„Beruhig dich, bitte."

„Ich kann mich nicht beruhigen. Und ich will es auch nicht. Dieser Mann schuldet uns zehntausend Euro, und ich werde keine Ruhe geben, bis ich mein Geld von ihm zurückbekomme." Er stand auf, ging zur Minibar und schenkte sich einen Whiskey ein.

„Nun, den Grundstein dafür haben wir ja nun gelegt. Der Brief vom Anwalt ist unterwegs." Ute hatte ihr Likörglas geleert, war ebenfalls aufgestanden und füllte sich nach. Dann hakte sie sich bei Arne ein und schmiegte ihren Kopf an seine Schulter.

„Zehntausend Euro sind eine Menge Geld", murmelte Christin.

Anni nickte, beugte sich zu ihrer Tasche herunter und holte ihr Handy hervor. „Ich muss einmal kurz telefonieren", sagte sie, zeigte auf das Handy und verschwand aus dem Esszimmer.

Im Flur suchte sie sich das einzige ruhige Plätzchen, in das sich nie jemand verirrte. Sie öffnete den Garderobenschrank, schob die Wintermäntel beiseite, setzte sich hinein und schloss die Tür. Dann scrollte sie durch ihr Adressbuch und wählte Jan Christiansens Nummer, die er ihr vorhin für Notfälle hinterlassen hatte.

Es tutete einige Male, und Anni wollte bereits auflegen, doch dann nahm Christiansen ab.

„Was gibt's?"

Gott, er klang fürchterlich. Hoffentlich hatte sie ihn nicht geweckt. Sie legte die Hand schräg, um auf ihre Uhr zu sehen, doch es war zu dunkel in dem Schrank, sodass sie die Tür einen kleinen Spalt öffnen musste.

Die immer noch aufgeregten Stimmen ihrer Eltern und von Christin drangen zu ihr durch.

„Hallo? Anni?" Jan Christiansens Stimme wurde lauter.

Sie beschloss, die Uhrzeit zu ignorieren, schloss die Schranktür wieder und nahm das Handy ans Ohr.

„Hören Sie mich?", flüsterte sie.

„Bitte? Wissen Sie, wie spät es ist?"

„Um ehrlich zu sein, nein, weil es in dem Schrank, in dem ich stecke, ziemlich dunkel ist."

„Moment, Sie stecken in einem Schrank?" Er klang, als habe sie ihm erzählt, dass Außerirdische in ihrem Garten gelandet waren. „Geht's Ihnen gut?"

„Ja, ich bin ja selbst hineingeklettert." Anni versuchte, ihn zu beruhigen, was allerdings nur mäßig zu gelingen schien.

„Müssen Sie sich verstecken? Wo sind Sie?" Er klang immer noch aufgebracht.

„Bei meinen Eltern."

Stille.

„Ich bin zum wöchentlichen Pflichtabendessen bei meinen Eltern. Und da habe ich etwas Spannendes erfahren. Deshalb rufe ich Sie an."

„Aus einem Schrank?"

„Das scheint Sie ja ganz schön zu beschäftigen." Anni verkniff sich ein Lachen. Wahrscheinlich wäre es besser gewesen, es gar nicht zu erwähnen. „Weil dies der einzige Ort in diesem Haus ist, an dem ich in Ruhe telefonieren kann. Das war schon als Teenie so."

„Wie auch immer. Kehren wir zum eigentlichen Grund Ihres Anrufs zurück." Er machte eine Pause, wohl um eine Reaktion von ihr abzuwarten. „Warum rufen Sie mich an, Anni?"

„Setzen Sie sich lieber, das, was ich Ihnen jetzt sage, wird Sie umhauen."

„Ich sitze bereits – und warte …"

„Erik Jebsen hat viele Menschen hier in Flensburg um eine Menge Geld betrogen. Ich weiß das, weil meine Eltern in einen seiner geplanten Solarparks investiert haben, aber diese wurden bislang nicht gebaut. Sie waren auch schon beim Anwalt deswegen, und sollte Erik Jebsen nicht reagieren – was er ja nicht tut, da er ja angeblich nicht mehr weiß, wer er ist – , wird noch in dieser Woche Klage gegen ihn eingereicht. Na, da sind Sie platt, was?"

„Wusste ich doch, dass die Bücher, die wir zu sehen bekommen haben, gefälscht waren", murmelte Jan Christiansen am anderen Ende der Leitung. „Gut, dass Sie mich anrufen. Diese Info ist sehr wichtig. Danke." Sie meinte ein Lächeln in seiner Stimme zu hören.

„Gern geschehen."

„Das ändert aber nichts an unserem Plan, Anni. Wir bleiben bei dem, was wir besprochen haben." Er wurde wieder ernst.

Anni nickte. „Natürlich. Alles bleibt, wie es ist. Ich dachte nur, diese Info wäre vielleicht hilfreich."

„Das ist sie. Ich werde sie gleich morgen mit Boysen besprechen. Nochmals danke. Gute Nacht." Er legte auf, ohne eine Antwort von Anni abzuwarten.

Sie steckte das Handy zurück in ihre Hosentasche und öffnete die Tür vom Garderobenschrank.

„Was machst du im Schrank?" Ihre Mutter stand mit einem Glas Likör in der Hand im Flur und sah sie an, als hätte sie eine Zipfelmütze auf dem Kopf.

„Ich hab telefoniert." Sie zeigte auf das Handy in ihrer Hosentasche und lachte.

„Im Schrank? Meinst du nicht, aus dem Alter bist du langsam raus?" Ute Gade runzelte die Stirn, machte ein paar Schritte auf sie zu und strich ihr über das krause Haar. „Ist wirklich alles in Ordnung, Kind?"

Anni lächelte sanft. „Ja, alles in Ordnung."

27.
Utklamüsern

Es war ein guter Morgen, auch wenn es zunächst nicht danach aussah. Der Herbst schien endgültig Einzug gehalten zu haben. Es stürmte, und der Himmel war wolkenverhangen, aber zum Glück regnete es nicht.

Jan Christiansen hatte die Nacht über kaum geschlafen, sondern hatte einen Teil der Akten, die sie aus Jebsens Brauerei mitgenommen hatten, durchforstet. Nirgends war etwas über den Solarpark zu lesen gewesen, den Anni erwähnt hatte. Dafür aber hatte es jede Menge Kontobewegungen gegeben, die er auf den ersten Blick nicht nachvollziehen konnte. Große Summen wurden eingezahlt, verweilten einige Zeit auf dem Konto und verschwanden dann wieder. Ebenfalls auffällig war, dass die Kontoaufzeichnungen nicht zu den Einträgen in den Büchern passten. Wenn er sich allein auf diese berief, war die Brauerei bereits vor einigen Jahren in finanzielle Schwierigkeiten geraten. Sie hätte längst rote Zahlen schreiben müssen. Es sei denn, das Firmenkonto war immer wieder ausgeglichen worden. Doch woher war das Geld gekommen?

Als er die Akten das erste Mal studiert hatte, hatte er die Kontoeinzahlungen auf Jebsens heimliches Pokerspiel zurückgeführt, von dem Boysen berichtet hatte. Doch mit der Aussage von Anni hatte der Fall eine andere Wendung genommen.

Anni hatte ihm die Unterlagen, die sie von ihren Eltern bekommen hatte, noch gestern Abend gemailt, sodass er einen Eindruck von der Tragweite des Betrugs bekam.

Annis Eltern hatten sich mit anderen Betroffenen zusammengetan und waren bereit, eine Sammelklage gegen Erik Jebsen einzureichen, sollte dieser sich nicht binnen einer genannten Frist zu dem Betrugsverdacht gegen ihn äußern.

Dass sie nicht gleich zur Polizei gegangen waren, war ihm ein Rätsel. Aber vermutlich war es, wie so oft in Deutschland, so, dass sie sich schämten, einem Betrüger aufgesessen zu sein. Viele Menschen, die um ihr Geld gebracht wurden, reichten nie Klage ein, aus Angst vor den Reaktionen aus der Gesellschaft. Einer Gesellschaft, die es nahezu perfektioniert hatte, mit dem Finger auf andere Menschen zu zeigen und diese an den Pranger zu stellen. Oft wurde sich mehr darüber aufgeregt, wie dumm doch manche Leute waren, offensichtlichen Betrügern auf den Leim zu gehen, als über den Betrug selbst. Dabei war das der eigentliche Aufreger: dass es Menschen gab, die andere, ohne mit der Wimper zu zucken, um ihr Geld brachten.

„Hast du gewusst, dass Erik Jebsen auch noch ein Betrüger ist?"

Boysen schüttelte den Kopf. „Was heißt gewusst … diese Solarparks waren vor ein paar Monaten in aller Munde. Jeder, der etwas Geld gespart hatte, wollte investieren. Alle haben den großen Gewinn gewittert. Tja …“ Er kratzte sich am Hinterkopf. „Ich habe Erik schon damals gesagt, dass das alles eine Nummer zu groß für ihn ist, aber er wollte nicht auf mich hören, sondern ist zu seinen Pokerfreunden gelaufen und später dann zu Blumberg. Der hat ihm ganz schön Honig um den Bart geschmiert, das sag ich dir.“

Jan nippte an seinem Kaffee. „Und in diesem ganzen Fall, in dem wir jetzt ermitteln, bist du nicht einmal auf die Idee gekommen, mir das vielleicht zu erzählen?“ Er ärgerte sich darüber, dass Boysen ihm immer wieder Informationen verschwieg. Wenn man in einem Fall ermittelte, musste man sich zu einhundert Prozent vertrauen, wenn man erfolgreich sein wollte.

„Das ist doch Monate her, lange bevor du nach Flensburg gekommen bist.“ Boysen hob entschuldigend die Hände. „War wirklich keine böse Absicht.“

„Schon klar.“ Jan stand auf, ging zum Fenster und öffnete es. Sofort strömte herbstkühle Luft ins Büro und wirbelte einige Zettel auf seinem Schreibtisch durcheinander.

Es klopfte, und Bjarne von der Spurensicherung steckte seinen Kopf ins Büro.

„Moin, gut, dass ich euch beide hier antreffe. Wir haben neue Laborergebnisse bekommen.“ Er hielt einen roten Aktenordner hoch und reichte ihn Jan.

„Was steht drin?“, fragte er.

„Dass du nicht einmal selbst lesen kannst.“ Bjarne schüttelte den Kopf.

„Dass du es mir nicht einfach erzählen kannst.“ Jan hob eine Augenbraue. „Also, was steht drin?“

„Unter Erik Jebsens Nägeln haben wir ja die DNA von Michael Blumberg gefunden", begann Bjarne.

„Das wissen wir doch längst."

„Ja, aber wir haben natürlich auch Blumberg untersucht. Und unter seinen Nägeln haben wir ebenfalls DNA-Spuren gefunden. Allerdings nicht von Erik Jebsen."

„Ach." Hannes Boysen lehnte sich nach vorne. „Sondern von …?"

„Simone Blumberg."

„Und wenn schon, sie ist seine Frau. Es ist nicht ungewöhnlich, ihre DNA bei ihrem Mann zu finden, oder?" Hannes Boysen nahm einen großen Schluck von seinem Kaffee, stellte den Becher auf den Tisch und verschränkte die Arme vor dem dicken Bauch. „Außerdem war sie zum Zeitpunkt des Verschwindens in Aarhus auf irgendeiner Messe. Hat sie uns selbst gesagt."

„Ja, ich erinnere mich. Aber …" Jan dachte nach. „Wer sagt uns, dass sie wirklich die ganze Zeit dort war?"

„Das Hotel? Mensch, Jan, wir haben das doch alles schon überprüft."

„Selbst wenn. Aarhus ist nicht weit. In zweieinhalb Stunden kann man mit dem Auto in Flensburg sein. Das ist keine große Sache. Sie kann von der Messe nach Hause gefahren sein, ihren Mann und Erik getroffen haben und dann spätabends wieder zurückgefahren sein. Wenn Erik und sie gemeinsame Sache gemacht haben, wovon ich stark ausgehe, könnte Erik sich so lange um Michael Blumberg gekümmert haben, bis Simone Blumberg nach Hause gekommen ist und ihren Mann als vermisst gemeldet hat."

„Das Problem ist nur, wir können nichts beweisen", sagte Hannes Boysen trocken, und er klang auch ein wenig frustriert.

Jan stand auf und klatschte in die Hände. „Sie müssen gestehen!"

„Tz, gestehen", rief Boysen und lachte. „Ich kenne Erik. Der beißt sich lieber die Zunge ab, als dass der gesteht."

„Außer, man lockt das Geständnis aus ihm heraus." Jan hob eine Augenbraue.

„Wie soll man das anstellen? Und vor allem: Wem sollte das gelingen?"

Jan sah seinen Kollegen herausfordernd an. „Jemandem, der Erik schon lange kennt. Mit dem er zusammen am Pokertisch gesessen hat. Jemandem, dem er vielleicht vertraut."

Bei Boysen fiel der Groschen. „Das mache ich nicht! Er weiß, dass ich bei der Polizei bin. Wieso sollte er ausgerechnet mir sein Herz ausschütten?"

„Weil er durch seine Lüge gerade verdammt einsam ist. Und weil es ihm vielleicht guttut, sich jemandem anzuvertrauen."

Boysen stand auf und lief wie ein aufgescheuchtes, übergewichtiges Reh durch den Raum. „Das ist 'ne Scheiß-Idee!", schimpfte er.

„Es ist die einzige Option, die wir im Moment haben."

*

Erik Jebsen saß auf seinem Bett, neben sich eine Sporttasche mit den wenigen Habseligkeiten, die er hier im Krankenhaus bei sich gehabt hatte, als Boysen und Jan gegen Mittag im Krankenhaus eintrafen.

„Moin, geht's nach Hause?" Jan ging zügig auf ihn zu und reichte ihm zur Begrüßung die Hand.

„Ja, endlich." Über Jebsens Gesicht huschte der Anflug eines Lächelns, das schnell wieder verschwand. „Was auch immer Zuhause bedeutet." Er wandte sich von Jan ab und sah auf seine Hände.

„Ach, das wird schon. Zu Hause wird man am ehesten gesund." Hannes Boysen schob sich durch die Tür.

„Hannes", entfuhr es Erik prompt. „Was machst du denn hier?"

Boysen warf Jan einen verheißungsvollen Blick zu, den Jan mit einem Stirnrunzeln erwiderte. *Bingo!* Wusste er doch, dass Erik seine Fassade nicht ewig aufrechterhalten konnte.

„Was machst du nur für Sachen? Bin eben erst aus dem Urlaub zurückgekommen und hab meinen jungen Kollegen hier nahezu angefleht, dass er mich zu dir mitnimmt. Blass bist du um die Nase." Boysen klopfte Erik Jebsen auf die Schulter.

In Jans Hosentasche klingelte sein Mobiltelefon. Er sah Jebsen und Boysen entschuldigend an.

„Sorry, aber ich muss da rangehen." Jan drehte sich um und ging aus dem Raum.

Im Flur setzte er sich auf den leeren Stuhl, auf dem kurz vorher noch sein Kollege gesessen und Wache geschoben hatte. Ihn hatte er in die Pause geschickt, aus der er ihn eben angerufen hatte. Jetzt klingelte erneut sein Telefon. Jan nahm ab. Es war Bjarne.

„Bjarne, sieht alles gut aus?", fragte er so leise wie möglich.

„Ja, die Verbindung steht. Klick einfach den Link an, den ich dir geschickt habe. Dann müsstest du ein Bild bekommen. Den Ton hörst du über Kopfhörer." Jan nickte und legte auf. Er klickte auf den Link, und sofort erschien das Bild, das die kleine Mikro-Kamera aussendete, die Bjarne an Boysens Brille befestigt hatte. Dann setzte er sich die Kopfhörer ins Ohr und lehnte sich zurück. Die Show konnte beginnen.

Boysen saß immer noch auf dem Stuhl vor Jebsens Bett. Keiner der beiden sagte etwas, doch Jebsens Gesicht war gut zu erkennen, und man konnte ihm ansehen, dass er nachdachte.

„Lassen wir doch das Schauspiel, Erik. Das hast du doch gar nicht nötig." Boysen redete in seiner gewohnt ruhigen Art auf Erik Jebsen sein. „Ich weiß, dass du mich vorhin erkannt hast. Du hast nicht mal gezögert, als du meinen Namen gesagt hast."

Erik Jebsen nickte und seufzte. „Du hast recht. Ich habe keinen Gedächtnisverlust." Jetzt lachte er bitter.

„Und warum dann diese Show?"

„Weil ich etwas getan habe, wofür ich mich schäme. Und jetzt weiß ich nicht, wie ich aus der Nummer rauskommen soll." Er seufzte abermals, aber dieses Mal war es eher ein Stöhnen, das seiner Kehle entfuhr.

„Was ist passiert?", fragte Boysen einfühlsamer, als Jan erwartet hatte.

Erik Jebsen atmete tief ein. „Ich habe die Kontrolle verloren, und ich hasse mich dafür." Er atmete tief aus, ließ die

Schultern sinken und entspannte sich sichtlich. „Jetzt ist es raus. Jetzt weißt du's."

„Geht's dir besser?" Boysen legte ihm die Hand auf die Schulter.

Erik nickte. „Weißt du, wie ich mich die ganze Zeit gefühlt habe? Wie es ist, die Menschen, denen du etwas bedeutest, anzulügen? Allen etwas vorzumachen? Weißt du, wie beschissen es mir seit Tagen geht? Hannes, ich wusste einfach nicht, wie ich Manuela und Moritz noch unter die Augen treten sollte. Ich konnte mich selbst ja nicht mehr im Spiegel ansehen."

Boysen stand auf, ging um das Bett herum und stellte sich ans Fenster. Statt Eriks Gesicht tauchte auf dem Bildschirm nun die östliche Hafenseite von Flensburg auf, die St.-Jürgen-Kirche thronte an ihrem angestammten Platz über der Stadt.

„Dein Kollege glaubt, dass ich Michael Blumberg auf dem Gewissen habe. Dass ich ihn umgebracht habe. Aber ich bin kein Mörder. Ich bin kein schlechter Mensch. Das musst du mir glauben. Du kennst mich doch schon so lange. Kennst mich, wie ich unter Druck bin. Würdest du mir einen Mord zutrauen?" Eriks Stimme ähnelte einem Flehen.

„Aber was ist überhaupt passiert?" Boysen drehte sich wieder um, Eriks Bild kehrte zurück auf den Bildschirm.

„Michael Blumberg war kein guter Mensch. Und erst recht kein guter Ehemann. Er hat zu viel getrunken, seine Siege beim Pokern zu stark gefeiert, und seine Frau hatte darunter zu leiden. Sie hat es mir erzählt, als ich sie eines Abends allein im Brauhaus getroffen habe." Sein Blick verklärte sich, als er sich daran erinnerte. „Wir haben lange geredet, viel gesprochen und irgendwann … ich hab mich in sie verliebt,

Hannes. Ich wollte das nicht, aber gegen meine Gefühle konnte ich nichts tun. Und dann ist alles irgendwie aus dem Ruder gelaufen.“ Er machte eine Pause und schloss die Augen.

„Der Abend, an dem ihr euch gestritten habt?“

Erik nickte. „Ich wollte ihm einen Denkzettel verpassen, wollte ihm klarmachen, dass er mit mir nicht so umgehen durfte. Er hat mich immer so klein gemacht und nicht als gleichwertigen Geschäftspartner akzeptiert. Das wollte ich mir nicht mehr länger bieten lassen. Wie stand ich denn da … in der Stadt? Wir haben uns erst im Hof gestritten, aber er war stärker und hat mich verkloppt und meinte, ich solle ihn in Ruhe lassen. Das konnte ich nicht auf mir sitzen lassen und bin ihm dann in den Keller gefolgt, wo der Streit beinahe eskaliert ist. Irgendwann kam Simone dazu. Ich weiß gar nicht, wo sie herkam. Plötzlich war sie einfach da. Ich kauerte in einer Ecke, aber sie sah mich gar nicht an und sagte nur, wir sollten mitkommen und uns versöhnen wie Männer. Also sind wir ihr gefolgt.“ Erik Jebsen rieb sich über die Augen, als wolle er die Erinnerung an jenen Abend aus seinem Gedächtnis löschen. „Wir saßen dann bei Blumbergs zu Hause zusammen und haben etwas getrunken, und dann ist Michael plötzlich in sich zusammengesackt. Seine Muskeln waren ganz schlaff. Ich bin fast durchgedreht und habe geschrien, wie wir das jetzt erklären sollten, dass er stirbt, nachdem wir uns gestritten haben. Simone war aber ganz cool und sagte, dass wir unser gemeinsames Verschwinden vorspielen sollten. Damit niemand Verdacht schöpft. Sie sagte, ich sei lädiert genug, dass man mir glauben würde, wenn ich erzählte, dass ich entführt worden sei. Aber dann kam alles anders.“

„Was ist passiert?" Boysens Stimme war nun energischer.

„Ich hab nichts gemacht, ich schwöre das. Ich wäre nie imstande, einen Mord zu begehen. Alle glauben das, aber ich war es nicht", wiederholte er und packte Boysen an den Schultern.

„Hör auf damit", sagte Boysen und schob ihn davon. „Ich weiß, dass du so etwas nicht tun würdest."

„Ich hab gedacht, es wäre leichter, allen einen Gedächtnisverlust vorzuspielen, um dann keine Fragen beantworten zu müssen. Aber das schlechte Gewissen frisst mich auf. Und dann diese Blicke der anderen Leute. Alle sehen mich an, als würden sie in mir einen Mörder sehen." Erik Jebsen stand auf, stellte sich ans Fenster. „Du musst mir helfen!"

Boysen stöhnte und fuhr sich mit der Hand über das Gesicht. „Du musst keine Angst haben. Alle werden dir glauben. Und ich sage dir auch, warum: Ich habe eine Zeugin."

„Was?" Erik Jebsen wirbelte herum.

„Sie behauptet, dass sie den Täter gesehen hat, wie er die Leiche von Blumberg in den Speicher geworfen hat. Zunächst konnte sie sich nicht erinnern, ob es mehrere waren oder nur einer. Aber dann ist ihr alles wieder eingefallen. Sie hat mich heute Morgen angerufen. Morgen Vormittag wird sie ihre Aussage schriftlich bestätigen, wahrscheinlich wird auch ein Phantombildzeichner kommen, und dann bist du frei. Ihre Aussage wird dich entlasten, Erik."

„Was für eine Zeugin?" Eriks Gesicht sah aus, als wisse er nicht recht, ob er lachen oder weinen sollte.

„Ne Petuhtante." Boysen klang belanglos. Jetzt lächelte Erik.

28.
Jieper auf nichts

Simone Blumbergs Café war nahezu bis auf den letzten Platz gefüllt, als Anni am Nachmittag eintrat. Sie winkte Simone fröhlich zu, als sie diese hinter dem Tresen entdeckte, und sah sich um.

Das Café war nachmittags immer gut besucht, aber heute war an einen Sitzplatz kaum zu denken. Wahrscheinlich hatten sich viele nach drinnen verzogen, als es vor einer knappen halben Stunde zu regnen begonnen hatte.

Anni stellte sich an den Tresen und sah Simone dabei zu, wie sie Torten anschnitt und Kaffeespezialitäten zubereitete.

„Da bist du ja wieder", sagte Simone mit einem Lächeln auf den Lippen.

„Ja, eine meiner Führungen ist ausgefallen. Und da die nächste hier in der Nähe beginnt, dachte ich, gönne ich mir noch eine kleine Stärkung." Anni setzte sich auf einen hohen Kaffeehocker und ließ die Beine baumeln. Sie trug bereits ihr Petuhtanten-Outfit, was es ihr erschwerte, die Beine damenhaft übereinanderzuschlagen.

„Was kann ich dir denn bringen?“ Simone wischte sich die Hände an einem Handtuch ab und stellte zwei Cappuccino auf den Tresen. Sie winkte einer Mitarbeiterin, die augenblicklich erschien und die Tassen an die Plätze brachte.

„Ein Stück von dem Kuchen da wäre toll.“ Sie zeigte auf eine Schokoladensahnentorte mit einer dicken Schicht Schokoraspeln. „Und einen Milchkaffee.“

„Kommt sofort. Bleibst du hier sitzen?“

Anni drehte sich zum Gastraum, aber immer noch waren alle Tische besetzt. „Ich fürchte, ja.“ Sie zuckte mit den Achseln.

„Kein Problem, ich glaube, die dort hinten in der Ecke zahlen gleich. Dann kannst du den Tisch haben.“ Simone wirbelte herum, stellte eine große weiße Tasse unter den Auslauf der Maschine und drückte den Knopf für Milchkaffee. Kurz darauf zischte und dampfte es.

„So, und ein großes Stück Torte?“ Simone sah sie fragend, aber mit einem breiten Lächeln auf den Lippen an.

Anni rieb sich über den flachen Bauch. „Eher ein kleines Stück. Bei dem Kuchenkonsum in den vergangenen Tagen passe ich sonst bald nicht mehr in mein Kostüm.“ Sie lachte und schaute Simone genau auf die Finger, als diese ein mittelgroßes Tortenstück abschnitt, auf einen Teller stellte und Anni reichte.

„So, bitte. Ist auch nicht umgefallen, dann bekommst du keinen schiefen Mann.“ Sie zwinkerte ihr zu, holte den Kaffee und stellte ihn ebenfalls auf den Tresen.

Anni fuhr mit der Gabel durch die Schokoladensahne der Torte. Sie nahm ein kleines Stück auf und steckte es sich in den Mund.

„Schmeckt's?"

„Huch." Anni wirbelte herum und ließ vor Schreck beinahe ihre Kuchengabel fallen. „Haben Sie mich jetzt erschreckt."

Jan Christiansen lehnte am Tresen und lachte. „Wer hätte ahnen können, dass Sie so schreckhaft sind."

Sie verzog den Mund. „Was meinen Sie wohl, warum ich schreckhaft bin. Man macht ja nicht jeden Tag eine Aussage."

Jan sah zu Simone Blumberg herüber, die hellhörig geworden war. „Eine Aussage?", fragte sie und stellte sich zu ihnen.

„Ja, mehr darf ich dazu allerdings nicht sagen." Unschuldig sah Anni erst Jan und dann Simone Blumberg an.

„Nur so viel können wir verraten. Wir sind dem Mörder Ihres Mannes einen wichtigen Schritt näher gekommen. Dank der Aussage von Frau Gade." Jans Stimme klang beinahe triumphierend, während Simone Blumberg nahezu alle Gesichtszüge entglitten.

„Ach, das sind ja Neuigkeiten", sagte sie und tupfte sich mit dem Handtuch in ihrer Hand über die Stirn.

„Ist alles in Ordnung mit dir?", fragte Anni besorgt. „Du bist ganz blass um die Nase geworden."

Simone Blumberg zwang sich zu einem aufgesetzten Lächeln und fächelte sich mit dem Handtuch Luft zu. „Ja, es ist nur … in Bezug auf Michaels Tod haben Sie noch nie das Wort Mord in den Mund genommen."

Sie sah verunsichert zum Kommissar herüber, der immer noch lässig am Tresen lehnte.

„Ach, ich dachte, ich hätte Ihnen bei meinem Besuch neulich schon gesagt, dass Ihr Mann keines natürlichen Todes gestorben ist." Er machte ein bedrücktes Gesicht. „Es tut mir leid, dass Sie es jetzt so erfahren. Das war taktlos von mir."

„In der Tat", rügte Simone Blumberg ihn. „Ich hätte mir von der Polizei mehr Einfühlungsvermögen gewünscht. Wo gibt's denn sowas! Sie stolzieren hier in mein Café, lehnen sich an den Tresen und erzählen mir, dass es eine Zeugin im Mordfall meines Mannes gibt. Pietätloser geht es wohl nicht." Sie knüllte das Handtuch zusammen und schmiss es auf den Tresen.

„Ehrlich, Frau Blumberg, es tut mir leid." Jan legte die Hand auf seine Brust und beugte sich leicht nach vorne.

„Hm." Simone Blumberg griff zur Papierrolle neben sich, riss sich ein Stück davon ab und schluchzte hinein. „Wie sollen das meine Nerven nur aushalten."

„Ach, Simone." Anni zeigte sich mitfühlend und sah Jan Christiansen strafend über die linke Schulter hinweg an. Von Empathie schien er nicht viel zu halten. Diese Erfahrung hatte sie ja auch schon gemacht.

„Lass gut sein, Anni. Wenn es Mord war, ist es wichtig, dass die Polizei den Täter schnappt und dieser zur Rechenschaft gezogen wird." Sie drehte sich um und verschwand in der Küche.

„Musste das sein?" Anni drehte sich zu Jan Christiansen, der sie mit einem breiten Grinsen im Gesicht ansah.

„Was? Sie glauben doch nicht etwa, dass es Simone Blumberg überrascht hat, dass ihr Mann ermordet wurde? Nehmen Sie ihr dieses Schmierentheater etwa ab?" Er schüttelte den Kopf.

„Nein, natürlich nicht, aber im Moment tut sie mir schon ein wenig leid." Anni sah zur Küchentür, die immer noch verschlossen war und hinter der sie ein Weinen wahrnehmen konnte.

„Sparen Sie sich Ihr Mitleid. Sie wissen, was Sie zu tun haben." Er zeigte auf seine Uhr, drehte sich um und ging.

Anni blieb allein zurück. Sie aß ihr Tortenstück auf und trank ihren Milchkaffee aus. Gerade, als sie nach der Bedienung rufen wollte, kam Simone Blumberg mit einem kleinen Karton in der Hand aus der Küche.

„Du musst schon gehen?", fragte sie und stellte den Karton vor Anni auf den Tresen.

„Ja. Meine Führung beginnt gleich." Sie zeigte auf ihre Uhr.

„Wie lange wirst du unterwegs sein?"

„Gut zwei Stunden. Es ist dieses Mal die große Runde, inklusive Kapitänsviertel." Anni rollte mit den Augen. Da sie wusste, was sie erwartete, hatte sie dieses Mal kaum Lust zu arbeiten.

„Hier." Simone Blumberg schob den pinkfarbenen Karton in Annis Richtung. „Eine kleine Stärkung für zwischendurch."

Anni lächelte. „Was ist das?"

„Ein Triple-Chocolate-Cupcake mit extraviel Buttercreme und einem ganz besonderen Crunch. Eine neue Kreation von mir. Du bist die Erste, die ihn kosten darf." Simone Blumbergs Augen blitzten.

„Ach, das muss doch nicht sein.“ Anni winkte ab.

„Doch, doch. Keine Widerrede. Wenn dank deiner Aussage Michaels Mörder geschnappt wird, dann hast du ihn dir redlich verdient.“ Sie schob den Karton nun so nah an sie heran, dass er Annis Hände berührte.

Schließlich nahm sie ihn hoch und steckte ihn sich in den Rucksack. „Danke.“

Anni zahlte ihren Kaffee und das Stück Torte, gab ein kleines Trinkgeld und verabschiedete sich.

29.
Nu mal keen Bangbüx sien

Die malerischen kleinen Gassen des Kapitänsviertels waren beinahe wie ausgestorben, als Anni und ihre Stadtführergruppe hindurchmarschierten. Im Volksmund bezeichneten viele es auch als Gängeviertel, denn einige der kleinen Häuser waren bis heute nicht mit dem Auto zu erreichen.

Das Kapitänsviertel lag an den Hängen des Ostufers der Stadt und war eines der ältesten Stadtviertel Flensburgs.

„Seinen Namen hat das Viertel, weil sich in früheren Jahrhunderten hier viele Kapitäne und Seeleute angesiedelt haben. Viele der historischen Häuser in diesem Viertel gelten heute als Kulturdenkmale", erzählte sie, während sie in den schmalen Gängen einen Schritt vor den anderen setzte.

„Warum haben sich die Seeleute denn ausgerechnet einen so steilen Ort für ihre Häuser ausgesucht?", wollte eine ältere Damen wissen, die in Ostdeutschland zu Hause war und mit ihrem Mann Urlaub in Flensburg machte.

„Nun, schauen Sie sich doch mal um." Anni drehte sich nach links und zeigte auf den Blick, der sich ihnen offenbarte. „Von hier aus hatten sie einfach einen fantastischen Blick auf den Hafen. Einlaufende und auslaufende Schiffe konnten sie quasi von ihrem Wohnzimmerfenster aus beobachten." Sie zwinkerte der Frau zu, die höflich lächelte. „Außerdem waren die Häuser und Grundstücke auf dem Westufer damals ziemlich teuer. Nicht alle konnten sich das leisten. Daher ist man auf andere Viertel ausgewichen", ergänzte Anni.

Sie gingen weiter, und zu nahezu jedem Haus hatte Anni etwas zu erzählen. Über die besonderen Eingangstüren zum Beispiel, die Inschriften und die Menschen, die dort einmal gewohnt hatten.

„Malerisch", schwärmte die Frau aus Thüringen, deren Name Anni entfallen war. „So stellt man sich Norddeutschland vor. Diese Rosenbüsche vor den Häusern sind ganz entzückend. Schatz, magst du ein Foto von mir machen?" Sie posierte neben einer knallig roten Stockrose.

Anni beendete die Führung vor der Pilkentafel, einer ehemaligen Gastwirtschaft für Seefahrer und heutigen Theaterwerkstatt. Während ihrer Zeit an der Theaterschule hatte sie hier einige Male auf der Bühne gestanden.

„Ich bedanke mich, dass ihr mir zugehört und die letzten zwei Stunden mit mir verbracht habt. Ich hoffe, es hat euch Spaß gemacht und ihr habt Flensburg genauso lieben gelernt wie ich." Sie machte einen kleinen Knicks und winkte.

Die Gruppe klatschte, was für Anni immer der beste Lohn war. Sie unterhielt sich noch eine Weile mit den Teilnehmern, bevor alle in unterschiedliche Richtungen aufbrachen.

Anni sah auf die Uhr und atmete durch. Sie schaute nach links und nach rechts, ließ den dunklen Gang bei der Pilkentafel hinter sich und ging hinunter zum Hafen. In Höhe der alten Silos machte sie Halt und setzte sich auf eine Bank. Sie holte den Cupcake, den Simone Blumberg ihr mitgegeben hatte, aus dem Rucksack und biss hinein.

Er schmeckte köstlich, auch wenn er sehr schokoladig und dadurch sehr wuchtig war. Viele könnte sie davon bestimmt nicht essen. Die Buttercreme und die unterschiedlichen Schokoladensorten waren zudem pures Hüftgold. Allein deshalb sollte sie nicht zu viel davon essen.

Sie biss dennoch ein weiteres Mal hinein.

„Hallo Anni."

Sie sah auf und konnte in der Dunkelheit zwischen den Silos eine Gestalt ausmachen, die langsam auf sie zuzukommen schien. Anni schluckte das Stück ihres Cupcakes herunter, das sich sofort schwer in ihren Magen legte.

„Hallo", sagte sie gegen die Dunkelheit. „Wer ist denn da?"

Es dauerte eine Weile, bis die Gestalt ins dumpfe Licht der Laterne trat und für Anni sichtbar wurde.

„Schmeckt der Cupcake?" Erik Jebsen kam mit langsamen Schritten auf sie zu und fixierte den kleinen Kuchen in ihrer Hand.

Anni nickte. „Köstlich." Sie zwang sich zu einem Lächeln, was gar nicht so einfach war, denn das Herz klopfte ihr mittlerweile bis zum Hals.

„Schön aufessen. Das haben dir deine Eltern doch bestimmt beigebracht." Er stand nun beinahe vor ihr, den Blick immer noch auf sie gerichtet. „Wir wollen doch, dass morgen die Sonne scheint."

Anni sah skeptisch zum Himmel. „Ich fürchte, dem typischen Flensburger Wetter ist es egal, ob ich aufesse oder nicht. Es macht eh, was es will." Sie legte den Cupcake zurück in die Schachtel neben sich und leckte die Schokolade von den Fingern.

„Böses Mädchen." Erik Jebsen stand nun direkt hinter ihr. Er legte seine Hände auf ihre Schultern und drückte so fest zu, dass Anni seitlich einknickte. „Aufessen", befahl er mit krächzender Stimme.

Wie in Trance griff sie neben sich, nahm den Cupcake in die Hand und führte ihn zu ihrem Mund. „Geht's Ihnen besser, Herr Jebsen? Ich habe gehört, dass Sie Ihr Gedächtnis verloren haben."

„Wer hat das erzählt?"

„Nun, es gibt Gerüchte, und Moritz hat es mir auch erzählt, als ich ihn das letzte Mal gesehen habe." Anni wand sich unter Jebsens Griff. Schließlich gelang es ihr, sich zu befreien. Sie rückte ans andere Ende der Bank und versuchte, Abstand zwischen sich und Jebsen zu kriegen.

Plötzlich fasste sie sich an die Stirn. „Was?" Sie schluckte. „Was passiert hier?"

Ihr Blick wanderte von Erik Jebsen zu dem Cupcake in ihrer Hand und wieder zurück zu Jebsen.

„Geht's dir nicht gut?" Auf Eriks Gesicht breitete sich ein hämisches Grinsen aus.

„Was?" Anni stand panisch auf. Sie versuchte, sich an der Rückenlehne der Bank festzuhalten, verfehlte diese jedoch, sodass sie nach vorne fiel.

„Du hast mich also dabei beobachtet, wie ich die Leiche von Michael Blumberg weggeschafft habe?", flüsterte er dicht neben ihrem Ohr. Jebsen umfasste Annis Taille und zog ihren Kopf nach hinten. „Als die Polizei meinte, es gebe einen Zeugen, habe ich an alle möglichen Leute gedacht. Aber nicht an dich."

Anni wollte etwas sagen, aber ihre Kehle war wie zugeschnürt.

„Was machen wir jetzt mir ihr?" Eine Frauenstimme ertönte, und Anni musste nicht einmal aufsehen, um zu wissen, wer sich zu den beiden gesellt hatte. Sie tat es dennoch.

Simone Blumberg kam direkt auf sie zu und stellte sich hinter Erik. Anni beachtete sie vorerst nicht.

„Wie lange wird sie schlafen?", fragte Erik, seine Hand immer noch fest um Annis Taille geschlungen.

„Ich denke, wenn es wirkt, ist sie erst einmal die nächsten sechs, sieben Stunden ausgeknockt." Simone Blumbergs Stimme war eiskalt.

„Lang genug, um zu überlegen, was wir mit ihr anstellen. Hauptsache, wir schaffen sie erstmal aus dem Weg." Erik Jebsen ließ Anni los, die daraufhin nach vorne auf den Boden fiel.

Mühsam raffte sie sich mit letzter Kraft dennoch auf die Knie. „So muss sich also Ihr Mann gefühlt haben, als Sie ihn betäubt haben", sagte sie in Richtung Simone Blumberg.

Diese kniete sich neben Anni auf den Boden und beugte sich hinunter zu ihrem Ohr.

„Keine Angst, Anni, dich werden wir nicht in ein Getreidesilo stecken. Vielleicht werden wir dich einfach in einen der vielen Gänge im Kapitänsviertel legen. Es passiert doch alle naselang, dass Frauen, die allein unterwegs sind, betäubt und überfallen werden. Das ist zwar traurig, aber durchaus

Realität. Doch wenn sie dich finden, werden Erik und ich längst über alle Berge sein."

„Sie werden nicht weit kommen", sagte Anni und hustete.

„Was macht dich da so sicher?"

„Drehen Sie sich doch einfach mal um."

Der Blick in Simone Blumbergs Gesicht war göttlich. Ebenso wie der verdatterte Gesichtsausdruck von Erik Jebsen, als gleich mehrere Streifenwagen aus der Dunkelheit auftauchten und sie umzingelten.

In einem ersten Reflex versuchte Erik Jebsen zu fliehen, doch er kam nicht weit, denn er lief direkt in die Arme von Kommissar Boysen, der ihm mit seiner Masse erfolgreich den Weg versperrte.

„Hannes", wimmerte Erik Jebsen, doch Boysen zeigte keine Gnade. Wortlos legte er Jebsen die Hände auf den Rücken und legte ihm Handschellen an. „Ich kann dir das erklären."

„Spar dir das für den Richter", rief Boysen und führte Jebsen zum Streifenwagen, wo bereits Kollegen von ihm warteten.

„Simone Blumberg. Ich verhafte Sie unter anderem wegen des Mordes an Michael Blumberg." Ohne Widerstand ließ sich Simone Blumberg von Jan Christiansen die Handschellen anlegen. „Sie haben das Recht, Ihre Aussage zu verweigern." Er übergab Simone an zwei Polizisten und drehte sich dann zu Anni um, die immer noch vor der Sitzbank auf dem Boden kauerte.

„Gott, bin ich froh, Sie zu sehen!", entfuhr es ihr, als Jan ihr aufhalf und sie auf die Bank setzte.

„Geht's Ihnen gut?" Er strich ihr eine der vielen ungezähmten Haarsträhnen aus dem Gesicht und setzte sich neben sie auf die Bank.

„Sie haben sich ganz schön Zeit gelassen." Anni sah ihn an und konnte sich diesen Vorwurf nicht ersparen.

„Ich weiß", sagte Jan entschuldigend. „Aber wir brauchten die Geständnisse von beiden."

Anni nickte.

„Sie hatten übrigens recht. Den Cupcake, den Sie uns vorhin gebracht haben, hatte Simone Blumberg mit K.-o.-Tropfen versehen."

„Gut, dass Sie mir das jetzt mitteilen, wo alles vorbei ist."

„Hätten Sie die Nachrichten auf Ihrem Handy gecheckt, wüssten Sie's." Jan Christiansen lehnte sich zurück und sah auf das dunkle Hafenbecken vor ihm, auf dessen unruhiger Wasseroberfläche sich vereinzelt die Lichter der Straßenlaternen spiegelten.

„He, ich hab doch nachgesehen. Ich wollte Sie nur ärgern, weil Sie mit manchen Informationen sehr spät herausrücken." Sie lächelte und hielt sich den Bauch. Ihr war tatsächlich übel, allerdings nicht von dem Cupcake, den sie vorhin in einer Bäckerei gekauft hatte. Die Aufregung und der Schock schlugen ihr auf den Magen.

„Ja, ich weiß. Daran muss ich noch arbeiten." Jan schmunzelte und drehte sich zu ihr. „Sind Sie sicher, dass es Ihnen gut geht? Ich meine, Sie haben sich doch wirklich einen anderen Muffin besorgt und dort hineingebissen, oder?" Für einen Augenblick schien er verwirrt.

„Ja, alles ist gut", beruhigte Anni ihn. Sie lehnte sich ebenfalls gegen die Rücklehne und streckte die Beine aus. „Mein früherer Schauspiellehrer wäre stolz auf mich."

„Sie haben zweifellos abgeliefert. Chapeau." Er zog einen imaginären Hut.

„Anni, wie geht's Ihnen? Ist alles okay?" Hannes Boysen gesellte sich zu ihnen, während die beiden Streifenwagen, in denen Simone Blumberg und Erik Jebsen saßen, mit Blaulicht davonfuhren.

Anni nickte. „Ich zittere immer noch am ganzen Körper. Für einen Moment habe ich wirklich gedacht, Sie kommen nicht. Sie haben sich wirklich gut getarnt."

Boysen legte ihr die Hand auf die Schulter. „Wir hätten Sie niemals im Stich gelassen. Sie waren zu keiner Zeit in Gefahr, wir hätten jederzeit zugreifen können."

„Das glauben Sie uns doch, oder?", ergänzte Jan Christiansen.

Anni nickte. „Ja, natürlich. Aber ich hab sowas ja noch nie gemacht und …" Sie stoppte und fasste sich an die Stirn. „Himmel, meine Nerven."

Mit zittriger Hand löste sie die Brosche an ihrem Hals und steckte sie sich in den Rucksack. Dann knöpfte sie die oberen Knöpfe ihres hochgeschlossenen Kleides auf.

„Ich brauch dringend etwas Luft", japste sie.

„Das ist ganz normal, wie ihr Körper gerade reagiert. Jetzt, wo das Adrenalin nachlässt." Jan Christiansen betrachtete sie kritisch. „Sind Sie sicher, dass Sie sich nicht doch einmal durchchecken lassen wollen?"

Anni nickte. „Ganz sicher. Mir geht's gut. Im Moment möchte ich einfach nur nach Hause."

Boysen nickte ebenfalls.

„Ich fahr Sie nach Hause." Jan stand auf und half Anni hoch.

„Gut, dann fahre ich schon mal aufs Revier, und wir treffen uns dort?" Boysen klopfte seinem Kollegen auf die Schulter und verabschiedete sich. „Auf Wiedersehen, Anni. Erholen Sie sich gut."

„Mach ich, danke." Sie lächelte ihm zu und ging mit Jan Christiansen zu seinem Auto. Er öffnete ihr die Beifahrertür, und sie stieg ein. Als er sich neben sie setzte, sah sie ihn an.

„Können Sie mich bitte nicht zu Hause, sondern an der Tiny-House-Siedlung am Waldrand absetzen?", fragte sie.

„Ja, natürlich. Wollen Sie nicht nach Hause?", fragte er und startete den Wagen.

Sie fuhren eine Weile am Hafen entlang, bevor sie auf die Nordstraße bogen und in Richtung Stadtrand fuhren.

„Meine Freundin Nele wohnt in einem Tiny House. Und sie passt heute auf Hugo auf. Den muss ich natürlich noch abholen, bevor ich nach Hause fahre." Sie lächelte.

Jan Christiansen schmunzelte. „Hugo … Sagen Sie, wie um alles in der Welt kommt man auf die Idee, sich einen Erpel als Haustier zu halten?" Er runzelte die Stirn.

„Das, Herr Kommissar, ist eine lange Geschichte." Sie sah aus dem Fenster und betrachtete die beleuchteten Fenster, an denen sie vorbeifuhren.

„Erzählen Sie sie mir?" Er bog auf den schmalen Waldweg zur Tiny-House-Siedlung ein und parkte den Wagen bei den Garagen.

„Vielleicht." Sie legte die Hand an den Türgriff.

„Danke." Jan Christiansens Stimme klang aufrichtig und ehrlich. „Ich meine nicht nur, weil Sie mir vielleicht Hugos Geschichte erzählen, sondern weil Sie uns heute geholfen haben. Nicht jeder spielt freiwillig den Köder."

Anni nickte. „Ich wollte, dass der Fall aufgeklärt wird. Auch wenn ich mir gewünscht hätte, dass Erik Jebsen tatsächlich nichts mit dem Mord zu hatte. Es muss schlimm für Moritz und seine Mutter sein."

Anni schloss die Augen. Sie wusste gar nicht, wie sie Moritz jemals wieder unter die Augen treten sollte.

„Nur damit das klar ist, dies war eine einmalige Sache. Also, Sie gehören jetzt nicht zum Team oder so." Er sah sie ein wenig unbeholfen an.

Anni winkte ab. „Natürlich nicht! Ich bin eine dahergelaufene Stadtführerin, was haben Sie denn gedacht?" Sie zwinkerte ihm zu, öffnete die Tür und stieg aus. „Danke fürs Fahren."

„Gern geschehen."

Sie schloss die Tür, und Jan Christiansen düste mit quietschenden Reifen davon. Was für ein Abend …

30.
Dat löpt sich allens torecht!

Zwei Wochen später

„Und du bist dir sicher, dass du nicht hierbleiben möchtest?“ Anni lehnte am Kofferraum von Moritz’ altem Bulli und sah ihm dabei zu, wie er eine Reisetasche nach der anderen hineinpackte.

„Ganz sicher.“ Moritz verschwand in der Garage und kam wenig später mit einem Surfbrett zurück, das er oben auf den Dachgepäckträger seines Wagens schnallte. „Hier hält mich nichts mehr.“

„Und wo möchtest du hin?“ Sie betrachtete die ganze Aktion kritisch.

Nachdem Erik Jebsen und Simone Blumberg festgenommen worden waren und gestanden hatten, war für Moritz ziemlich schnell klar gewesen, dass er die Brauerei verkaufen wollte.

„Keine Ahnung. Portugal vielleicht.“ Er zuckte mit den Achseln. „Mal sehen, wie weit ich mit der Karre komme.“

Er streichelte dem Bulli liebevoll über den Kotflügel. „Hauptsache, weit weg von alldem hier."

Anni nickte nachdenklich. Sie konnte es ihm nicht verübeln, dass er es hier in Flensburg nicht mehr aushielt. Auch wenn sie lediglich erahnen konnte, wie schwer das alles für ihn sein musste.

„Ich finde es schade, dass du gehst." Sie versuchte sich an einem Lächeln, das ihr nicht recht gelingen wollte.

„Komm doch mit." Er hielt inne, ergriff ihre Hand und sah sie an.

„Was?"

„Ich meine es ernst. Was hält dich denn hier? Deine Eltern machen eh nur Stress, weil du nicht ihre Erwartungen erfüllst und ... ich meine, du kannst doch nicht ewig als Stadtführerin arbeiten."

Wie bitte?

„Aber ich kann doch auch nicht einfach alles stehen und liegen lassen! Ich hab hier doch ein Leben – und Hugo." Anni dachte über Moritz' Angebot nach. Hatte er es wirklich ernst gemeint oder einfach nur so gesagt?

„Wir können ihn mitnehmen. Für einen kleinen Erpel haben wir noch Platz." Er zeigte in den Innenraum seines Bullis, der über und über mit Zeug beladen war. Wo um alles in der Welt sollte da noch Platz für eine Ente sein?

„Das ist wirklich ein liebes Angebot von dir, aber ..." Sie stoppte, als ein paar Möwen kreischend über ihren Kopf hinwegzogen.

„Aber?" Er sah sie erwartungsvoll an.

„Nein danke. Mein Platz ist hier in Flensburg. Ich glaube, ich habe hier noch ein paar Aufgaben zu erledigen." Sie zwinkerte ihm zu. „Die Touristen würden sich sonst furchtbar langweilen."

Moritz schmunzelte und schloss den Kofferraum. Er dehnte den Nacken und ging zur Fahrertür. Anni folgte ihm.

„Das war's dann also, was?"

Er nickte. „Ja, aber zum Prozessauftakt komme ich nochmal zurück. Der Kommissar hat mich bereits vorgewarnt, dass ich um eine Aussage vor Gericht wohl nicht herumkommen werde." Moritz zuckte mit den Schultern.

„Das alles tut mir so furchtbar leid. Ich – "

Moritz stoppte sie und legte ihr den Zeigefinger auf den Mund. „He, du kannst doch nichts dafür, dass mein Vater so ein Halunke ist. Vielleicht war es wirklich nur eine Frage der Zeit, dass er irgendwelchen Mist baut. Zumindest in einer Sache hat er nicht gelogen."

„In welcher?"

„Er hat Michael Blumberg nicht umgebracht, sondern seine Frau. Die Anklage beläuft sich auf Beihilfe zum Mord. Als ob das nicht schon schlimm genug wäre." Er lachte bitter.

„Simone Blumberg ist die Hauptschuldige?"

„Ja. Sie war die Strippenzieherin. Sie hat ihren Mann betäubt, von ihr ging die Idee zur Entführung aus, und letztlich hat sie das Mittel so hoch dosiert, dass Michael Blumberg ‚scheintot' war. Atmung und Pulsschlag hatten sich so weit nach unten reguliert, dass sie kaum noch wahrzunehmen waren. Deshalb waren sie davon ausgegangen, dass er tot war."

„Und dein Vater?"

„Er ist ein Betrüger, aber kein Mörder. Mit seinem angeblichen Solarprojekt hat er viele unschuldige Menschen um ihr Geld gebracht, da er das Geld nicht in das Solarprojekt, sondern in das geplante Hotel gesteckt hat. Doch da sie Lieselotte Bauer schmieren mussten – und zwar mit deutlich mehr Geld, als eingeplant war –, stand auf einmal das ganze Projekt auf dem Spiel. Und ein Mann wie Michael Blumberg hat diese Schmach natürlich nicht auf sich sitzen lassen. Vielmehr wollte er meinem Vater die drohende Pleite in die Schuhe schieben. Und dann ist es zum Streit gekommen."

„Aber was hat Simone Blumberg damit zu tun?" Anni begriff die Zusammenhänge noch nicht ganz.

„Mein Vater ist in Simone verliebt und hat irgendwann seinen Kopf ausgeschaltet. Vor allem, als Simone ihm berichtet hat, wie mies Blumberg sie offenbar behandelt hat. Da sind bei ihm die Sicherungen durchgebrannt, und es kam zu diesem Streit. Aber Simone Blumberg ging es gar nicht so sehr um meinen Vater. Sie wollte ihren Mann loswerden, und als sie gemerkt hat, dass ihr bei einer Scheidung kaum ein Cent bleiben würde, sah sie nur einen Weg: Sie musste ihn endgültig aus dem Weg schaffen, um das Vermögen zu erben. Also hat sie ihn getötet."

„Und deinen Vater gleich mit reingezogen", murmelte Anni.

„Nachdem sie Michael betäubt hatte, wollte sie ihn eigentlich auf sein Boot schaffen, rausfahren und dann irgendwo in der Förde über Bord werfen. Sie und mein Vater hätten dann behaupten können, dass sie eine Segeltour gemacht, zu viel getrunken hätten und dadurch in Seenot geraten seien. Michael Blumberg wäre über Bord gegangen, und seine Leiche wäre irgendwann wieder aufgetaucht. Doch der Plan ging schief, da Michael Blumberg das Schiff an einen Geschäftspartner vermietet hatte. Also gerieten sie unter Zeitdruck. Irgendwie mussten sie die vermeintliche Leiche ja loswerden, also haben sie Blumberg erstmal im Silo zwischengeparkt. Blöd war nur, dass mein Vater vergessen hatte, dass wir eine neue Lieferung erwarteten. Und dann war es zu spät." Moritz lachte bitter.

Anni verzog das Gesicht, als sie an den Anblick der Hand in dem Getreidehaufen dachte. Dieses Bild würde sie wahrscheinlich noch eine Weile verfolgen. Hoffentlich würde sie es irgendwann loswerden.

Ihr Handy vibrierte. Anni kramte es aus ihrer Tasche und warf einen Blick darauf. Sie tippte die Push-Nachricht von *Flensborg Avis* an und las. „Ole Sørensens Bauantrag ist bewilligt worden. Scheint, als würde es zumindest für ihn jetzt doch noch ein Happy End geben." Sie schüttelte den Kopf und steckte das Handy zurück in ihre Tasche.

„Wenigstens etwas." Moritz lächelte, wenn auch gequält.

„Verrückte Sache, das alles. Ich meine, man liest es oft in der Zeitung, hört es im Radio, aber man schließt immer aus, dass einem selbst so etwas passieren könnte. Hast du nochmal mit deinem Vater gesprochen?"

„Ja, hab mich gestern von ihm verabschiedet. Irgendwie musste ich ihm nochmal in die Augen sehen, ihm sagen, wie erbärmlich er ist. Weißt du, es ist ja nicht nur, dass er den Mord von Blumberg gedeckt hat … Er wollte auch dir etwas antun. Darüber komme ich nicht hinweg. Da kann er mir zehnmal sagen, dass er aus seinen Fehlern gelernt hat. Ich glaube, er würde es immer wieder tun, um seine eigene Haut zu retten."

Moritz seufzte, öffnete die Fahrertür und setzte sich ans Steuer. „Es tut mir alles unendlich leid, Anni. Auch, dass mein Vater deine Eltern um ihre Investition gebracht hat."

„Ach." Anni winkte ab, weil sie wusste, wie sehr das schlechte Gewissen an Moritz nagte.

„Nein, meine Mutter und ich werden es wiedergutmachen. Durch den Verkauf der Brauerei sind wir in der Lage, alle Geschädigten auszuzahlen. Das ist das Einzige, was wir tun können."

„Danke, das ist lieb von euch." Anni schloss die Tür des Bullis.

„Na dann: Gute Fahrt!"

Moritz kurbelte das Fenster herunter und lehnte sich seitlich heraus. „Und du bist sicher, dass du nicht mitkommen möchtest?"

Anni lachte. „Ganz sicher." Sie stellte sich auf die Zehenspitzen und drückte ihm einen flüchtigen Kuss auf die Wange. „Mach's gut."

Moritz schenkte ihr ein letztes Lächeln und startete den Bulli. „Mach's besser."

Das gleichmäßige Rattern des Motors wurde lauter, als Moritz das Gaspedal durchtrat und langsam die Auffahrt hinunterfuhr.

Anni sah ihm noch eine Weile nach und hoffte, er würde es schaffen, irgendwo anzukommen, wo er sich wohlfühlte und den Schrecken der vergangenen Tage abschütteln konnte.

Als der gelbe Bulli hinter einer Kurve verschwunden war, klingelte ihr Handy. Sie holte es aus ihrer Handtasche und nahm ab, ohne nachzusehen, wer es war.

„Sag bloß, du hast ’ne Panne?"

Stille.

„Hallo?"

„Hallo, spreche ich mit Anni Gade, der Stadtführerin?"

Anni verkniff sich ein Lachen. *Mist!* Warum nur war sie davon ausgegangen, dass Moritz sie anrufen würde.

„Ja, und mit wem spreche ich?" Die Stimme kam ihr bekannt vor, allerdings konnte sie sie nicht zuordnen.

„Timo. Feddersen." Er sagte es mit einer solchen Selbstverständlichkeit, dass Anni erneut schmunzeln musste. „Der Typ vom Radio. Erinnerst du dich? Wir wollten doch mal ein Interview machen."

Anni nickte. Ihn hatte sie in der Aufregung der vergangenen Wochen ganz vergessen.

„Woher hast du meine Nummer?", fragte sie, auch weil sie sich ärgerte, dass Gunnar ihre Telefonnummer offensichtlich wieder an Dritte herausgegeben hatte. Sie musste mit ihm dringend nochmal über das Thema Datenschutz reden.

„Ich bin Journalist, schon vergessen? Recherche liegt mir im Blut." Er lachte etwas selbstgefällig.

„Ja, schon klar." Anni schüttelte den Kopf. Was für ein Typ!

„Also, was sagst du: Wann treffen wir uns zum Interview?"

„Ach, weißt du …" Sie wand sich.

„Ein Nein akzeptiere ich nicht", unterbrach er sie.

Anni seufzte. „Ich bin gerade unterwegs, aber ich checke meinen Kalender, sobald ich wieder zu Hause bin."

„Perfekt! Ruf mich an, wenn's bei dir passt." Er schien sich mit Annis Antwort zufriedenzugeben und legte auf, ohne sich zu verabschieden.

Anni ließ das Handy in ihre Tasche gleiten, setzte sich in ihren Mini und startete den Motor. Während sie davonfuhr, beschlich sie ein unruhiges Gefühl – als hätte das Kapitel mit Timo Feddersen gerade erst begonnen und als würde er bald noch öfter in ihrem Leben auftauchen …